रूपसिंह चंदेल
की
लोकप्रिय कहानियाँ

रूपसिंह चंदेल
की
लोकप्रिय कहानियाँ

रूपसिंह चंदेल

प्रभात
प्रकाशन

प्रकाशक • **प्रभात प्रकाशन प्रा. लि.**
4/19 आसफ अली रोड,
नई दिल्ली–110002

संस्करण • प्रथम, 2022
मूल्य • चार सौ रुपए
मुद्रक • आर–टेक ऑफसेट प्रिंटर्स, दिल्ली

ROOP SINGH CHANDEL KI LOKPRIYA KAHANIYAN
Published by Prabhat Prakashan Pvt. Ltd., 4/19 Asaf Ali Road, New Delhi-2
e-mail: prabhatbooks@gmail.com ISBN 978-93-90923-16-8
₹ 400.00

युवा लेखिका

शशि कांडपाल

को

कहानियों पर अपनी बात

यद्यपि रचनाकार को अपनी हर रचना प्रिय होती है, वैसे ही जैसे माँ-पिता को अपनी हर संतान। संतान की ही भाँति हर रचना की अपनी विशेषताएँ होती हैं। ये विशेषताएँ उसके सृजन से जुड़ी होने के साथ ही उस स्थिति से भी जुड़ी होती हैं, जो लेखक को उस रचना के सृजन के लिए प्रेरित करती हैं।

आलोचकों ने माना है कि मैं हाशिए पर पड़े पात्रों का लेखक हूँ। यह सच है। मेरी अधिकांश कहानियाँ ऐसे ही पात्रों को केंद्र में रखकर लिखी गई हैं। यहाँ एक बार पुनः स्पष्ट कर दूँ कि मेरी कहानियाँ हों या उपन्यास, मैंने अधिकांशतया उन्हीं पात्रों और घटनाओं को अपने सृजन का विषय बनाया, जो वास्तविक थे—जिन्हें मैंने जाना-पहचाना। यहाँ मैं मुख्य पात्रों की बात कर रहा हूँ। कथा को विकास देने के लिए कुछ काल्पनिक पात्रों और स्थितियों का सृजन अपरिहार्य होता है। मेरा स्वयं का जीवन बहुत ही संघर्षपूर्ण रहा और आज भी किसी-न-किसी रूप में संघर्ष ने पीछा नहीं छोड़ा। स्थितियाँ बदलती रहीं, संघर्ष के स्वरूप बदलते रहे, लेकिन वह किसी-न-किसी रूप में मेरे साथ रहा। संघर्ष यदि तोड़ता है तो वह शक्ति भी देता है और मैंने सदैव उससे शक्ति अर्जित की तभी इतना सब लिख सका। ऐसी स्थिति में मेरे संपर्क में आए लोग आभिजात्य कैसे हो सकते थे, लेकिन लेखक केवल उन्हीं पात्रों और घटनाओं को अपने सृजन का आधार नहीं बनाता, जिन्हें वह जानता और भोगा होता है, वे पात्र और घटनाएँ भी उसकी सृजनात्मकता का आधार बनती हैं, जिनके विषय में उसने पढ़ा, सुना और गुना होता है। संग्रह की 'हासिम का', 'खाकी वर्दी', 'हादसा' कहानियाँ ऐसी ही कहानियाँ हैं। इन पात्रों के बारे में इतर आधार से जाना और इन्होंने इतना विचलित किया कि मैंने इनपर गंभीर चिंतन-मनन किया। ऐसे पात्रों की जीवन स्थितियों को लेखक आत्मसात् करता है, उसे जीता है और वह उसकी स्वानुभूति बन जाती है। पिछले लंबे समय से स्वानुभूति और सहानुभूति

की चर्चा हो रही है, लेकिन सहानुभूति जैसा कुछ होता नहीं, क्योंकि जब लेखक दूसरे की पीड़ा को आत्मसात् करके किसी रचना को जन्म देता है, तब वह उसकी स्वानुभूति का हिस्सा बनकर ही जन्म लेती है।

'आदमखोर' कहानी मेरे गाँव के एक ऐसे मजदूर की कहानी है, जिसे मैंने अपनी किशोरावस्था में प्रताड़ित होते देखा था। मैंने उसे तिल-तिल करके मरते देखा और आज भी वह दृश्य मेरी आँखों के सामने साकार हो उठता है। यह कहानी 'हंस' के मई 1987 अंक में प्रकाशित हुई और बहुचर्चित रही थी। मैंने बुजुर्गों पर कई कहानियाँ लिखी हैं। भले ही सभी के लिए नहीं, लेकिन बड़ी संख्या में ऐसे बुजुर्ग समाज में हैं, जिनके लिए ही यह बात कही गई होगी कि 'वृद्धावस्था एक अभिशाप है', 'भीड़ में' कहानी लिखने में मुझे लगभग दस वर्ष का समय लगा। यद्यपि मैं इस पात्र (बाबू रघुनाथ सिंह) को उससे भी बहुत पहले से जानता था, लेकिन उनके साथ घटी एक घटना ने मुझे इतना आंदोलित किया कि मैं निरंतर उस पात्र के बारे में सोचता रहा, जिसने अपने बेटों को किसी योग्य बनाने के लिए वह सब किया, जो एक समझदार पिता करता है, लेकिन अंत में उन्हें जो उपेक्षा मिली, उसने मुझे हिलाकर रख दिया था। लंबे समय तक मैं उनके चरित्र को अपने अंतस में जीता रहा और अंततः यह कहानी लिखी गई, जो 'हंस' के जनवरी 2001 अंक में प्रकाशित हुई। इस कहानी को पढ़कर कितने ही पाठकों ने मुझे लिखा या फोन पर बताया कि इसे पढ़कर वे कई रातों सो नहीं सके। निश्चित ही वृद्धों पर लिखी मेरी सभी कहानियों में यह श्रेष्ठ कहानी है।

'क्रांतिकारी' भी वास्तविक पात्रों को लेकर लिखी गई कहानी है, जिन्हें मैंने बहुत गहराई से जाना। शांतनु की शोषक प्रवृत्ति मुझे परेशान करती रही थी। लगभग दस वर्षों तक मैंने इस पात्र का अध्ययन किया। इस कहानी को सत्येन कुमार ने 1988 में अपनी पत्रिका 'कहानी मासिक चयन' के एक अंक में प्रकाशित किया था। प्रकाशन के बाद इस पर हंगामा हुआ। मुझे मारने की धमकियाँ मिलीं, लेकिन पाठकों ने इसे इतना पसंद किया कि आज भी पाठक इसकी चर्चा करते हैं। मुझे पच्चीस वर्षों बाद जानकारी हुई कि मेरे कथाकार मित्र स्व. अशोक गुप्त और ग़ज़लकार हरेराम समीप ने फरीदाबाद में कुछ मित्रों के साथ एक पार्क में इसका तब पाठ किया था। शायद कारण यह कि शांतनु जैसे पात्रों के छद्म को इस कहानी में बेबाकी और बारीकी से उद्घाटित किया गया है। 'हादसा' महानगरीय जीवन में पनप चुकी अराजकता को व्याख्यायित करती है।

'वह चेहरा' कहानी में शिक्षण जगत् में व्याप्त भाई-भतीजावाद, चयन प्रक्रिया और भ्रष्टाचार को चित्रित किया गया है। जवाहरलाल नेहरू विश्वविद्यालय में जब इस कहानी का पाठ हिंदी अकादमी द्वारा आयोजित एक कार्यक्रम में सितंबर 2013 में मैंने किया, तब वहाँ के डीन ने कहा था, "कहानी में शिक्षण जगत् की जिन स्थितियों का चित्रण किया गया है वे भयानक हैं।"स्थितियाँ निश्चित ही भयावह हैं और उन स्थितियों का मेरे उपन्यास 'दग़ैल' में विस्तान से चित्रण हुआ है। यह कहानी 'पाखी' में प्रकाशित हुई थीं। 'बुजदिल' की पात्रा के बारे बहुत कुछ देखा और जाना। यह कहानी अप्रैल-जून 2019 के 'कथाक्रम' में प्रकाशित हुई, चर्चित रही और कन्नड़ भाषा में इसका अनुवाद डॉ. एच.एम. कुमारास्वामी ने किया। इस कहानी से प्रेरित डॉ. कुमारास्वामी ने मेरे उपन्यास 'कानपुर टु कालापानी' और 'खुदीराम बोस' के अनुवाद किए जिन्हें कर्नाटक सरकार की संस्था 'कुवेम्पु भाषा भारती प्राधिकरण', बंगलौर प्रकाशित कर रही है।

'पापी' कहानी 'सारिका' में प्रकाशित होकर चर्चित हुई तो 'खाकी वर्दी' जनसत्ता के माध्यम से पाठकों तक पहुँची थी। 'बच्चे' कहानी उन बच्चों के जीवन को उद्घाटित करती है, जो भयानक गरीबी के कारण पढ़ने की उम्र में पर्यटन स्थलों में कुछ-न-कुछ बेचते हुए कहीं भी दिख जाते हैं। कहानी के बच्चों से मेरा साक्षात मेरी कन्याकुमारी यात्रा के दौरान हुआ था और उनकी स्थितियों ने मुझे झकझोर दिया था। यह कहानी नवभारत टाइम्स में प्रकाशित हुई थी। 'मुन्नी बाई' पंजाब विश्वविद्यालय में पंजाबी में अनूदित होकर पढ़ाई जा रही है।

लेखक अपने भोगे यथार्थ को तो लिखता ही है, लेकिन अधिकांश वह वह लिखता है, जो वह देखता है, उसे गुनता है। दरअसल लेखक पर-काया प्रवेश करता है। उन पात्रों और घटनाओं को जीता है। कभी-कभी पात्र तुरंत अपने को लिखवा लेते हैं तो कभी महीनों और वर्षों लग जाते हैं। संग्रह की सभी कहानियाँ बहुचर्चित कहानियाँ हैं और इनमें अधिकांश कहानियाँ ऐसी हैं, जिन्होंने लिखे जाने से पूर्व वर्षों मुझे परेशान किया था। बहरहाल संग्रह आपके हाथों में है, आप स्वयं निर्णय करेंगे कि मेरी कहानियों ने आपको कितना प्रभावित किया। आपकी बेलाग प्रतिक्रिया की प्रतीक्षा रहेगी।

—रूपसिंह चंदेल

अनुक्रम

आदमखोर

भूरे-काले बादलों का समूह अचानक पश्चिमी क्षितिज में उभरने लगा। सरजुआ के हाथ रुक गए। हँसिया नीचे रखकर वह ऊपर की ओर देखने लगा। हवा का बहाव तेज होता जा रहा था। भूरे बादलों के छोटे-छोटे द्वीप आसमान में तैरते हुए पूरब की ओर बढ़ने लगे। चीलों और कौओं के झुंड पंख फैलाए हवा के बहाव को चीरने की कोशिश करते पश्चिम की ओर बढ़ रहे थे।

"बेमौसम ई का करि रहे हौ भगवान!" आँखें फाड़कर निहारता हुआ सरजुआ बुदबुदाया और सिर पर अँगोछा लपेटकर काटी हुई पतावर समेटकर पूरे (गट्ठर) बाँधने लगा।

बहुत सवेरे ही आकर वह इस काम में जुट गया था, तब से नाले के किनारे के खेतों, मेंड़ों और उसके नीचे की सारी पतावर वह काट चुका था। वह अनुमान लगाने लगा कि कम-से कम पचास गट्ठर, यानी कि दस बोझ पतावर वह अब तक काट चुका होगा, लेकिन काटते समय उसे क्या मालूम था कि मौसम इस तरह का रुख अख्तियार कर लेगा, नहीं तो काटने के साथ ही वह गट्ठर भी बाँधता जाता। उसने फिर ऊपर की ओर देखा। बादलों के द्वीप नदारद थे। मटियायी धुंध तेजी से फैलती जा रही थी। हवा बेरहम सी पेड़ों को झकझोरती साँय-साँय करती खेतों में खड़ी फसल को रौंदती लहराने लगी थी।

"यो आँधी तूफान पता नहीं का कहर ढाई!" वह बुदबुदाया और फिर पतावर समेटने लगा।

"लागत है इहौ साल झोपड़िया मा छपरा न पड़ि पाई।" वह फिर बुदबुदाया और उड़ती पतावर के पीछे दौड़ा।

तीन साल पहले इनसे-उनसे माँग-मूँगकर उसने अपनी झोपड़ी पर छप्पर डाला था। पिछले साल की बारिस में वह कई जगह से टपकने लगा। उसने

रामदीन से पुआल माँगकर उसके ऊपर डाला, लेकिन पानी टपकना बंद नहीं हुआ। रात-रात भर उसके बीवी-बच्चों का सोना हराम हो गया। जिस कोने में वे सिमट-सिकुड़कर लेटते, छप्पर वहीं से टपकने लगता। कोठरी पहले से ही जर्जर थी, इसलिए वह पिछले कई सालों से पूरी बरसात छप्पर के नीचे ही काटता आ रहा था। कितनी ही बार उसने कोठरी बनवाने की जुगत बैठाई, मजूरी-धतूरी करके कुछ पैसे भी इकट्ठे किए, लेकिन जब भी काम शुरू करवाना चाहा, रमेसर सिंह को पता नहीं कैसे भनक लग जाती और वह उसका गला आ दबोचते। सारी जमा-पूँजी हड़प ले जाते और जाते-जाते कहते, "यह तो सूद भर है···सूद···तेरे बाप रमजुआ ने जो करजा लिया था उसका।"

वह हाथ मलकर रह जाता अवश-उदास। कितना कर्ज लिया था उसके बाप ने, यह बिन बताए ही सालों सूद वसूल करते रहे थे रमेसर सिंह, लेकिन एक बार उसने दबी जुबान पूछ ही लिया तो बही खाता उसके सामने फैलाकर शब्दों का गला मरोड़ते हुए वह बोले, "तू खुद ही देख ले न अपनी आँखों से, कितना लिया था तेरे बाप ने···एक-एक पाई-पैसा इसमें दर्ज है। अरे स्साले···हाड़-चोर···तू समझता है, मैं झूठ ही तुझसे वसूल कर रहा हूँ।"

वह मटमैले कागज पर गुदे नीले-नीले लफ्जों को बिटर-बिटर ताकता भर रहा था, जिसके नीचे स्याही से एक अँगूठा निशान लगाया गया था और पास ही कुछ लिखा भी था।

"करिया अच्छर भैंस बरोबर हूँ लंबरदार, आप जो लिखा होइहो, हम ओहका झूठ थोड़े ही कहत हन। पर···।"

"पर क्या, झूठ भी नहीं समझता और हिसाब भी देखने चला है", हुक्का गुड़गुड़ाकर धुआँ उसकी ओर फेंकते हुए रमेसर सिंह फिर बोले, "साल में एक बार सूद माँगता हूँ, वह तो तुझसे दिया नहीं जाता, मेरे यहाँ काम करना तुझे रास नहीं आता···ठेकेदार के सहलाने में ज्यादा मजा आता है न, स्साला सराफत का जमाना नहीं रहा।" उन्होंने फिर हुक्का गुड़गुड़ाया और इस बार धुआँ सरजुआ के ठीक मुँह के सामने उगल दिया। उसकी आँखों में कड़वाहट भर गई। खाँसी आ गई तो अँगोछे से मुँह-आँखें ढक वह दो कदम पीछे हट गया।

"तूने मुझ पर शक किया है, इसलिए अब तू भी कान खोलकर सुन ले सरजू, एक साल के अंदर रुपयों का इंतजाम करना होगा तुझे, पूरे एक हजार हैं।"

अँगोछा हटाकर पनियायी आँखों से सरजुआ ने उनकी ओर देखा।

"सुन लिया न, अब भाग यहाँ से!" रमेसर सिंह बही-खाता सँभाल पलंग से उठ खड़े हुए तो वह भी मुड़ पड़ा, लेकिन उनकी आवाज सुनकर रुक गया। कुछ नरम आवाज में वह कह रहे थे, "देख, तेरी भलाई के लिए ही कह रहा हूँ सरजू, ठेकेदार के चक्कर में मत पड़। रेलवे का ठेका जिंदगीभर नहीं चलेगा। मेरे यहाँ आ जा। कर्ज भी उतरता रहेगा और तेरा घर भी चलता रहेगा। जल्दी नहीं है। अगली फसल से सही। इससे पहले जब भी तुझे कभी किसी बात की चाहत हो, बेहिचक कहना। अरे, तेरे बाप ने जो मेरी सेवा की थी, उसे मैं भूला थोड़ी ही हूँ, मुझे कभी पराया मत समझना।"

वह बिना कोई उत्तर दिए चला आया और सोचता रहा था, कितना खतरनाक आदमी है, यह जो मारता भी है और रोने भी नहीं देता, इसीलिए छप्पर छाने की समस्या, जब इस बार भी उसके सामने आ उपस्थित हुई, तब रमेसर सिंह की उस दिन की बात का सूत्र पकड़े, वह उनके पास जा पहुँचा, नाले के किनारे के उनके खेतों की पतावर के लिए। सुनकर वह बोले थे, "तिहाई में काट ले, तिहाई माने एक हिस्सा तेरा और दो हिस्से मेरे।"

वह चुप रहा, क्योंकि सौदा घाटे का लग रहा था। वह तो आधे की उम्मीद लेकर आया था।

"सोच क्या रहा है, कल से ही शुरू हो जा न। इतनी पतावर है कि तिहाई में तुझे इतनी मिल जाएगी कि तेरा घर भी छा जाएगा और तू बेच भी लेगा।"

"अच्छा, लंबरदार!" वह केवल इतना कहकर उठ आया था।

□

किसी तरह वह पाँच गट्ठर पतावर ही इकट्ठा कर बाँध पाया, शेष उस भयंकर आँधी की चपेट में आकर उड़ गई। पाँच बाँधे गट्ठर भी उड़ गए होते, यदि वह उन्हें इकट्ठा कर उनके ऊपर बैठ न गया होता। आँधी इतनी तेज थी कि एक बार उसे लगा, जैसे गट्ठरों सहित वह भी उड़ जाएगा। दिन भर के परिश्रम की उस शेष बची पूँजी को बचाने के लिए वह उन पर पसर गया और दोनों हाथों से मजबूती से पकड़ लिया। लगभग आधा घंटे के तांडव के बाद आँधी धीमी हुई। उसने ऊपर देखा, आसमान में कालिख सी पुत गई थी। अभी शाम होने में काफी समय शेष था, लेकिन अँधेरा पूरी तरह उतर आया था। पगडंडी के पास खड़ा नीम का पेड़ दूर से उसे दैत्य के समान दिखाई दे रहा था।

"हे ईसवर, अब का करि रहे हो। हम गरीबन पर तो तनिक दया करौ

भगवान! वैसेई म्हारि दिन भर की मेहनत अकारथ हुई गई, छप्पर छाउब तो दूर, लागत है आज झोपड़िया सही-सलामत न बची।" वह बुदबुदाता हुआ उठा।

आँधी का प्रभाव काफी कम हो गया था, लेकिन हवा फिर भी चल रही थी और उसमें ठंड का असर बढ़ गया था, हालाँकि उसने जगह-जगह से पैबंद लगा कोट अपने शरीर पर लटका रखा था, जिसे आठ साल पहले धन्नू पंडित ने तब दिया था, जब उसने पंद्रह दिनों तक उनके यहाँ इस उम्मीद से काम किया था कि जो मजदूरी मिलेगी, उससे वह अपनी बीमार बेटी का इलाज करवाएगा। बिटिया लगभग एक महीने से बीमार चल रही थी। पैसों के लिए उसने पूरे गाँव में चक्कर लगाए थे। सबने जब टका सा जवाब दे दिया और रमेसर सिंह ने दुत्कार कर भगा दिया, तब हारकर वह दूसरे सूदखोर धन्नू पंडित की शरण में गया था और धन्नू पंडित ने उसकी मजबूरी का भरपूर फायदा उठाया था। बोले थे, "पैसे तो अभी हैं नहीं···तू कुछ दिन काम कर, तब तक मैं जुगाड़ बना दूँगा।"

वह पंद्रह दिनों तक दिन-रात उनके यहाँ खटता रहा और बिटिया घर में बिना इलाज तड़पती रही थी। हर रोज धन्नू पंडित उसे आश्वासन देते कि कल पैसे जरूर दे देंगे, लेकिन कल अगले कल पर टल जाता। आखिर पंद्रह दिन बीतते-बीतते उसका धैर्य टूट गया तो दबी जुबान वह बोला, "पंडित जू, बिटेवा बिन इलाज मर रही है, अगर आप पैसन का इंतिजाम करि देते तो···।"

उसकी बात पूरी होने से पहले ही धन्नू पंडित चीखे थे, "स्साले, मैं कोई बेईमान हूँ···भाग जा यहाँ से···नहीं दूँगा पैसे-वैसे···।"

वह भौंचक उन्हें देखता रह गया था। पैरों के नीचे से जमीन खिसकती लगी थी। वह गिड़गिड़ा उठा था, "पंडित जू, किरिपा करि कै···।"

कुछ क्षण तक खा जानेवाली आँखों से उसे घूरते रहे थे धन्नू पंडित, फिर घर के अंदर लपकते हुए गए थे और वह पुराना कोट उसके ऊपर फेंक दिया था, "ले, ले जा इसे···चल फूट मादर···।"

"लेकिन पंडित जू, हम इहका का करिब, हमै तो बिटेवा के इलाज खातिर···।"

"इसे बेच दे किसी को, पैसे मिल जाएँगे।"

"पंडित जू···।" वह फिर गिड़गिड़ा उठा।

"तेरी माँ···की···स्साला बकवास करता है।"

वह कोट थामे भाग खड़ा हुआ था विवश-उदास। कोट खरीदने के लिए उसने कई लोगों से कहा, लेकिन सबने यही कहा, "किसी मुरदे से उतारा ई कोट कौन खरीदे।"

सारे गाँव में वह भटका, लेकिन किसी ने कोट नहीं खरीदा और एक दिन बिटिया बिन इलाज के चल बसी। उसने चाहा कि वह उस कोट को फेंक दे, लेकिन फेंक न सका। बिटेवा को तो न बचा सका, लेकिन सर्दी से अपने शरीर की बचत वह उस कोट से करने लगा था।

"सब गरीबन का खून चूसैं वाले रकत पाई गुंडे-बदमाश हैं, चाहे रमेसर सिंह हों, धन्नू पंडित या कि ठेकेदार।" उसने पाँच गट्ठरों को पतावर का लंबा जूना बनाकर एक साथ बाँधकर बोझ तैयार कर लिया और बैठकर दाएँ पैर से धक्का मारकर उसे सिर पर रखना चाहा, लेकिन संतुलन बिगड़ गया। बोझ एक ओर और वह दूसरी ओर लुढ़क गया, तभी आसमान में बादलों की चीत्कार सुनाई पड़ी। वह सहम गया। जल्दी से उठकर बोझ को सँभालने लगा। इस बार किसी तरह बोझ सिर पर आ गया। वह सरपट पगडंडी की ओर भागा, लेकिन नीम के पेड़ के पास पहुँचते-पहुँचते आसमान की कालिख झरने लगी। मोटे-मोटे बूँद पड़पड़ाने लगे। बारिस इतनी तेज थी कि एक कदम भी आगे बढ़ना कठिन था। नीम के पेड़ के नीचे बोझ पटक वह तने से सटकर बैठ गया, तभी उसे किसी के कँपकँपाने और दाँत कटकटाते हुए 'हू-हू' करने की आवाज सुनाई पड़ी। उसने घूमकर देखा तो दंग रह गया। रमेसर सिंह उकड़ूँ बैठे काँप रहे थे।

"लंबरदार, आप··· ?" साश्चर्य उसने पूछा।

"कौ···कौ···कौन··· ?"

"मैं हूँ सरजू, लंबरदार!"

"स···स···स···र···जू···ग···गजब···ठंड है। लगता है, प्राण निकल···जाएँगे।" किसी प्रकार रमेसर सिंह कह पाए।

सरजुआ चुप रहा। रमेसर सिंह को काँपता-दाँत किटकिटाता देख उसे अच्छा लग रहा था। 'बूढ़ा···खूसट···खूब गरीबन का खून चूसा है तैने···अब कहाँ गई ऊ हेकड़ी।' वह मन-ही मन बुदबुदाया।

"क्या करने आया था रे यहाँ ?"

"आपै ते तो पूछा रही लंबरदार पतावर खातिर। आज सुब्बो से वही काटित रही।"

"ओह, ठीक है···ठीक है। हे भगवान्, फसल तो सब सत्तानास हो गई। लागत है पत्थर गिरी।"

सरजुआ फिर चुप रहा। इस समय उसके दिमाग में एक बात घूमने लगी थी,

'आज मौका अच्छा है, क्यों न इस पापी को ठिकाने लगा दिया जाए। क्यों न अपने बापू के साथ किए गए इसके अत्याचार का बदला चुका ले।'

एकाएक उसकी आँखों के सामने अपने बापू की मौत का दृश्य घूम गया। वह जेठ माह की तपती एक दोपहर थी। सूरज आग उगल रहा था। बाहर लपटें सी उठ रही थीं और कोठरी के भीतर भट्ठी सुलग रही थी। उसका बापू झिंगला खटोली पर पड़ा तड़प रहा था। वह और मोहल्ले के लोग अवश-उदास नजरों से तिल-तिल समाप्त हो रहे उसे देख रहे थे और बापू की मौत के लिए जिम्मेदार रमेसर सिंह इस समय उसके पास बैठे ठंड से थरथरा रहे थे।

□

रमेसर सिंह के यहाँ ही उसका बापू एक प्रकार से बँधुआ मजदूर की तरह काम कर रहा था। यह सब उसके बापू को विरासत में मिला था। उसे अपने बाप से, यानी उसके बाबा से। उसका बाबा भी रमेसर सिंह के बापू की हलवाही में था और मरते समय हल की मुठिया अपने बेटे रमजुआ को पकड़ा गया था। एक बार पकड़ी हल की मुठिया उसके बापू के हाथों से तभी छूटी, जब वह उनके अत्याचार का शिकार होकर उसे अकेला छोड़कर चला गया। वह हताश-हतबुद्धि कुछ न कर पाया था, उस आदमी के खिलाफ, जिसने सुलगती रात में महुए की शराब उतारने के लिए उसके बापू को मजबूर किया था।

महुए की कच्ची शराब उतारकर बेचना रमेसर सिंह का वर्षों पुराना धंधा रहा है, जो पुलिस की मिली-भगत से आज भी बदस्तूर जारी है। उस रात भी सड़े महुओं से शराब उतारी जानी थी। इस काम में उसके बापू को ही लगाया जाता था। उस दिन उसकी तबीयत ठीक न थी। बुखार से उसका बदन तप रहा था। उसने जाने से इनकार कर दिया, लेकिन रमेसर सिंह के लठैतों के सामने उसकी एक न चली। वे उसके बापू को जबरदस्ती घसीट ले गए। वहाँ पहुँचकर बापू ने रमेसर सिंह के सामने हाथ जोड़ दिए, "मालिक, बुखार के मारे चक्कर आ रहा है। काम न करि पाउब सरकार।"

"महुओं की गंधाहट पा के तेरा बुखार एक मिनट में रफूचक्कर हो जाएगा।" होंठ चबाकर बोले थे रमेसर सिंह और जानवरों के बाँधे जानेवाले बाड़े की ओर धकियाने लगे थे उसे।

"मालिक मोहते न होई···मोहका···।" उसका बापू गिड़गिड़ा उठा था।

"देखता हूँ साले, कैसे नहीं होता।" रमेसर सिंह ने अपने एक लठैत से लाठी

छीनकर छह–सात लाठियाँ बापू की पीठ पर जमा दी थीं। औंधे मुँह गिरकर बेहोश हो गया था उसका बापू और जब होश आया, तब वह उस कोठरी में था, जिसमें शराब उतारी जाती थी। सामने उसके रमेसर सिंह खड़े थे और कह रहे थे, “अब रात भर यहाँ से हिलने का नाम न लेना, वरना अच्छा न होगा।”

रात भर बुखार में तपकर भी बापू काम करता रहा था और सबेरे घर आते ही औंधा मुँह खटोली पर ढह गया था। एक के बाद एक कितनी ही उल्टियाँ और फिर दस्त शुरू हो गए थे उसे। कुछ ही घंटों में शरीर पीले पत्ते की तरह हो गया था, जैसे खून की एक–एक बूँद निचुड़ गई हो। मौत मुँह फैलाए उसके बापू को निगलने के लिए क्षण–प्रतिक्षण आगे बढ़ती जा रही थी और वह मौत को परे धकेलने के लिए उपाय सोच रहा था। पैसा एक भी न था उसके पास। मोहल्लेवाले भी उसी की तरह थे। उनसे माँगना बेकार था। गाँव में और किसी से उम्मीद न थी उसे कुछ मिलने की, क्योंकि उसका बापू रमेसर सिंह के यहाँ काम करता था और उसकी मदद करके कोई भी गाँववाला रमेसर सिंह से दुश्मनी मोल नहीं लेना चाहता। कम–से–कम उस समय तो नहीं ही और वह रमेसर सिंह की शक्ल भी नहीं देखना चाहता था। उसे घृणा हो गई थी उनसे।

“कहाँ से इंतजाम करे पैसों का!” वह सोचता ही रह गया था और मौत उसके बापू पर अपने पंजे गड़ा चुकी थी। वह रह गया था अकेला, बेहद अकेला··· रोता–बिलखता, तभी उसके आँसू पोंछने दौड़े आए थे रमेसर सिंह, सांत्वना के मरहम से उसके घाव को भरने के लिए। वक्त–जरूरत पर मदद करते रहने के आश्वासनों की झोली खोल दी थी उन्होंने उसके सामने और वह उनसे घृणा करता हुआ न चाहकर भी गाहे–बगाहे मदद लेने के लिए मजबूर होता रहा, लेकिन उनके बहुत कहने के बाद भी वह उनकी हलवाही करने नहीं गया।

□

“आज से अच्छा मौका कब मिलेगा सरजू, दबा दे इसका टेंटुआ, बड़ी शांति मिलेगी बापू की आत्मा को। कौन जानेगा कैसे मरा, दुनिया समझेगी–पानी और ठंड से मर गया होगा।” उसके हाथ रमेसर सिंह की गरदन की ओर बढ़ने लगे।

“क···क···का है रे?” कँपकँपाई आवाज में रमेसर सिंह बोले तो उसने अपने हाथ सिकोड़ लिये।

“कुछ नहीं लंबरदार···सरदी बहुत है।” वह बोला, फिर मन–ही मन सोचने लगा, ‘पापी कितना चौकन्ना है!’

बूँदों की धार के साथ छोटे-छोटे ओले पड़ने लगे। सरजुआ के ठीक ऊपर एक डाल थी, इसलिए उसपर बहुत असर नहीं हुआ, लेकिन रमेसर सिंह के सिर पर चार-छह ओले आ गिरे तो वह चीख उठे, "हाय मर गया रे! हाय-हाय सिर फट गया!"

"इधर आ जाओ लंबरदार।" सरजुआ ने उन्हें अपने निकट खींच लिया। वहाँ भी कुछ ओले छिटककर उनके आ लगे। वह फिर चीखे, "सरजुआ, यहाँ भी बचना मुश्किल है। देख ये ओले···।" रमेसर सिंह ने कुछ ओले उसके सामने बढ़ा दिए।

"लंबरदार, एकै उपाय है। आप हमार यो कोट सिर पर डारि लेव, साइद कुछ बचत हुई जाए।"

"ला रे···जल्दी ला, नहीं तो यो सिर सही-सलामत न बची।"

सरजुआ ने थेगलिहे और सालों से अनधुले कोट से रमेसर सिंह का सिर ढक दिया। उनको कुछ राहत मिली। सरजू के बदन में अब केवल फटा कुरता रह गया था और ठंड थी कि हड्डियाँ भेदकर अंदर घुसी जा रही थी। दोनों टाँगें हाथों से बाँधकर वह उकड़ूँ बैठ गया। उसके दिमाग में फिर भूचाल उठा रमेसर सिंह का गला घोंट देने के लिए। वह सर्दी भूल गया और सोचने लगा, कैसे रमेसर सिंह के गले में पँजा फँसाएगा, कैसे धीरे-धीरे दबाएगा और जब वह गिड़गिड़ाने लगेंगे, तब वह ठहाका मारकर हँसेगा। रमेसर सिंह को तड़पता देखकर मन की आग को कुछ तो शांति मिलेगी।

उसने टाँगों को घेरे हाथों को छुटाना चाहा, लेकिन हाथ थे कि ठंड में जम से गए थे। उसने बहुत कोशिश की कि हाथ दोबारा चैतन्य होकर अपना काम शुरू कर दें, लेकिन वे तो चुंबक की तरह टाँगों से चिपककर रह गए थे। एक बार थोड़ी सी जकड़न ढीली हुई तो लगा, जैसे हवा का तीर पसलियों में घुसने लगा है। उसने फिर टाँगें छाती से चिपका लीं और हाथ कस लिये।

तभी उसे रमेसर सिंह की आवाज सुनाई पड़ी, "ओरे सरजुआ, देख तो अब ओला-पानी थम गया है, किसी तरह घर पहुँचना चाहिये।"

रमेसर सिंह का टेंटुआ दबा देने की उसकी योजन धराशायी हो गई। ओला-पानी सचमुच बंद हो चुके थे। उसने देखा, रमेसर सिंह उठ खड़े हुए थे। वह भी उठने का प्रयत्न करने लगा, लेकिन उठ न सका। लगा जैसे शरीर जम सा गया है।

"क्यों रे, कितने पूरे काट पाया था पतावर के?"

"होंगे कोई पचास, लेकिन···।"

"लेकिन क्या रे?"

"पचास में से कुल पाँच ही बाँध पावा रही, ओ रहा उनका बोझ···बाकी सारी पतावर आँधी मा उड़ि गई है, ठाकुर साहब।"

"उड़ गई? उड़ गई तो भोगना स्साले हरजाना।" रमेसर सिंह के स्वर में क्रोध स्पष्ट था, "तूने न काटी होती तो काहे को बरबादी होती, मैं कुछ नहीं जानता।"

"इह मा म्हार का दोष, ठाकुर साहब।" सरज़ुआ हतप्रभ उनकी ओर देखने लगा।

"तो मेरा दोष है? भाग स्साले।" रमेसर सिंह ने एक लात उसके हुमककर मारी तो वह गिरते–गिरते बचा।

"ले सौ रुपए तुझ पर और चढ़ गए करज के हो गए अब पूरे ग्यारह सौ।" कोट उसके मुँह पर फेंक रमेसर सिंह पगडंडी पर उतर गए।

सरजुआ की आँखों में सैकड़ों बिजलियाँ एक साथ कौंध गईं। मुट्ठियाँ भिंच गईं और वह उठ खड़ा हुआ।

"आदमखोर···जिनावर।" वह चीखा और उछलकर पगडंडी पर आ गया।

□

भीड़ में

सुनकर चेहरा खिल उठा था उनका। उम्र से संघर्ष करती झुर्रियों की लकीरें भाग्य रेखाओं की भाँति उभर आई थीं। आँखें प्रह्लाद पर टिकाकर पूछा, "कहाँ तय की लल्लू ने शादी?"

"आपको कुछ भी खबर नहीं, बाबूजी?" प्रह्लाद, जो उनके चचेरे भाई का बेटा है, ने आश्चर्यमिश्रित स्वर में पूछा था।

"इसी शहर··काकादेव की पार्टी है।" प्रह्लाद रुका, फिर बोला, "मैं सोचता था कि रमेंद्र ने आपको बताया होगा, वे और भाभीजी तीन बार आ चुके हैं यहाँ।"

"फुर्सत न मिली होगी, लल्लू 'बिजी' भी बहुत रहता है।" प्रह्लाद के चेहरे से आँखें हटा वे पास रखे अखबार में कुछ पढ़ने लगे।

"बड़े पद की व्यस्तताएँ बड़ी होती ही हैं, बाबूजी।" प्रह्लाद ने देखा, वे अखबार में किसी समाचार पर नजरें गड़ाए हुए थे।

कुछ देर सन्नाटा रहा।

"लल्लू ने कुछ कहा है?" अखबार से नजरें हटा कुछ देर बाद वे बोले।

"कहा कुछ नहीं।" प्रह्लाद ने देखा कि वे फिर अखबार में उलझ गए थे। "मुलाकात तो मुझसे भी नहीं हुई रमेंद्र की। कई महीने हो गए। अब लखनऊ भी दिल्ली हो रहा है बाबूजी। एक ही शहर में रहकर भी हम नहीं मिल पाते। दूरियाँ भी बढ़ गई हैं। एक दिन मेरी बिटिया रंजनाा ने रमेंद्र से कुछ पूछने के लिए फोन किया था। वे मिले नहीं पता चला ऑफिस चले गए थे, पुत्तन की माँ, यानी रंजनाा की चाची थीं विनीता। विनीता ने ही बताया था कि दस दिन पहले उन्होंने बेटे की शादी तय कर दी है। लड़की लखनऊ विश्वविद्यालय से बायो-केमेस्ट्री में पी-एच.डी. कर रही है। पिता कानपुर में 'जॉयंट डायरेक्टर ऑफ इंडस्ट्रीज' हैं। कानपुर से बीस मील दूर घाटमपुर के पास गाँव में बड़ी काश्त है। शहर में तीन मकान, बड़ी पार्टी है।"

'क्या वह व्यर्थ ही बोलता रहा, बाबूजी ने सुना भी या नहीं। उसके बताने से पहले ही वह अखबार में चेहरा झुका चुके थे। वह क्यों इतना सब बोल गया!' प्रह्लाद को स्वयं पर गुस्सा आ रहा था।

देर तक चुप्पी रही। प्रह्लाद की नजरें उनके चेहरे पर गड़ी थीं। छत के पश्चिमी कोने पर चिड़ियों का झुंड आ बैठा और चहचहाती हुईं वे दानों पर चोंचे चलाने लगीं। वर्षों से वे छत के उस कोने में दो मुट्ठी अनाज डालते आ रहे हैं। चिड़ियों का झुंड निश्चित समय पर प्रतिदिन वहाँ आ पहुँचता है। वे एक-एक चिड़िया को पहचानते हैं और वे भी उन्हें पहचानती हैं, इसीलिए निर्भय हो वे उनके पास तक चली आती हैं। वे जब तक वहाँ रहती-चहचहाती हैं, वे मंत्रमुग्ध सुनते रहते हैं। उतनी देर वे अपने एकाकीपन की गुफा से बाहर निकल आते हैं, जब वे चली जाती हैं, वे फिर उसी गुफा में समा जाते हैं। कभी जब कोई परिचित चिड़िया कई दिनों तक नहीं आती, वे समझ लेते हैं कि वह अब नहीं आएगी। उनका मन दुःखी रहता है, लेकिन दो-चार दिनों में ही उस चिड़िया का स्थान जब कोई नई चिड़िया ले लेती, वे फिर सामान्य हो जाते।

काफी देर बाद वे बोले, "हमारा पुत्तन भी तो रेलवे में इंजीनियर हो गया है।"

चिड़ियों का झुंड फुर्र से उड़ गया था। वे उन्हें आसमान में दूर उड़ता हुआ देखते रहे।

"हाँ चाचा, लखनऊ में ही पोस्टिंग मिली है।"

"लल्लू एक बार आए थे," वे रमेंद्र को बचपन से घरेलू नाम 'लल्लू' से ही बुलाते हैं। रमेंद्र ने कई बार टोका भी, "बाबूजी, अब मैं लल्लू नहीं रहा और बचपन में भी नहीं था। पढ़ने में अव्वल रहा हूँ, फिर भी आप आज भी लल्लू ही बुलाते हैं। मेरे मित्रों के सामने भी; बाद में लोग मजाक उड़ाते हैं। आप भी अफसर रहे हैं, ए.सी. इनकम टैक्स…।" उन्होंने हर बार रमेंद्र को समझाने का प्रयत्न किया, "बेटा, यह नाम तुम्हारी माँ का दिया हुआ है, जुबान चढ़ा है। लल्लू का मतलब लल्लू ही नहीं होता, लाल है…मेरा लाल। यह केवल नाम ही नहीं है रमेंद्र, तुम्हारी माँ की भावनाएँ—प्यार जुड़ा है इससे।"

बाद में रमेंद्र ने विरोध करना बंद कर दिया था, लेकिन जब भी उनके मुँह से 'लल्लू' निकलता, वह कसमसाता अवश्य था।

"हो गए होंगे कोई नौ-दस महीने।" कुछ देर के विराम के बाद वे बोले, "शायद फरवरी की बात होगी, सर्दी के ही दिन थे…मुझे याद आ रहा है।" वे उस

दिन को याद करने लगे, "यहाँ लेबर ऑफिस में कोई मीटिंग थी, दफ्तर की गाड़ी से आए थे लल्लू, बड़ा ताम-झाम था। चपरासी—बड़ा बाबू, दो सहायक अधिकारी, मैं छत पर धूप सेंक रहा था। पंद्रह-बीस मिनट रुके होंगे, चाय बना दूँ कहा तो बोले थे, आप धूप सेंको बाबूजी, चाय बनने-पीने में देर हो जाएगी, लखनऊ पहुँचकर कमिश्नर के साथ मीटिंग है। बहुत जल्दी में थे, तभी बताया था कि पुनीत (पुत्तन) रेलवे में सलेक्ट हो गया है।" साँस को स्थिर कर वे फिर बोले, "चलो अच्छा हुआ कि पुत्तन को लखनऊ में पोस्टिंग मिल गई। लल्लू के रिटायरमेंट में भी तो दो साल ही बचे हैं।"

प्रह्लाद चुप रहा। उसे कोई बात नहीं सूझ रही थी। वे भी अखबार का पन्ना पलट कोई महत्त्वपूर्ण समाचार ढूँढ़ने लगे थे। देर तक दोनों के मध्य मौन पसरा रहा।

"कब है तिलक और शादी?" अखबार बंद कर उन्होंने पूछा।

"शायद पचीस नवंबर को तिलक है और आठ दिसंबर को शादी!"

"हुँह," वे डूब गए थे गहरी सोच में, "पचीस नवंबर, यानी केवल बीस दिन।" कुछ देर बाद बोले, "अरे बातों में ऐसा डूबा कि तुम्हें चाय पिलाने की याद ही नहीं रही। लो, अखबार पढ़ो।" अखबार प्रह्लाद की ओर बढ़ा वे उठ गए, "दस मिनट में आया।"

"चाचाजी, आप तकलीफ न करें, चाय की जरूरत नहीं है।" प्रह्लाद ने विरोध किया, लेकिन "प्रह्लाद, चौरासी साल का हो गया तो क्या! अपने लिए सब करता हूँ, तुम्हारे लिए चाय नहीं बना सकता! इन हाथों की चाय पियोगे तो याद रखोगे!"

उनके उत्साह को देख प्रह्लाद को चुप रह जाना पड़ा। वह सोचने लगा, चाचा के विषय में जो दो सफल बेटों और दो बेटियों के होते हुए भी जीवन के अंतिम चरण में स्वयं सबकुछ करने के लिए विवश हैं।

□

बाबू रघुनाथ सिंह ने छोटे स्तर से जीवन प्रारंभ किया था। बी.ए. करने के बाद वे शिक्षा विभाग में क्लर्क बने थे। पिता किसान थे और कानपुर से बीस मील दूर सरसवा गाँव में दस बीघे खेतों में अथक परिश्रम कर उन्होंने बेटे को पढ़ाया था।

वे शिक्षा विभाग में लगे उसके कुछ दिन बाद ही पिता ने आँखें मूँद लीं। माँ को वे साथ शहर ले आए। खेती अधाई में दे दी। नौकरी करते हुए एल-एल.बी. की पढ़ाई शुरू की। नौकरी और पढ़ाई में खेती देखने जाने के अवसर कम होते गए। एल-एल.बी. का पहला साल पास किया तब शादी हो गई। जिम्मेदारियों के कारण

महीने में एक बार गाँव जाने का क्रम टूट गया। फसल में ही जा पाते। परिणामतः आधा-अधूरा ही मिलता, लेकिन 'खेती है गाँव में' सोचकर संतोष कर लेते। यह क्रम अधिक नहीं चलने दिया पट्टीदारों ने। निकट के चाचा ने घर पर अधिकार कर लिया। मिलने पर कुछ कहने का अवसर भी नहीं दिया। "बबुआ, तुम तो शहरी हुए—साल में दो बार आते हो, एक-दो दिन के लिए। तुम्हारा घर मिट्टी के ढेर में तब्दील हो, इससे पहले कुछ करना चाहिए—सोचा।" दीवारों की ओर इशारा कर वे बोले थे, "तुम देख रहे हो न! बिन देखभाल के दीवारें गिरने को हो रही हैं। चप्पर-छानी बिन एक दिन सब ढह जाएगी, तुमसे बिन पूछे दरवाजा खोलकर मैंने मरम्मत करवाया, बुरा तो नहीं लगा तुम्हें?" उनके चेहरे पर दृष्टि गड़ा उन चाचा ने पूछा तो वे चुप ही रहे थे।

"बबुआ, घर खुला रहेगा तो साफ-सफाई होगी—हवा मिलेगी तो घर बना रहेगा। तुग रागझदार हो, दुई अच्छर पढ़े हो। अच्छे ओहदे पर हो। घर और मेहरारू बिन देखभाल के साथ छोड़ देते हैं।" फिक से हँस दिए थे उनके वे चाचा तो वे किसी प्रकार अंदर उमड़ते क्रोध के ज्वार को दबाकर बोले थे, "फिर भी आपको एक बार पूछ तो लेना ही चाहिए था चाचा। अम्माँ को शहर पसंद नहीं आया अभी तक। पुरखों की ड्योढ़ी है। उनका मन यहाँ रहने को हो सकता है। खेत-पात देखने की इच्छा हो सकती है।"

बीच में टोका था चाचा ने, "अरे, कैसी बात करते हो रघुनाथ बबुआ। तुम्हरी अम्माँ—हमरी भौजाई, तुम्हरे घर में कोई दूसरा तो रहेगा नहीं। तुम्हारा छोटा भाई, यानी मेरा छोटे ही रहेगा। दो बच्चे हैं और घरवाली। तुम्हारी अम्माँ आएगी तो उनके लिए अच्छा ही रहेगा। सुबह-शाम पकी रोटियाँ मिला करेंगी। बूढ़ा शरीर, कहाँ खटकर रोटियाँ सेंकती रहेंगी। ठाठ से आएँ भौजी, रहें। तुम्हारा घर तुम्हारा ही रहेगा बबुआ, मन मा कौनो खोट मत लाओ रघुनाथ। हमहुँ तुम्हार सगे हन। तुम्हारे परबाबा और मेरे बाबा सगे भाई थे। यह भी बताने की जरूरत है?" कुछ देर रुककर उनके चेहरे के भाव पढ़कर चाचा बोले थे, "बड़ी रहस की बात है बबुआ। खाली घर पर सारे गाँव की नजरें गड़ी थीं। कोई गैर आकर मेरे घर पर नाजायज कब्जा करे, यह मैं कैसे बर्दाश्त कर सकता था, इसलिए। बाकी भौजी आवें, हमें तो खुशी होगी। बँटाईदार ससुरा सुनता नहीं—मनमानी करता है। तुम भी महीनों में आते हो। थोड़ा जल्दी-जल्दी आया करो बबुआ। दुई-चार दिन रहा करो, छोटे के रहते कोई दिक्कत न होगी। उसके बच्चे सेवा करेंगे तुम्हारी।"

वे चाचा की बातों का अर्थ समझने की चेष्टा करते रहे थे, तभी कुछ रुककर चाचा बोले थे, "एक बात सुझाई बबुआ ?"

उनकी ओर देखा था उन्होंने, अभिप्राय था कि कहें आप!

"तुम किसी दूसरे को खेत देते ही क्यों हो बँटाई में ? अब छोटे है न, घर भी सँभालेगा और खेत भी। साल–छह महीने में जब भी फुर्सत मिले, आव और अपना हिस्सा ले जाओ, बँटाईदार के पीछे पड़ने की झिक–झिक खत्म।"

"खेती के मामले अम्मा सँभालती हैं। उनसे पूछकर ही उत्तर दे पाऊँगा।" वे बोले थे।

"रघुनाथ बबुआ, तुम अब छोटे तो नहीं हो। खुद ही निर्णय कर सकते हो। खेतों की जिम्मेदारी कब तक अम्मा पर डालते रहोगे! बूढ़ा शरीर, उन्हें मुक्त कर दो।" कुछ सोचने का सा भाव प्रकट करते वे कुछ देर तक चुप रहकर फिर बोले, "पढ़–लिखकर भी तुम अम्माँ की भावना की कदर करते हो, यह जानकर मुझे अच्छा लगा। तुम जरूर पूछो उनसे और बेहतर तो यही होगा कि भौजी ही आकर रहें कुछ दिन छोटे के साथ। मेरा बेटा है तो उनका भी बेटा ही हुआ न! उसकी बहू उनकी अच्छी देखभाल करेगी।"

वे चाचा को उत्तर नहीं दे पाए थे और न ही उनके बेटे छोटे को घर खाली करने के लिए कह पाए थे, लेकिन यह समझते उन्हें देर न लगी थी कि अनाथ पड़े मकान को जिस प्रकार चाचा ने अपने अधिकार में ले लिया है और वे विरोध नहीं कर सके, उसी प्रकार एक दिन वह खेत भी अपने अधिकार में कर लेंगे। बँटाईदार ठहरा गरीब आदमी। धमका देंगे, "मुझे रघुनाथ कह गए हैं कि अब खेत तुम्हारे पास बँटाई में नहीं रहेंगे। छोटे जोतेगा।"

□

देश तब आजाद न हुआ था, लेकिन अवसरवादी लोगों की कमी न थी। चारपाई पर उन्होंने करवट ली। नवंबर के प्रारंभ की धूप की गुनगुनाहट उन्हें भाती लगी; हालाँकि सर्दी अधिक न थी, फिर भी बूढ़ा शरीर धूप को अंदर समेट लेना चाहता था।

अम्माँ ने सुना तो अवाक् रह गईं। "मुझे आशंका थी बबुआ। छोटे भला लड़का नहीं है। उल्टे–पुल्टे लोगों का साथ है। हर दिन ठेके जाता है। घरवाले परेशान हैं उससे। तुम्हारे चाचा को मौका मिला। उससे मुक्ति भी मिली और अगर तुमने उसे अधाई में खेत दिए तो वापस मिलने की उम्मीद न करना।" अम्माँ का

चेहरा विषाद से भर उठा था। देर तक सोचकर वे बोली थीं, "रघु, जैसे भी हो, तुम खेत बेच दो। घर तो शायद ही कोई ले अब। गाँव में कोई उनसे लड़ना नहीं चाहेगा और तुम भी कहाँ कोर्ट-कचहरी करते रहोगे।" चेहरे पर चिंता ओढ़ वे आगे बोलीं, "मैं अब उस ड्योढ़ी में कदम नहीं रखूँगी। अब बचा भी क्या वहाँ! अपवित्र कर दी उसे छोटे ने, क्या नहीं होता होगा वहाँ…शराब-जुआ…।" अम्माँ आहत थीं।

उन्होंने तीन महीने के अंदर ही चुपचाप पड़ोसी गाँव के शिवधार यादव को खेत बेच दिए थे। इस प्रकार गाँव से नाता टूट गया था। गाँव आज भी उनके जेहन में मौजूद है, लेकिन उस दिन के बाद वे गाँव नहीं गए। खेत बेचकर गोविंदनगर में प्लाट लिया था और रहने योग्य मकान बनवा लिया। इतना सब होने तक रमेंद्र और बड़ी बेटी का जन्म हो चुका था। एल-एल.बी. के बाद उन्होंने क्लर्की छोड़ दी थी। सोचा था कि प्रैक्टिस करेंगे, लेकिन तभी इनकम टैक्स विभाग में जगहें निकलीं। कुछ मित्रों की सलाह पर आवेदन कर दिया और बन गए इंस्पेक्टर। मित्रों ने कहा था, 'चाँदी काटोगे रघुनाथ।'

लेकिन उन्होंने मित्रों को झुठला दिया था। अपनी ईमानदारी की धाक जमाने की धुन में उच्चाधिकारियों से कितनी ही बार प्रताड़ित हुए। शहर-दर-शहर भटकना पड़ा और पदोन्नति में रुकावटें आईं, लेकिन उन्होंने समझौता नहीं किया। पूरे विभाग में वे 'बाबूजी' के नाम से पहचाने जाने लगे। वे जानते थे कि बुलाने वाले के मन में इस संबोधन में सम्मान कम व्यंग्य अधिक निहित है, बल्कि केवल व्यंग्य ही कहना उचित होगा। उन्होंने कभी बुरा नहीं माना। वे जानते थे कि विभागीय अधिकारियों से लेकर व्यापारी तक उन्हें 'बाबूजी' पुकारकर यह एहसास करवाना चाहते हैं कि 'तुम अधिकारी बनने योग्य नहीं, तुम्हारी औकात वही है', लेकिन 'मुझे बाबूजी नहीं कहो, रघुनाथ सिंह कहो,' कहकर विरोध करने का अर्थ 'रघुनाथ को आहत करने में वे सफल रहे' उन्हें आनंदित होने का अवसर देना होगा। वे न आहत हुए न डिगे और धीरे-धीरे संबोधन उनके लिए ही नहीं दूसरों के लिए भी सहज हो गया।

वे बाहर ही नहीं, घर में भी 'बाबूजी' बन गए थे। बच्चों से लेकर पत्नी तक। गोविंदनगर का मकान बन जाने के चार वर्ष बाद माँ उन्हें 'फलते-फूलते' रहने का आशीर्वाद दे विदा हो चुकी थीं, तब तक वे दो बेटे और दो बेटियों के पिता बन गए थे। स्थानांतरण में प्राय: बाहर रहे वे, लेकिन पत्नी बच्चों सहित गोविंद नगर में ही रही थीं।

"परिवार को समेटे-भटकते न बच्चों को ढंग की शिक्षा दे पाऊँगा और न

पाल सकूँगा।" एक-दो बार पत्नी के साथ रहने के लिए जिद करने पर वे बोले थे, "सावित्री, बच्चों को कुछ बना सके तो समझो जीवन सार्थक है।"

और सावित्री ने उनका साथ दिया था। बड़ा बेटा रमेंद्र पी.सी.एस. में आया तो खुशी के आँसू बहाती सावित्री ने कहा था, "बाबू, तुम्हारी तपस्या सफल हुई। अब चिंता की कोई बात नहीं।"

"तपस्या तुमने भी की है।" प्यार से पत्नी के कंधे पर हाथ रख वे बोले थे।

उनकी चिंता बेटियों पर आ टिकी थी। बड़ी ने एम.ए., बी.एड. कर लिया था और छोटी बी.ए. कर रही थी। छोटा बेटा धीरेंद्र बी.कॉम. में था। रमेंद्र की पोस्टिंग से पहले ही उन्होंने दोनों बेटियों की शादी कर दी थी दिल्ली में। शादी के कुछ दिन बाद ही बड़ी बेटी दिल्ली में पी.जी.टी. और दो साल बाद छोटी टी.जी.टी. लग गई थी। दोनों बेटियों की शादी में उन्होंने जीवन की कमाई का न केवल जोड़ा धन खर्च कर दिया था, बल्कि कर्जदार भी हो गए थे, लेकिन बेफिक्र थे। 'रिटायर होते समय, जो मिलेगा उससे कर्ज अदा कर दूँगा, फिर पेंशन होगी ही, घर में दो किराएदार रख लूँगा, काम चल जाएगा।' सोचकर वे प्रसन्न हुए थे।

रमेंद्र की पहली पोस्टिंग गोरखपुर हुई थी। धीरेंद्र भी स्टेट बैंक में कैशियर होकर इलाहाबाद पोस्ट हो गया था। धीरेंद्र की नौकरी लगने के समय उनके अवकाश ग्रहण में केवल एक वर्ष शेष था। घर में पति-पत्नी बचे थे। भरा-पूरा परिवार बच्चों के जाते ही काटने को दौड़ने लगा था। उन्हें इतना महसूस नहीं होता था, क्योंकि अकेले रहने की आदत थी, लेकिन सावित्री को सूनापन सालता। वह कहती, "रमेंद्र-धीरेंद्र का विवाह करने की सोचो बाबू, दोनों की उम्र भी हो गई है। शादी हो तो ड्योढ़ी से एक की बहू साथ रहे—मन लगा रहेगा। बच्चे होंगे तो दिन भी कटेगा।"

वे भी चाहते थे कि दोनों बेटों के विवाह से मुक्त होकर रिटायर होने के बाद पत्नी के साथ देशाटन करेंगे। विवाह के प्रस्ताव तब से ही आने लगे थे, जब लड़के इंटरमीडिएट में थे।

"बेटियाँ तो आज भी माँ-बाप के लिए चिंता का विषय हैं। अधिक पढ़ा दें तो योग्य वर नहीं मिलते और कम पढ़ी तो अच्छा घर मिलना कठिन। अधिकारी खोजो तो लाखों की माँग। क्लर्क-खेतिहर बच्चों के माँ-बाप भी कम में तैयार नहीं होते। क्या करें लड़की वाले, यहाँ आज भी लड़की बोझ है, जैसे भी हो, शादी कर मुक्त हो लो।"

पत्नी के बार-बार टोकने पर उन्होंने प्रस्तावों पर विचार करना प्रारंभ कर दिया। रमेंद्र और धीरेंद्र को भी बता दिया। दोनों सुनकर चुप रहे थे। 'पिता जो कर रहे हैं, अच्छा ही कर रहे होंगे। बच्चों को मैंने अच्छे संस्कार दिए हैं। मैंने क्यों, सावित्री को है यह सारा श्रेय। वही तो रही है, मैं दो-चार महीने में दो-चार दिनों के लिए आया तो क्या।' दोनों बेटों के लिए अच्छे प्रस्तावों पर विचार कर उन्होंने दोनों को बुला लिया ̈रमेंद्र तब लखनऊ आ गया था। रमेंद्र के लिए जो लड़की देखी, उसका पिता 'केसा' (कानपुर इलेक्ट्रिसिटी सप्लाई अथॉरिटी) में इंजीनियर था। नगर का प्रतिष्ठित परिवार। लड़की ने उसी वर्ष एम.ए. किया था। धीरेंद्र की बात जिस परिवार में चली, वह भी खानदानी था और लड़की के पिता पी.पी.एन. कॉलेज में प्राध्यापक थे। लड़की एम.ए. अंतिम वर्ष में थी।

कई खबरों के बाद भी रमेंद्र नहीं आया। एक दिन फोन पर कहा, "बाबूजी, काम बहुत है दफ्तर में। छुट्टियों में भी आना पड़ता है। मंत्री महोदय को विदेश जाना है, उससे पहले सारी फाइलें क्लियर कर लेना चाहते हैं। समय मिलते ही आऊँगा।"

उन्होंने पार्टी को 'शीघ्र ही उत्तर दूँगा' कहकर आश्वस्त किया। वे लोग रमेंद्र के पद पर लट्टू थे और किसी भी कीमत में उसे दामाद बनाना चाहते थे। धीरेंद्र दो सप्ताह बाद आया। उसने अधिक ना-नुकर नहीं की। लड़की देखी। 'भविष्य में क्या करन चाहती हैं' पूछा। 'अच्छा डिवीजन बना तो पी-एच.डी. करूँगी। लैक्चररशिप मिल सकती है।' लड़की ने कहा था, 'नहीं तो बी.एड.।'

धीरेंद्र को लड़की पसंद आई थी। उसके लौटने से पहले उन्होंने शादी तय कर दी थी।

रमेंद्र की पार्टी को वे कब तक अश्वासन पर रखते। एक दिन वे लखनऊ जा पहुँचे। रमेंद्र रात दस बजे आया। नौकर था, जो उन्हें पहचानता नहीं था। उन्होंने परिचय भी नहीं दिया। नौकर ने ड्राइंगरूम में बैठाकर चाय दी और "साब देर से आएगा, बोला क्लब में पार्टी है। खा-पीकर आएगा।" नौकर ने उनके चेहरे पर नजरें गड़ाकर पूछा, "आप कब तक इंतजार करेगा, साहब?"

"तुम चिंता न करो। मैं साहब से मिलकर ही जाऊँगा।"

नौकर बार-बार ड्राइंगरूम में आकर देखता। कभी मेज पर पत्रिकाएँ ठीक करता तो कभी सोफे में पड़ी हलकी सलवटें। वे समझ रहे थे कि उसे उनके वहाँ होने से असुविधा हो रही है, लेकिन वे पत्रिकाओं के पन्ने पलटते रहे। फरवरी का महीना था। ठंड अंतिम साँसें ले रही थी। नौकर फिर दरवाजे पर प्रकट हुआ। वह

दीवार की टेक ले संकोच भाव से उनकी ओर देखने लगा। वे उसकी परेशानी समझ रहे थे। साहब आकर पूछ सकते हैं, 'जब तुझे पता था कि मैं देर से आऊँगा, तब भी इन साहब को बैठा रखा···कह देता सुबह आकर मिल लेंगे।' सोचा क्यों न उसे बता दें कि वह परेशान न हो वे उसके साहब के पिता हैं, लेकिन तत्काल इस विचार को झटक सोचा, 'क्यों न कहीं टहल आऊँ। किसी होटल से कुछ खा आना अच्छा होगा।' उन्होंने घड़ी देखी, 'आठ ही बजे हैं, क्लब जाने का मतलब दस-ग्यारह··· उठ ही जाना चाहिए।' और वे उठ गए थे।

"सुनो।" उन्होंने नौकर को आवाज दी थी।

"जी साब।"

"मैं घूमकर आता हूँ। साहब आएँगे तो बताना कि कानपुर से मिलने आया हूँ। जरूरी बात करनी है।"

बँगले से बाहर निकल उन्होंने रिक्शा लिया, "हजरतगंज चलो।" कहकर रिक्शा में बैठ गए।

वे जब लखनऊ पोस्टिंग पर थे तो प्रतिदिन शाम हजरतगंज में बिताते थे। घंटा-दो घंटा कॉफी हाउस में बैठते। प्रायः वे त्रिमूर्ति के निकट बैठते। त्रिमूर्ति, यानी साहित्य के तीन दिग्गज—अमृतलाल नागर, यशपाल और भगवती चरण वर्मा। कभी-कभी उनके साथ भी बैठते और उनकी बहसों का आस्वादन करते।

"क्या जमाना था वह भी।" धूप में गरमी अनुभव हुई तो वे उठ बैठे। चारपाई खिसकाई और टाँगों पर धूप रहे, ऐसा करके लेट गए।

देर तक हजरतगंज में घूमने के बाद 'सौजन्य' रेस्टोरेंट में जा घुसे वे। महँगा था, लेकिन खाने के शौकीन, कभी-कभी महँगा खाना चाहिए, सोच उन्होंने ऑर्डर कर दिया था।

'अब तो सालों बीत गए स्वादिष्ट भोजन किए। सावित्री के जाने के बाद सब स्वप्न सा हो गया।' मटन-पुलाव, बिरियानी, कोफ्ते आदि की याद से मुँह में पानी आ गया।

खाकर 'सौजन्य' से निकले तो रात दस बज रहे थे। रिक्शा किया। रमेंद्र के बँगले पर पहुँचे। नौकर ने गेट खोले बिना अंदर से ही कहा, "साब तो अभी आया नहीं।"

"आ जाएँगे, मिलकर ही जाना है।" उन्होंने देखा नौकर पसोपेश में पड़ गया है। "डरो नहीं, मेरे बैठकर इंतजार करने से डाँटेंगे नहीं तुम्हारे साब तुम्हें।" उनके

कहने पर भी देर तक नौकर कुछ सोचता खड़ा रहा था। रिक्शा जा चुका था। एक बार उनका मन हुआ था कि वे किसी होटल में रात बिता लें और सुबह आ जाएँ, लेकिन 'गलती मेरी ही है। चलने से पहले रमेंद्र को फोन करके कह देना चाहिए था कि मैं आ रहा हूँ। मालूम होता तो वह क्लब जाता ही नहीं, जाता तो नौकर को कहकर जाता।' वे यह सोच ही रहे थे कि गेट के बाहर कार आकर रुकी। रमेंद्र ने उतरकर किसी से बॉय किया। अँधेरा था। वे देख नहीं पाए थे, स्वर किसी नारी का था।

"साब आ गए।" नौकर उत्साहित हो गेट खोलने लगा था।

वे रमेंद्र को आता देख रहे थे। चलने में अफसरी भाव स्पष्ट झलक रहा था। 'अच्छी लंबाई निकल गई है इसकी। मेरे पिता भी तो लंबे थे। बाबा पर गया है। वैसी ही चौड़ी छाती-गठा बदन। धीरेंद्र तो मेरी तरह ही रह गया।' उन्हें रमेंद्र की अफसरी चाल पर आत्म-गौरव अनुभव हुआ।

निकट आ रमेंद्र चौंका, "बाबूजी आप?" झुककर पैर छुए तो उन्होंने प्यार से पीठ पर हाथ फेर आशीर्वाद दिया।

"रामू, तूने बाबूजी को अंदर क्यों नहीं बैठाया?" रमेंद्र नौकर पर बरस पड़ा।

"साब···साब···वो···" नौकर डर से हकलाने लगा। उन्होंने बात सँभाली, "उसकी गलती नहीं लल्लू, मैंने ही उसे नहीं बताया। दो घंटे बैठकर हजरतगंज चला गया। तुम्हारे आगे ही लौटा हूँ। इधर तुम कार से उतरे, उधर मेरा रिक्शा गया।"

रात देर तक वे रमेंद्र को शादी के विषय में, लड़की वालों के खानदान-लड़की···बाप आदि के विषय में बताते रहे थे। रमेंद्र सुनता रहा था बिन बोले।

"शादी की भी एक उम्र होती है बेटा। ईश्वर की कृपा से तुम ढंग से व्यवस्थित हो गए हो। तुम दोनों भाइयों से निबटूँ तो रिटायर होकर तुम्हारी माँ को भी चारों धामों की यात्रा करवा लाऊँ। सारी जिंदगी उसने घर में घुसे बिता दिया।" वे भावुक हो उठे थे।

कमरे में हलकी रोशनी थी। वे पलंग पर लेटे थे और रमेंद्र सोफे पर बैठा हुआ था। देर तक सन्नाटा छाया रहा था कमरे में। बाहर सड़क पर वाहनों के गुजरने की आवाजें बीच-बीच में आ रही थीं और लॉन में झींगुर बोल रहे थे। उन्होंने सामने दीवार पर टँगी घड़ी पर नजर डाली, एक बजने में दस मिनट थे।

"सोचकर बताना···" रमेंद्र के चेहरे पर नजरें टिका कुछ देर कुछ पढ़ने का प्रयास करते रहे थे वे, फिर बोले थे, "बेटा, एक बात की तरफ मेरा ध्यान ही नहीं

गया था। मैं भी कितना मूर्ख हूँ। हाँ, अगर तुम्हारी अपनी कोई पसंद हो तो मुझसे मत छुपाना। जो भी हो, शादी समय से हो जानी चाहिए, निःसंकोच कहना।"

रमेंद्र की नजरें सामने मेज पर चिपकी थीं। उनके बोलते समय रमेंद्र कई बार जम्हाई ले चुका था। देर तक जब वह चुप रहा और दो बार मुँह के सामने हाथ ले जाकर जम्हाई ली उसने तब वे बोले, "दिन भर के थके हो तुम, सो जाओ—मैं सुबह आठ बजे की बस लूँगा। हो सके तो बता देना, किसी भले आदमी को अधिक लटकाना उचित नहीं है। वे लोग दो महीने से हम पर भरोसा किए उत्तर के इंतजार में कोई दूसरा घर देखने तक नहीं गए।" उनका मन खिन्न हो उठा था, लेकिन खिन्नता प्रकट करना उनका स्वभाव नहीं रहा। गंभीर स्थितियों में भी सामने वाले से मुसकराकर बोलना उनकी प्रकृति है।

उनके चुप होते ही रमेंद्र, 'गुडनाइट' कह सोने चला गया।

'कभी उसने केवल 'गुडनाइट' नहीं कहा। 'गुडनाइट बाबूजी' ही कहता रहा है, लेकिन नौकरी के बाद मुझसे मिला ही कितनी बार! चार बार और तब ऐसा अवसर भी नहीं आया। आज उसका बदला रुख देख आश्चर्य हो रहा है। क्या आई.ए.एस., पी.सी.एस. बननेवाले सभी बच्चों की मूल प्रकृति में परिवर्तन हो जाता है। क्या मेरा यहाँ आना उसे अच्छा नहीं लगा, इसीलिए 'गुडनाइट' कहकर मेरे इतना सब कहे को एक शब्द में ध्वस्त कर वह चला गया।' देर तक उन्हें नींद नहीं आई।

सुबह रमेंद्र के उठने से पहले ही नहाकर तैयार हो वह अखबार देख रहे थे। सात बजे थे। रमेंद्र मुँह धोकर रात के कपड़ों में ही सामने सोफे पर आ बैठा। उन्हें लगा, जैसे वह ठीक से सोया नहीं है। उन्हें आश्चर्य भी हुआ। उसने 'गुडमॉर्निंग' नहीं की थी। उनका मन हुआ था कि 'बेटा संस्कारों को भूल रहा है तो क्यों न वे ही गुडमॉर्निंग बेटा' कहकर उसकी गलती याद दिला दें, लेकिन तभी सोचा 'जान-बूझकर किए गए व्यवहार को टोककर नहीं सुधारा जा सकता। यदि उपेक्षा उसके स्वभाव में जमने लगी है, तब कब-कब वे खुरचेंगे।' वे चुप अखबार पढ़ते रहे।

वे सोचने लगे, 'बस स्टैंड पहुँचने में रिक्शा पंद्रह मिनट लेगा। बस ठीक आठ बजे की है। दस बजे ऑफिस पहुँच जाऊँगा। साढ़े सात निकल लेना ठीक होगा।' दस मिनट हैं। यह चुप है। शायद चाहता है, मैं ही पूछूँ। पूछना तो होगा ही। और चाय का घूँट भर उन्होंने पूछा, "लल्लू, मैं क्या जवाब दूँ इंजीनियर साहब को।"

"इनकार कर दीजिए बाबूजी।" उनकी ओर देखे बिना रमेंद्र बोला। उसकी

आवाज भारी हो रही थी। उन्हें लगा जैसे उसे उत्तर देने में बहुत जोर लगाना पड़ा है।

"तुमने क्या सोचा है?"

"यहाँ एक लड़की को मैं वचन दे चुका हूँ।"

"यह तुमने पहले ही क्यों नहीं बताया, इंजीनियर साहब...।"

"अभी बता रहा हूँ तो क्या हो गया?" उनकी बात बीच में ही काट रमेंद्र बोला। उसका स्वर अपेक्षाकृत ऊँचा था।

उन्हें झटका लगा था। झटका इस बात से नहीं कि रमेंद्र अपनी पसंद की लड़की से शादी करना चाहता है, बल्कि इससे कि उसमें उनका रोपा संस्कार का पौधा मुरझाने लगा है और वह बोलचाल-व्यवहार में रूक्ष होता जा रहा है।

"मुझे विश्वास है कि तुम्हारी पसंद उत्तम होगी। मुझे कोई आपत्ति नहीं है और न ही तुम्हारी माँ को होगी। अपने होनेवाले श्वसुर से कहना कि मुझसे संपर्क करेंगे, जिससे जल्दी ही शादी की जा सके।" वे कह तो गए थे, इतना सब एक ही साँस में, लेकिन अंदर से विचलित थे। वे उठ खड़े हुए तो रमेंद्र ने लपककर उनके पैर छुए। उसकी पीठ पर हाथ फेरते वे बुदबुदाए थे, 'खुश रहो।' उनका स्वर भीगा हुआ था, लेकिन उन्होंने इसकी अनुभूति रमेंद्र को नहीं होने दी थी।

नौकर रिक्शा ले आया था। रिक्शे पर बैठते हुए उन्होंने एक नजर रमेंद्र पर डाली थी और 'चार बाग चलो' कहकर सीधे होकर बैठ गए थे।

□

'कृषि विकास बोर्ड' के निदेशक थे गोपाल प्रसाद सिंह, ऑफिसर्स क्लब में रमेंद्र से भेंट हुई थी उनकी। तेज-तर्रार गोपाल प्रसाद को एक नजर में ही रमेंद्र जँच गया था। सीधा, सरल, सहज और सुंदर उस जैसा कहाँ मिलेगा विनीता को!' सोचा था गोपाल प्रसाद ने। दो-चार बार घर बुलाया, विनीता से मिलने की छूट दी तो कॉलेज जीवन तक लड़कियों से बिदकने वाले रमेंद्र के अंदर छुपी भावना जाग्रत् हो उठी। ऑफिस के बाद उसका अधिकांश समय विनीता के साथ बीतने लगा। पढ़ने में सामान्य विनीता उसकी अपेक्षा अधिक व्यावहारिक थी। उसने मिलने-जुलने से आगे नहीं बढ़ने दिया रमेंद्र को, तब भी नहीं, जब उसने घोषणा कर दी कि वह उसी से शादी करेगा।

"मेरी बेटी से शादी करके तुम्हें जो उपलब्धियाँ होंगी, वह कानपुर के किसी इंजीनियर की बेटी से करने से नहीं मिलेंगीं।" गोपाल प्रसाद ने सीधे अपने पद की प्रतिष्ठा निरूपित करते हुए कहा था, "यू नो, मुख्यमंत्री सीधे बुलाते हैं। सरकार का

पूरा ध्यान कृषि विकास पर केंद्रति है। तुम्हारी पोस्टिंग लखनऊ से बाहर न होने दूँगा। मन चाहा विभाग दिलवा दूँगा, ऐश करोगे।"

रमेंद्र ने गणित लगाया था। इंजीनियर की अधिक पढ़ी-लिखी बेटी से अधिक उपयुक्त उसने विनीता को पाया था। अधिक पढ़ी का करना भी क्या? नौकरी करवानी नहीं और दो महीने की कशमकश के बाद स्वयं दौड़कर आए पिता को उसने निर्णय सुना दिया था।

राहत की साँस ली थी रमेंद्र ने, जब बाबूजी ने कहा था, "तुम्हारी खुशी में ही मेरी खुशी है।"

पिता को रिक्शा में जाते वह सड़क के मोड़ तक देखता रहा था।

□

बाबू रघुनाथ सिंह ने दोनों बेटों के विवाह में विलंब नहीं किया। मई के अंतिम सप्ताह में दोनों की तिथि निर्धारित कर शादी कर दी। दोनों के विवाह में मात्र तीन दिन का अंतर। एक बार घर आए मेहमानों ने भी उनके विवेक की प्रशंसा की थी। दो बार घर आने-जाने के जहमत से बच गए थे लोग और 'बाबूजी ने भी खर्च में बचत कर ली है।' कुछ लोगों ने कहा था।

जैसा कि उन्होंने सोचा था, विवाह के बाद रमेंद्र घर से दूर होता गया था। दो-तीन महीने में घर के चक्कर लगा जानेवाला वह दफ्तर की व्यस्तता बता छह-सात महीने में घंटा-दो-घंटे के लिए आता, लेकिन धीरेंद्र ने शादी के बाद तीन महीने तक पत्नी को माँ के पास रहने दिया था। बाद में, "तुम्हें खाने-पीने की असुविधा होती होगी बेटा, बहू को साथ ले जाओ।" सावित्री ने कहा तो धीरेंद्र ने भी धीमे स्वर में कहा था, "असुविधा की बात नहीं माँ, नंदिता बी.एड. करना चाह रही थी।"

"यह मेरे दिमाग से निकल ही गया था बेटा, अब तो एडमिशन का समय भी निकल गया होगा।" बाबू रघुनाथ सिंह के स्वर में अपराधबोध स्पष्ट था।

"मैंने फार्म भरवा दिया था बाबूजी, समय है अभी।"

'एक अपराध होते-होते बचा,' सोचा था बाबूजी ने।

रमेंद्र की पत्नी एक सप्ताह बाद चली गई और धीरेंद्र की तीन महीने बाद। घर फिर साँय-साँय करने लगा था। सावित्री दिन भर घर में ऊपर-नीचे होती रहती। अड़ोस-पड़ोस में पंजाबी परिवार, जिनमें अधिकांश पार्टीशन के बाद आए लोग थे। सावित्री को न उनका रहन-सहन पसंद था और न ही बोली-भाषा। दिन भर उनके पुरुष व्यवसाय के लिए दौड़ते और औरतें घरों के बाहर खटोलों पर बैठ पंजाबी में

अपने बीते दिनों को याद करतीं। कभी-कभी सावित्री उनके साथ जा बैठती और आधी-अधूरी बात समझ उनके जीवन में घटित त्रासदी से पीड़ित हो दो-चार दिन उसी में ऊभ-चूभ होती रहती। दूसरों की पीड़ा से पीड़ित रहनेवाली सावित्री को फिर भी उन सबकी जीवन-शैली पसंद न थी।

"दिन भर पैसों के लिए मार-धाड़, लड़ाई-झगड़े, तुमने कहाँ मकान बनवा लिया लल्लू के बाबू!"

"इतनी कट गई, अब बची ही कितनी है। आठ महीने बाद रिटायर हो रहा हूँ, फिर निश्चिंत होकर घर में कोई किराएदार रखकर देशाटन करेंगे। गरमी में पहाड़ों पर तो सर्दी में दक्षिण या कहीं और, बरसात भर यहीं।" फिर पत्नी के सफेद बालों को सहलाते वे कहते, "किस खूसट से तुम्हारी शादी हुई सावित्री कि जिंदगी खपा दी तुमने घर-गृहस्थी में! कभी अपने लिए नहीं जी, लेकिन अब ऐसा न होगा!"

"अपने लिए ही तो जीती रही लल्लू के बाबू।" सावित्री उन्हें सदैव लल्लू के बाबू ही पुकारती रहीं। शादी के शुरुआती दिनों में 'ये-ओ', फिर दफ्तर वालों से सुना, 'बाबूजी' शब्द हाथ लगा तो 'बाबू' और रमेंद्र के जन्म के बाद 'लल्लू के बाबू'।

उन्हें सावित्री की याद सताने लगी तो वे उठ बैठे और कमरे में जा एक गिलास पानी पिया। धूप दीवार पर चढ़ नब्बे अंश के कोण पर आ गई थी। पलंग पर रखा पुराना हाफ-स्वेटर पहना, जिसे स्टेशन रोड से तीन वर्ष पहले उन्होंने खरीदा था और फिर चारपाई पर आ लेटे।

□

शाम होते ही सावित्री दरवाजे से आ टिकती थी और उसकी आँखें रास्ते पर ही टँगी रहती थीं, जैसे ही उनका रिक्शा देखती, उसका चेहरा खिल उठता। हाथ में कोई सामान होता तो आगे बढ़ आती, 'मुझे थमा दो।' थैला पकड़ लेती, 'आराम से उतरो...जल्दी क्या है?' हिदायत देती और रिक्शा से उतरने तक खड़ी रहती।

लेकिन बेटों के विवाह के बाद अधिक दिनों वह साथ नहीं रही। धीरेंद्र के बहू को ले जाने के एक माह बाद सावित्री के बाएँ अंग में पक्षाघात हुआ और वह शय्यासीन हो गई।

सावित्री को उन्होंने मेडिकल कॉलेज से लेकर निजी डॉक्टरों तक को दिखाया। महीनों इलाज चला। इस दौरान वे नौकरी से सेवामुक्त हो गए। फंड आदि से मिला पैसा अधिक न था। जोड़ भी न पाए थे। बच्चों की पढ़ाई, शादी—सब

नौकरी के बल पर ही तो हुआ था। पेंशन अवश्य थी, लेकिन उससे दो प्राणियों का खर्च ही ढंग से चल सकता था। पत्नी का इलाज फंड आदि का पैसा खाए जा रहा था। रमेंद्र-धीरेंद्र माँ को देखने आए। एक दिन रमेंद्र और दो दिन धीरेंद्र रहे, लेकिन इलाज कहाँ हो रहा है? यह तो पूछा, 'कैसे हो रहा है?' दोनों ने नहीं पूछा। दोनों की ही पत्नियाँ 'फैमिली वे' में थीं, साथ लाना कठिन था। कहकर वे चले गए थे। उनकी जुबान की नोंक पर आया भी था कि रमेंद्र से कहें, 'माँ को लखनऊ में किसी अच्छे डॉक्टर को दिखा दो।' लेकिन वह नोंक से आगे नहीं बढ़ा।

'क्या दोनों को नहीं सोचना चाहिए? आज तक मैंने किसी से कुछ नहीं माँगा। अब क्यों माँगू, जब तक पैसा है पास, खर्च करूँगा।' मन को कुछ बल मिला था। 'मनुष्य युगों तक जीने के लिए नहीं पैदा हुआ। एक-न-एक दिन उसे जाना ही होता है।' उन्हें गीता याद आई। 'कृष्ण ने ठीक ही कहा था—वासांसि जीर्णानि यथा विहाय···फिर मैं क्यों किसी के समक्ष, वह भी बेटों के समक्ष याचना करूँ···तुम्हारी माँ है···तुम्हारे दायित्व हैं। उसकी देखभाल करो। दायित्वों का भान जब उन्हें नहीं तो दिलाकर भी कुछ होनेवाला नहीं। आजादी के बाद नई पीढ़ी का बहुत सी बातों से मोह भंग हुआ है। मूल्य ध्वस्त हुए हैं। किस-किस को याद दिलाता फिरूँ!' और उन्होंने तय कर लिया था कि वे कभी भी बेटों को माँ की बीमारी के विषय में नहीं बताएँगे।

दोनों बेटियाँ आई थीं। 'माँ को मेरे साथ भेज दो बाबूजी, वहाँ अच्छा इलाज हो जाएगा।' बड़ी ने जिद की थी, लेकिन 'यहाँ भी अच्छा इलाज हो रहा है बेटा। ठीक होना होगा तो यहीं हो जाऊँगी, अब इस उम्र में तुम्हारे बाबूजी को छोड़कर कहीं न जाऊँगी। मरना है तो यहीं, इसी ड्योढ़ी में मरूँगी। बायाँ अंग ही प्रभावित है, दाहिने से बहुत कुछ कर लेती हूँ। तुम सब चिंता न करो—कमाओ-खाओ, फलो-फूलो।' सावित्री के स्वर में आत्मविश्वास था।

सावित्री में जीवटपन की कमी न थी। दाहिने हाथ से वह धीरे-धीरे दाल-चावल बना लेती थी, वे रोकते, स्वयं करने की जिद करते तो कहती, 'सारी जिंदगी कलम घिसने वाले हाथ यह सब न कर पाएँगे। पता चलेगा दाल में नमक अधिक है या चावल गीले हो गए।' मुँह का बायाँ भाग भी प्रभावित हुआ था, जिससे उसकी आवाज विकृत होकर निकलती थी। पक्षाघात के आक्रमण के चार महीने तक सावित्री ने उन्हें किसी काम में हाथ नहीं लगाने दिया। वे इतना ही करते कि अँगीठी सुलगा देते। वह एक हाथ से आटा गूँथती और उसी से चपाती सेंक देती, लेकिन

उस सबमें वह थक जाती और शिथिल हो चारपाई पकड़ लेती। खाने की रुचि न बचती थी तब तक उसमें।

अंततः उन्होंने घर के काम के लिए एक लड़की रख ली। सुबह शाम आती। सावित्री के इलाज के अतिरिक्त यह एक अलग आर्थिक बोझ था। इलाज का कोई असर महीनों में नहीं दिखा, तब डॉक्टर ने कुछ और टेस्ट करवाए। ज्ञात हुआ, सावित्री मधुमेह से ग्रस्त है। मधुमेह भी ऐसा कि रोंगटे खड़े कर देनेवाला। डॉक्टरों ने बताया कि पक्षाघात का कारण ही मधुमेह है और उन्होंने घोषणा कर दी कि उसके ठीक होने की संभावना न्यून है। वे घबड़ा उठे थे। अब पक्षाघात के साथ ही मधुमेह का इलाज भी प्रारंभ हो गया था। उसे नियंत्रण में आने से पूर्व ही उसने सावित्री की आँखों को प्रभावित किया था। रोशनी कम हो गई थी। चश्मा चढ़ गया था। शरीर सूखने लगा था और मामूली सी बात में ही वह चिड़चिड़ाने लगी थी। डॉक्टरों ने टहलने की सलाह दी थी। वह सुबह-शाम टहलती, लेकिन दस-पंद्रह मिनट में ही इतना थक जाती कि चारपाई पर ढेर हो जाती।

वे चिंतित होते तो सावित्री कहती, 'लल्लू के बाबू, तुम अपने शरीर पर ध्यान दो। देख रही हूँ कि कंचन सी काया मेरी चिंता में मिट्टी कर रहे हो। अरे, मुझसे तो भगवान् ही रूठ गया है, तुम भी अपने को बीमार कर लोगे तो जो दो-चार साल मुझे तुम्हारे साथ रहने को मिलनेवाले हैं, वे भी न मिलेंगे।'

वे चुप रहते। जिंदगी भर अच्छा खाने-पहनने वाले उन्हें सादा-खाना और दो जोड़ी कपड़ों में अपने को सीमित कर देना पड़ा था। बचपन से दूध उनकी कमजोरी रहा था। सुबह वे दो बिस्कुट या एक केला के साथ आधा लीटर दूध रिटायर होने तक लेते रहे थे, लेकिन सावित्री की बीमारी और इलाज में खाली होते बैंक बैलेंस ने उन्हें दूध पर नियंत्रण करने के लिए विवश कर दिया था। दूध केवल चाय के लिए ही आता। सावित्री दूध कभी नहीं लेती थी। वह चाय की शौकीन रही और मधुमेह 'डिटेक्ट' होने के बाद भी चाय के लिए जान देती रही।

उनके रिटायर होने के बाद एक महीने के अंतर से रमेंद्र के पुत्तन और धीरेंद्र के आनंद पैदा हुए। पोतों के जन्म से सावित्री बीमारी भूल गई। बोली, 'लल्लू के बाबू किसी तरह मुझे बाजार ले चलो, दोनों को बधाई भेजनी है। बहुओं के लिए कपड़े; पोतों के लिए सोने का कोई नग और कपड़े खरीदने होंगे। तुम्हें तो सऊर नहीं, मुझे साथ चलना ही होगा।'

'सावित्री, तुम्हारा शरीर साथ नहीं दे रहा। मैं ही कुछ खरीद लाऊँगा। तुम बता भर देना।'

'ना-ना···लल्लू के बाबू, मुझे ले चलो। टैक्सी नहीं ले सकते तो रिक्शा ही सही। गुमटी नं. पाँच से खरीद लेंगे। तुम खरीद नहीं पाओगे।'

और उन्हें टैक्सी मँगवानी पड़ी थी। सहारा देकर टैक्सी में बैठाया था सावित्री को। कितना खुश थी वह। गुमटी नं. पाँच में एक सरदार की दुकान में ले गए थे। वहाँ से एक रेडीमेड गारमेंट शॉप, फिर ज्वेलर, फिर एक और दुकान···दो घंटे की खरीदारी ने थका दिया था सावित्री को, लेकिन वह प्रसन्न थी कि पोतों के लिए बधाई भेज सकेगी। बहुओं को कहने का मौका नहीं देना है। वे अपना धर्म निभाएँ या नहीं, लेकिन वह माँ है। उसे वह सब करना ही है।

रात सावित्री ने उनसे जिद की थी, 'लल्लू के बाबू, यह सब लेकर तुम्हें ही जाना होगा लखनऊ-इलाहाबाद।'

"लेकिन तुम्हें छोड़कर।"

"मेरी चिंता क्यों करते हो! अभी इतनी जल्दी मरने वाली नहीं हूँ। तुम्हें और कष्ट दूँगी।" वह मुसकराई थी। चेहरे पर झुर्रियाँ उभर आई थीं। उनसे तीन वर्ष छोटी थी सावित्री, लेकिन बीमारी ने उसे असमय ही अधिक बूढ़ा कर दिया था।

वे लखनऊ-इलाहाबाद न जाने का बहाना ढूँढ़ते रहे थे। कई दिन टल गए थे। बहाने का कारण यह नहीं था कि बेटे उनसे मिलने कम आते थे, फिर क्यों जाएँ वे उनके यहाँ, बल्कि वे सावित्री को अकेले नहीं छोड़ना चाहते थे। जानते थे कि पोतों की खुशी में वह अपने कष्ट भूल गई है, लेकिन···

परंतु उनके 'लेकिन' को सावित्री ने खारिज कर दिया था, "तुम मेरी चिंता छोड़ो। विमला है न, अपनी नौकरानी, देखभाल कर लेगी। मैंने उससे बात कर ली है। तुम कल सुबह की गाड़ी से चले जाओ लखनऊ। कल इतवार है न! लल्लू भी घर में मिल जाएगा। रात वहाँ रहकर सोमवार को वहीं से इलाहाबाद और मंगल को कालका मेल से वापस। जमा खर्च ढाई दिन की बात है। बेटे भी खुश होंगे। पोतों को गोद खिला आओगे।" साँस फूल गई थी सावित्री की तो कुछ देर के लिए रुकी थी वह।

"और हाँ," कुछ याद करती सावित्री बोली थी, "एक बात कहना न भूलना। दोनों से कहना। दो-चार महीने बाद—बच्चे जब कुछ बड़े जाएँ, बहुओं को मिलवा ले जाएँगे। विनीता शादी के बाद आई ही नहीं। नंदिता यहीं की है। पोतों को गोद खिलाकर मरना चाहती हूँ।" आँखें भीग गईं सावित्री की तो उसने धोती के कोर से पोंछ डाला। "तुम आज ही जाने की तैयार कर लो, लल्लू के बाबू।"

वे सोच में डूब गए थे। जाते हैं तो पता नहीं पीछे क्या बदपरहेजी हो जाए या क्या संकट आ टपके, लेकिन समाधान सूझा। लखनऊ–इलाहाबाद के टेलीफोन नंबर लिखकर दे जाना ठीक रहेगा। विमला को भी समझा देना होगा। कोई परेशानी होगी तो किसी से फोन करवा देगी। कुछ पैसे भी दे जाने चाहिए।" मन आश्वस्त हुआ।

शाम विमला को फोन नंबर और बीस रुपए दिए थे, उन्होंने और विस्तार से सबकुछ समझा दिया था। अगले दिन सुबह साढ़े सात बजे की सीतापुर एक्सप्रेस पकड़ने के लिए वे छह बजे घर से निकल पड़े। गाड़ी दस बजे लखनऊ पहुँची। शाम मेस्टन रोड जाकर कानपुर के मशहूर ठग्गू के लड्डू भी ले आए थे। जींस के बड़े से थैले में लड्डू, कुछ काजू, पिस्ता, बादाम आदि मेवे बाएँ हाथ में लटका और अटैची दाहिने हाथ में पकड़ वे रिक्शा से साढ़े दस बजे रमेंद्र के बँगले के बाहर उतरे। घंटी बजाई। वही पुराना नौकर नमूदार हुआ।

"बाबूजी नमस्ते!" गेट खोलता वह बोला, "बाबूजी साहब तो कल बीवीजी के साथ ससुरबाड़ी गए हैं।" नौकर ने अटैची पकड़ ली थी।

गेट से अंदर घुसते उन्होंने पूछा, "लौटेंगे या… ?"

उनका आभिप्राय समझ नौकर बीच में ही बोला, "बोले थे, बीवीजी वहीं रहेंगी और वे शाम तक आ जाएँगे।"

"हुँह।" वे नौकर के साथ ड्राइंगरूम में पहुँचे। थैला सोफे पर रख सोचते से कुछ देर तक खड़े रहे। 'शाम तक आने का मतलब वह रात वहाँ से भोजन करके आएगा और बेटा कल यहीं से दफ्तर चले जाना' गोपाल प्रसाद के कहने पर वह नहीं भी आ सकता, यानी लल्लू पूरी तरह गोपाल प्रसाद सिंह के प्रभाव में है। क्यों न इस नौकर से फोन करवाकर कहलवा दूँ कि 'मैं आया हूँ।' विचार उन्हें बुरा नहीं लगा। 'लाइन पर आने पर अगर लल्लू बात करना चाहेगा तो कह दूँगा कि दो घंटे के लिए बहू–पोते को लेते आओ, फिर छोड़ आना। बड़े पदाधिकारी हैं ससुर। गाड़ी–ड्राइवर सब है। ऐसा कर सकता है। मेरा आना भी सार्थक होगा।' यही तय किया और नौकर की ओर मुड़कर, जो अटैची एक ओर दीवार के सहारे रखकर उनके आदेश की प्रतीक्षा में था, बोले, "तुम्हारे पास लल्लू के ससुरबाड़ी का फोन नंबर है ?"

नौकर भौंचक सा उनकी ओर देखता रहा। वे उसका संकट समझ गए।

"लल्लू, यानी रमेंद्र, तुम्हारा साहब…।"

"ओह, नंबर है बाबूजी।" और नौकर दूसरे कमरे की ओर दौड़ गया था। एक छोटी सी डायरी, जो शायद उसकी निजी डायरी थी, क्योंकि उसमें कुछ ही नाम लिखे थे, खोलकर बोला वह, "यह रहा वहाँ का नंबर।" डायरी उसने उनकी ओर बढ़ा दी।

"तुम्हीं मिलाओ और पूछो साहब हैं? हैं तो लाइन पर लेकर बात करवाना, नहीं हैं तो पूछना कब तक आएँगे और कह देना कि आते ही यहाँ फोन करेंगे।"

"जी बाबूजी।"

वे सोचने लगे कि इस नौकर को कैसे पता कि सभी उन्हें बाबूजी ही कहते हैं। संभव है लल्लू और विनीता की बातों से अंदाज लगा लिया हो, तभी उन्हें याद आया, जब पिछली बार शादी के विषय में लल्लू का निर्णय जानने वे आए थे, तब लल्लू को उसने बाबूजी कहते सुना था। उस दिन भी उसने एक-दो बार यही कहा था।

नौकर भी कितना याद रखते हैं। मालिक क्या पसंद करते हैं, क्या नहीं। इस सबका किस प्रकार खयाल रखते हैं। भले ही बहुत कुछ अनिच्छा से करना होता है। नौकरी करनी है, कुछ और वे कर नहीं सकते और नौकरी मिलती नहीं तो मालिक का खयाल रखना ही होगा, तभी उन्हें खयाल आया, यह बात मालिक-नौकर के संदर्भ में ही क्यों! नौकरी का मतलब ही है गुलाम मानसिकता में जीना। सरकारी हो या निजी। दफ्तरों में 'सर' कहने का अर्थ ही है कि आप मालिक हैं। यह अंग्रेजी देन है, लेकिन सामंती युग में भी यही सब था। केवल स्वरूप बदला है। गुलाम और मालिक थे और रहेंगे। किस देश में नहीं है यह सब! देश-काल और परिस्थितियों के अनुसार उनमें परिवर्तन होता गया है।

"बाबूजी, साहब तो उधर नहीं है। सुबह निकल गए थे।" नौकर बोला तो वे चौंके।

"कब तक आँगे, कुछ बताकर गए होंगे।" वे उठ खड़े हुए थे।

"नहीं बाबूजी, बीवीजी थीं। कहा, शायद रात देर तक आएँगे। यह भी नहीं पता इधर आएँगे या उधर ही चले जाएँगे।"

"ओह!" वे अन्यमनस्क हो सोफे पर लेट सा गए थे।

"आपके लिए चाय-नाश्ता लाता हूँ।" नौकर चला गया था।

चाय-नाश्ता लेते समये वे सोचते रहे थे कि लल्लू की प्रतीक्षा करें या पैकेट नौकर को देकर और 'आने पर कहना, यह बीवीजी को दे देंगे।' कहकर इलाहाबाद

की बस ले लें। लगभग आधा घंटा तक पसोपेश में रहने के बाद उन्होंने यही तय किया और पैकेट, जिसे उन्होंने घर में ही तैयार कर लिया था, नौकर को देकर, समझाकर बारह बजे के लगभग रमेंद्र के बँगले से निकल आए थे।

रात नौ बजे वे धीरेंद्र के यहाँ पहुँचे।

धीरेंद्र और नंदिता के व्यवहार तथा पोते को गोद में लेने के सुख ने रमेंद्र के यहाँ से निराश लौटने की पीड़ा धो दी थी।

अगले दिन ही वे कानपुर लौट आए थे। सावित्री चौंकी थी, लेकिन जब उसे वस्तुस्थिति पता चली तो बोली, "तुमने ठीक ही किया लल्लू के बाबू। उसके ससुरबाड़ी जाने का कोई मतलब न था। चलो, अपना कर्तव्य हमने निभा ही दिया। सामान मिलने की खबर तो लल्लू को देना ही चाहिए।"

लेकिन सावित्री की आशा और विश्वास को तब धक्का लगा, जब न रमेंद्र आया और न ही उसने सूचित किया कि उसे उनका दिया पैकेट मिल गया है।

"फुर्सत न मिली होगी उसे लिखने के लिए, बड़े पद की जिम्मेदारियाँ भी बड़ी होती हैं लल्लू के बाबू," लड़खड़ाए स्वर में सावित्री बोली थी, "तुम भी तो एक-एक महीने चिट्ठी नहीं देते थे। मैं तड़पती रहती थी। फुर्सत मिलते ही लल्लू जरूर विनीता और पोते के साथ आएगा।"

वे सावित्री की बात का ही समर्थन करते रहे थे। बीमार को मानसिक कष्ट नहीं पहुँचाना चाहिए।

लेकिन सावित्री के आशानुरूप रमेंद्र नहीं आया। धीरेंद्र अवश्य आया पंद्रह दिनों का अवकाश लेकर। नंदिता एक सप्ताह घर रही और एक सप्ताह मायके। एक सप्ताह सावित्री के लिए किसी उत्सव से कम न था। लग रहा था, जैसे कोई बीमारी है ही नहीं। विमला को भी दिन भर काम में लगाए रहती। खर्च करते समय वह यह भूल गई कि बैंक खाली हो चुका है। जो भी हो, "पोता आया है, मैं रहूँ, न रहूँ—दिल खोल खर्च करूँगी।"

सावित्री की खुशी देख वे भी खुश थे। "चलो इतने दिनों के लिए ही सही, यह अपनी बीमारी तो भूली है।"

जब बहू जाने लगी, सावित्री ने जिद कर टैक्सी मँगवाई। बैंक से पैसे निकलवाए और धीरेंद्र तथा बहू-पोते को साथ ले एक बार फिर गुमटी नंबर पाँच खरीदारी के लिए गई। इस बार धीरेंद्र ने माँ को अधिक खर्च नहीं करने दिया। स्वयं ही किया और माँ तथा उनके लिए कपड़े खरीदे।

धीरेंद्र के खरीदे वही कपड़े वे वर्षों तक पहनते रहे थे। बाद में आर्थिक स्थिति ही ऐसी बनी कि वे अपने लिए कपड़े नहीं खरीद सके।

□

छह महीने बाद रमेंद्र आया अकेले। सावित्री को झटका लगा। अभी तक वह यह मानकर मन को दिलासा देती रही थी कि वह दफ्तर के काम में उलझा होगा और विनीता को मायके वाले नहीं छोड़ रहे होंगे, इसीलिए लल्लू नहीं आ पा रहा, लेकिन आते समय क्या एक दिन के लिए भी बेटा-बहू को नहीं ला सकता था। उसकी शिकायत पर लल्लू बोला था, "अम्मा, पिछले हफ्ते पुत्तन (बेटे का घर का नाम रमेंद्र ने यही रखा था) बीमार हो गया था। विनीता का आने का पूरा प्लान था, लेकिन अब जब भी आऊँगा, अवश्य लेकर आऊँगा।"

माँ की भेजी और उनकी पहुँचाई बधाई के विषय में उसने जिक्र नहीं किया और न ही उन्होंने पूछा। सावित्री ने भी नहीं पूछा तो उन्हें लगा था कि उसने उनके मान की रक्षा कर ली है।

'पुत्तन पिछले हफ्ते बीमार हुआ। उससे पहले क्यों नहीं आए! लेकिन तुम्हें अब माँ-पिता की भावनाओं से क्या लेना-देना,' यह बात उनकी जुबान पर आई थी, लेकिन 'आपको मेरी व्यस्तता पर यकीन नहीं है बाबूजी,' अगर लल्लू प्रत्युत्तर में यह कह दे तो! जुबान पर आई बात को दबा गए थे, फिर सोचा था, 'हो सकता है, लल्लू लाना चाहता हो बहू को, लेकिन पी.सी.एस. से आई.ए.एस. बने गोपाल प्रसाद की बेटी ने आने से इनकार कर दिया हो। लल्लू श्वसुर के प्रभाव में है, यह तो पहले दिन से ही स्पष्ट है। यह सब नया नहीं है। उनके साथ के भी कई अधिकारी थे, जो ऐसा करते थे। शादी के बाद माँ-बाप की चिंता कितने करते हैं, फिर मैंने कभी यह अपेक्षा भी नहीं की। पेंशन मिलती है। मकान है। दो बुड्ढों का खर्च ही कितना! वह तो अगर सावित्री बीमार न हुई होती तो वे न केवल ठाठ से रहते, बल्कि एक-दो का और पालन करते। अभी भी कुछ नहीं बिगड़ा। बैंक लगभग खाली हो चुका है। मकान में किराएदार के रहने से सुरक्षा होगी और चहल-पहल भी। नीरसता टूटेगी। कोई छोटा सा परिवार रख ही लेना चाहिए! मन में निर्णय कर लिया था।

चलते समय लल्लू बोला था, "बाबूजी, अम्माँ की तबीयत तो अधिक ही खराब दिख रही है। पीछे आया तब इतनी कमजोर न थीं।"

"इलाज तो चल ही रहा है। जो हो सकता है, कर रहा हूँ।" न चाहते हुए भी स्वर तिक्त हो उठा था।

"क्यों न दिल्ली ले जाकर दिखाइए! वहाँ शायद अच्छा इलाज हो सकेगा।"

"हुँह!" वे बात टाल गए थे। बेटे को बताना उचित नहीं समझा कि दिल्ली की चिकित्सा की संभावनाएँ वे तलाश चुके हैं और यदि ले भी जाना चाहें तो जेब अनुमति नहीं देगी।

"आप ये रुपए रख लीजिए, कुछ और भेजूँगा।" लल्लू ने पाँच सौ रुपए उनकी ओर बढ़ाए तो उन्होंने हाथ हिलाकर मना करते हुए कहा, "इन्हें रखो तुम। बैंक में अभी पैसा है, जब ज़रूरत होगी, तब तुम दोनों भाइयों से ही कहूँगा।"

"बाबूजी!" उन्हें लगा शायद लल्लू को उनकी बात चुभी है।

"तुम जानते हो, रिटायर्ड होने के बाद हमारे खर्च ही कितने रहे! जबकि तुम्हारी तो गृहस्थी है, तुम चिंता न करो, जब भी जरूरत हुई फोन करूँगा।"

उसके बाद लल्लू ने कुछ कहा नहीं। रुपए पर्स में रखे और सरकारी गाड़ी में बैठकर चला गया था। वे सोचते रहे थे कि पैसे न लेने से लल्लू को चोट पहुँची होगी। ले ही लेना चाहिए था, लेकिन क्यों? क्या पैसा दे देने मात्र से मातृऋण से मुक्त हो जाते हैं! माँ-बाप क्या बच्चों से यही अपेक्षा करते हैं। मैंने तो कभी की ही नहीं। आवश्यकता ही नहीं रही। उन्हें किसी योग्य बनाना कर्तव्य समझा। बन भी गए, लेकिन जो असमर्थ माँ-बाप बच्चों से ऐसी अपेक्षा करते हैं, वह अस्वाभाविक भी नहीं है। 'हम आपकी आवश्यकताएँ पूरी कर रहे हैं, आपको और क्या चाहिए,' सोचने वाले बच्चे यह क्यों भूल जाते हैं कि पैसे से कहीं अधिक आवश्यकता वृद्धावस्था में अपनत्व और प्यार की होती है। बदलती परिस्थितियों में वह यहाँ संभव नहीं है, लेकिन कभी-कभी अवकाश में, त्योहार में···सपरिवार दो-चार दिन आकर रह जाने में जो सुख मिलता है, वह हर महीने या दो-चार महीनों में पैसे देने से नहीं।' सोचते झपकी लग गई थी।

"तुम कुछ भी कहो लल्लू के बाबू, बड़ा ममतालु है लल्लू। जाते समय आँखें गीली थीं तो मैंने ही टोका, चिंता न कर बेटा, मैं इतनी जल्दी जानेवाली नहीं। तुम लोगों से पूरा कर्ज वसूल कर ही जाऊँगी। कुछ दिन के लिए कानपुर बदली करवा ले तो तेरी सेवा का सुख पा लूँ। विनीता के हाथ की सिंकी खाई नहीं। नंदिता पहले भी रही और अभी हाल में आकर गई। वैसे तू बहू को लाएगा नहीं, अब बदली ही करवा ले यहाँ। पोते के साथ रह लूँगी तो सुख से जा सकूँगी," फिर उन्हें टोका था, "तुम सुन रहे हो न लल्लू के बाबू?"

"हाँ, सुन रहा हूँ।"

"कह तो रहा था कि बदली करवाने की कोशिश करेगा।"

"हुँह!" वे इतना ही बोले थे। जानते थे कि यह झूठी दिलासा है, लेकिन सावित्री के लिए वह झूठी दिलासा भी संजीवनी बने। वह स्वस्थ हो जाए, उन्हें क्या चाहिए।

"लल्लू भी क्या करे लल्लू के बाबू! नौकरी की जिम्मेदारी भी बड़ी चीज है, फिर पुत्तन बीमार न हो जाता तो वह लाता ही। चलो कोई बात नहीं। दो घंटे के लिए वह आ गया तो मन को तसल्ली हुई।" सावित्री संतुष्ट थी।

वे सावित्री के चेहरे की ओर देखते रहे। चश्मे के अंदर आँखें गड्ढे में धँस चुकी थीं। सोचा, 'कितनी निश्च्छल, भोली है यह। जीवन में न कभी मुझसे कुछ चाहा, न मुँह खोलकर कुछ माँगा, जो दे दिया ले लिया, जो पहनाया—पहना, मन में कोई दुर्भावना नहीं। उसके जाने के बाद मेरा क्या होगा!' उनकी आँखें छलछला आई थीं। चेहरा घुमाकर रूमाल रख लिया था आँखों पर।

एक वर्ष बाद सावित्री को माइनर हार्ट अटैक हुआ। हैलट अस्पताल में भर्ती करवाया। दोनों बेटों को फोन किया बाबू रघुनाथ सिंह ने। धीरेंद्र से बात हुई और रमेंद्र के विषय में पता चला कि उसका ट्रांसफर देहरादून हो गया है दो सप्ताह पूर्व। परिवार लखनऊ में छोड़ वह चला गया था। उसके नए दफ्तर का पता लेकर उसे टेलीग्राम दिया। अकेले घर और अस्पताल के बीच वे झूलने लगे। बैंक में पाँच सौ रुपए बचे थे, तभी धीरेंद्र आ गया और हजार रुपए लेता आया था। उन दिनों इतने बहुत थे उनके लिए। दो दिन रहकर धीरेंद्र चला गया था। वे फिर अकेले रह गए थे। इस बार मन में आया कि बेटियों को सूचित कर दें, 'सावित्री के लिए कितनी बार सबको दौड़ाएँगे, जब स्थिति गंभीर होगी तब देखेंगे। उनके बच्चों की पढ़ाई में बाधा क्यों डालें। वे भी तो नौकरी करती हैं।' सोचकर वे टाल गए थे; हालाँकि सावित्री बच्चों को देखना चाहती थी। उसे लग रहा था कि अब वह नहीं बचेगी, लेकिन "मैं जल्दी ही तुम्हें घर ले चलूँगा—घबराओ नहीं। घर पहुँचकर सभी को बुलाना ठीक होगा। यहाँ, अस्पताल में अधिक देर टिकने भी नहीं देते।" कहकर उन्होंने सावित्री को आश्वस्त कर दिया था। उनके चेहरे पर नजरें टिका सावित्री ने कहा था, "तुम ठीक कहते हो लल्लू के बाबू।"

सावित्री को एक सप्ताह बाद अस्पताल से अवकाश दे दिया गया। सौ परहेज और महँगी दवाएँ। शुगर कंट्रोल करने की हिदायत। जमापूँजी खत्म हो गई थी। पेंशन से सावित्री का इलाज संभव न था। उन्होंने मकान के दो कमरे किराए पर देने

का निर्णय किया। कई बार पड़ोसी सरदार सतविंदर सिंह बवेजा ने उनसे कहा था, "बाबू जी, ऊपर का पोर्शन किराए पर क्यों नहीं उठाते? पैसे काटते हैं क्या?" वे सरदार की बात टालते रहे थे, लेकिन सावित्री की बिगड़ती स्थिति और शून्य हुए बैंक बैलेंस ने उन्हें सरदार की बात पर विचार के लिए विवश किया। उन्हें लगा, पाकिस्तान से आए ये लोग कितना सोच-विचार करते हैं, जीवन के हर पहलू पर, तभी इतने कम समय में अपना व्यवसाय खड़ा कर लिया और कोठी बना ली, जब आए थे तब कंगाल थे। कुछ मदद सरकार से मिली, शेष श्रम, आत्मविश्वास और जीवन के प्रति व्यावहारिक दृष्टि ने उन्हें यहाँ तक पहुँचा दिया। मैं तो सदैव अव्यावहारिक ही रहा। सोचकर चलता तो गाँव की बेची खेती की रकम ही आज कई गुना होकर पास होती। उसके ब्याज से ही सावित्री का इलाज होता, लेकिन घर ही बनवा पाया, उससे और शेष यों ही उड़ गई। 'व्यर्थ गई ऐसा कहना ठीक न होगा।'

सोना-चाँदी खरीदा, जरूरत पर प्रह्लाद के बड़े भाई को दिया था। चचेरा भतीजा है। लौटा देगा, लेकिन चार वर्ष तक उसकी स्थिति सँभली नहीं और उसके बाद—वह रहा ही नहीं। किससे माँगते पैसे! बच्चे उसके इस योग्य न थे। उसके पत्नी-बच्चों का बोझ प्रह्लाद के सिर आ पड़ा था। प्रह्लाद से कभी कहा नहीं। बाद में उस प्रसंग को ही भूल गए।

सावित्री को घर ले आने के बाद वे टोह में रहने लगे कि सतविंदर सिंह दिखाई दे तो वे किराएदार की बात चलाएँ। उसके घर जाकर यह सब नहीं कहना चाहिए। गर्ज भले ही हो, लेकिन प्रकट नहीं होना चाहिए। आयकर विभाग की नौकरी ने उन्हें इतना तो सिखाया ही था।

एक सप्ताह बाद सतविंदर दिखा। उन्होंने ही उसे सतश्री अकाल कहा। सतश्री अकाल कह सतविंदर ने अफसोस व्यक्त किया, "देखिए बाऊजी, बिजनेस बड़ी खराब चीज है। ये चार दिन वी पैरा नहीं लगन देदां। आंटी जी दे बीमार होंदा पता घर जाके लग्या···आंटी हुन कैसी है?"

वे जानते थे कि सरदार का टायरों का थोक व्यवसाय है। जे.के. टायर की एजेंसी है। दूसरे शहरों की दौड़ बनी रहती है, लेकिन उन्हें यह बात कभी पसंद नहीं आती इन लोगों की कि जब भी सामने पड़े, अफसोस जाहिर कर दिया। तुम नहीं जानते थे, लेकिन तुम्हारे बीवी-बच्चे तो थे। बीवी एक बार भी न घर आई, न अस्पताल। जरूरत पड़ेगी तो रात बारह बजे भी जगा देंगे। इनकम टैक्स बचाने के

लिए कितनी ही बार सलाह लेने वह रात-बिरात आ जाता रहा है। भावनाओं में न बहने में ही शायद सफलता का रहस्य छुपा होता है।

"लेकिन मुझे क्या! किसी से इतनी अपेक्षा क्यों? फिर कभी किसी काम के लिए कहूँगा तो मना तो करेगा नहीं, करे भले ही न!"

"पहले से बेहतर हैं।"

"गुरु महाराज दी मेहर है, सब ठीक हो जाएगा।"

सरदार की बात पर ध्यान न दे वे सोचते रहे कि उससे किराएदार के विषय में कहना चाहिए या नहीं। टोका है तो कहना ही चाहिए! सरदार की बात खत्म होते ही बोले, "आप कोई किराएदार बता रहे थे। ऊपर के दो कमरे देना चाहता हूँ।"

"आहो...बाबू जी, एक-दो दिन में बताऊँगा।"

"जल्दी नहीं है।" फिर रुककर बोले, "कोई होगा तो साफ-सफाई होती रहेगी।"

"मैं त पहले वी कया सी। होन नी की...।"

और दूसरे ही दिन सतविंदर सिंह एक सिख युवक ले आया। "बाबूजी, मंजीत चंगा बंदा है। गुमटी बिच स्टेशनरी दी दुकान है। छोटा ज्य परिवार। आप ते दो बच्चे। येदे मम्मी डैडी ते छोटे भा अशोकनगर न रहदें।"

मंजीत लगभग बत्तीस-तैंतीस का नौजवान था। स्मार्ट और मधुर। पूरा नाम था मंजीत सिंह गिल। बिना किसी तहकीकात के उन्होंने मंजीत को कमरे दे दिए। तीसरे दिन ही उसने शिफ्ट कर लिया। उसके सात साल का लड़का और पाँच साल की लड़की थी। बीवी पढ़ी-लिखी सुंदर और सफाई पसंद। ऊपर का पूरा पोर्शन धो-पोंछकर साफ रखती। काम समाप्त कर सावित्री के पास आ बैठती। विमला की मदद करती और घर को साफ रखने के लिए उसे उचित निर्देश देती। दवा खत्म होने पर कभी-कभी "बाबूजी आराम करें, मैं चली जाती हूँ मेडिकल स्टोर, बाजार भी होती आऊँगी।" कहकर वह दवा ले आती। वे पैसे देने लगते तो कहती, "लौटकर ले लूँगी।" और लौटकर ले भी लेती।

एक महीने में ही मंजीत का परिवार उनका अभिन्न हो गया। सावित्री को बहू-पोतों का अभाव खटकना बंद हो गया, लेकिन दस महीने ही बीते थे कि सावित्री को मेजर हार्ट अटैक हुआ। इस बार उन्होंने किसी को खबर नहीं दी। मंजीत का भरोसा था। पैसा भी बहुत खर्च हुआ। वे मंजीत के पाँच हजार के कर्जदार हो गए। सावित्री ठीक तो हो गई, लेकिन कमजोर इतनी कि अब-तब की स्थिति रहने लगी।

रमेंद्र-धीरेंद्र रुटीन में घर आए, लेकिन उन्होंने अर्थाभाव की चर्चा नहीं की।

छह महीने और बीत गए। डेढ़ हजार का कर्ज और बढ़ा मंजीत का, लेकिन उन्होंने यह अनुभव भी किया कि उनके कर्जदार होने के बाद मंजीत के स्वभाव में रुखाई आ गई थी। उसकी पत्नी अब सावित्री के पास नहीं आती थी और बच्चे भी दूर रहने लगे थे, तभी एक दिन मंजीत ने कहा था, "बाबूजी, एक बात कहना है।" मंजीत के स्वर में नाटकीय संकोच उन्होंने महसूस किया।

"कहो, संकोच की कोई बात नहीं है।"

"तवानू पता ही है कि असी बिजनैस वाले ठहरे। ज्यादा देर तक रकम फँसाना दा मतलब बिजनैस ठप।"

मंजीत क्या कहना चाहता है, वे समझ चुके थे, हालाँकि उन्हें यह कल्पना न थी कि वह इतनी जल्दी तकादा करेगा। बोले थे, "तुम्हारी बात समझ रहा हूँ बेटा, मुझे कुछ वक्त दो। कुछ करता हूँ।"

"दस-पंदरा दिन च हो जाए तो अच्छा होगा।" कहकर मंजीत चला गया था। वे कटे पेड़ की भाँति बिस्तर पर ढह गए थे। सोचते रहे थे, 'लल्लू से कहूँ या धीरेंद्र से। धीरेंद्र के लिए इतनी बड़ी रकम कठिन होगी। लल्लू कर सकता है व्यवस्था। एस.डी.एम. है। उसके लिए मुश्किल नहीं होगा, लेकिन तभी तेजी से दिमाग में आया, 'सारे एस.डी.एम. एक जैसे नहीं होते कि किसी व्यापारी को कहा और काम हो गया। आखिर लल्लू मेरा बेटा है, जिसके बाप ने जीवन में कोई समझौता नहीं किया, बेटा कैसे कर सकता है। नहीं उससे भी नहीं कहूँगा।' सावित्री के जेवर तो पहले ही बेच चुका हूँ। जो बचा है, वह इतना नहीं, मंगलसूत्र वह बेचने न देगी। कहेगी, 'मेरे जीते-जी इसे नहीं बेचो। चाहो तो मकान बेच दो। बाबू पुरवा या जूही के लेबर क्वार्टर्स में दो कमरों का फ्लैट लेकर रह लेंगे।' वह पहले भी ऐसा कह चुकी है।

वे कोई निर्णय नहीं कर पाए। पंद्रह दिन बीत गए। किराया देने के बहाने मंजीत आया। पैसे देने लगा तो वे बोले, "मंजीत बेटा, पैसों का इंतजाम कर नहीं सका। तुम किराए के पैसों को कर्ज में एडजस्ट करो, जल्दी ही कुछ करके तुम्हारे पैसे लौटाऊँगा।"

"बाऊजी बुरा न मानो तो एक गल कवां," मंजीत चेहरे पर मुसकान ला बोला, उन्हें अच्छा लगा था कि उस दिन जैसी रुखाई उसमें न थी, 'शायद' यह मेरी विवशता समझ रहा है। उन्होंने सोचा था।

"किराए दे पैसयां द हिसाब अलग ही रहे ते चंगा होएगा।" उन्होंने मंजीत के चेहरे पर नजरें टिका दी थीं।

"एक प्रपोजल है।"

"हाँ-हाँ—कहो।"

"जे मैं तोहनू साढ़े तीन हजार दवां ते दस हजार हो जाएंगे। इस नू तुसी पगड़ी समझो या''जे परमिशन दो ते मैं इस पोर्शन को अपने नाम-एलॉट करवा लवां।"

"ऐं?" वे चौंके थे, लगा था जैसे आसमान से नीचे आ टपके हैं।

"एलॉटमेंट?"

"बाऊजी, एलॉटमेंट द मतलब ये नहीं कि वो मेरा हो जाएगा, ये त्वाडा ही रहेगा। किराया सौ रपए घट दवांगा, वैसे भी मैं कानूनन एलॉट कराने का हकदार तो हो ही चुका वां।"

"सोचने दो।" वे इतना ही कह पाए थे।

"सोचना की है बाऊ जी, तुहानू मेरे तो अच्छा किराएदार नहीं मिलेगा। दूजा किराएदार रख दे तो ओ एलॉट पहले करादा दंसदा बाद च''खैर, मैं आपको साढ़े पाँच हजार और दे दांगा।"

चुप रहे थे वे। जिंदगी भर जिस आदमी ने पैसों को अहमियत नहीं दी, उससे मंजीत ऐसी भाषा में बोल रहा है। नौकरी के दौरान रिश्वत की बात करनेवालों को वे सीधे दरवाजा दिखाते थे, लेकिन उस दिन वे कितना विवश थे। केवल इतना ही कह सके थे, "ठीक है, चार दिन में सोचकर बताऊँगा।"

और चार दिन बाद उन्होंने साढ़े पाँच हजार लेकर मंजीत को किराए का पोर्शन एलॉट करवा लेने की अनुमति दे दी थी।

लेकिन वह पैसा भी छह महीने में समाप्त हो गया था, उनकी परेशानी बढ़ गई थी। मंजीत ने सलाह दी थी कि उसके सामने के खाली पड़े दो कमरे यदि वे किराए पर उठाएँ और एलॉट करवाने की अनुमति दें तो वह उन्हें पंद्रह हजार दिलवा देगा। तीन सौ रुपए महीना किराया अलग। उन्होंने वह सौदा भी कर दिया था। गुप्ता था नया किराएदार। उनके पास नीचे का पोर्शन रहने के लिए पर्याप्त था और छत तो थी ही। किराएदारों को स्पष्ट कह दिया था कि वे छत को प्रयोग में नहीं लाएँगे।

गुप्ता के पंद्रह हजार खत्म होने तक सावित्री उन्हें छोड़कर चली गई थी। उसके जाने के बाद आई थी विनीता पुत्तन को लेकर। बेटे-बहुएँ, पोते-पोतियाँ, बेटियाँ-दामाद और दूसरे रिश्तेदार जुटे थे। बेटों को किराएदार रखना पसंद न आया

था, लेकिन इस बात को लेकर किसी ने अधिक कुछ कहा नहीं था।

तेरहवीं के बाद सभी चले गए। तेरहवीं के बाद धीरेंद्र ने साथ चलने के लिए कहा था, लेकिन "अभी तुम जाओ, सोचकर बताऊँगा।" उन्होंने कहा था।

और वे अकेले रह गए थे। बाद में उन्होंने निश्चय किया कि वे न किसी बेटे के पास जाकर रहेंगे और न बेटियों के पास। उनके इस निर्णय को बदलने के लिए किसी ने दबाव भी नहीं डाला था और उनका जीवन अपने ढंग से चलने लगा था।

सावित्री के जाने के साल-डेढ़ साल तक बेटे बीच-बीच में आते रहे थे। दोनों बेटियाँ गरमी की छुट्टियाँ बिताने के लिए आ गई थीं। कुछ दिन चहल-पहल में कटे थे। लड़कियों का यह सिलसिला कुछ वर्षों तक चलता रहा था, लेकिन बड़े होते बच्चों, परिवार की बढ़ती जिम्मेदारियों और निजी कार्यक्रमों के कारण उनका वह क्रम भंग हो गया था। बेटों का क्रम तो बहुत पहले ही भंग हो चुका था। रमेंद्र कभी सरकारी काम से नगर में आता तो एक-दो घंटे के लिए मिल जाता, लेकिन उसकी कोई निश्चित अवधि न थी। वह कभी साल में दो बार आ जाता तो कभी दो साल तक उधर रुख नहीं करता। धीरेंद्र ही अपेक्षाकृत अधिक आता और कभी-कभी नंदिता और बच्चों को भी ले आता। धीरेंद्र के एक लड़का और लड़की थे, जबकि रमेंद्र के पुत्तन के बाद एक और बेटा सज्जन और बेटी स्मृता थे। 'बच्चे सुखी रहें—मुझे क्या चाहिए।' किसी भी पिता के लिए इससे बड़ी प्रसन्नता क्या हो सकती है कि 'उसकी औलादें ढर्रे से, ढर्रे से ही नहीं बेहतर ढंग से रह रही हैं। समाज में उनकी प्रतिष्ठा है।' सोचकर मन को संतुष्ट करते बाबू रघुनाथ सिंह।

बच्चों ने कभी उनसे यह नहीं पूछा, "बाबूजी, आपने ऊपर की मंजिल किराए पर क्यों दी? किराएदार रखे, यह उन्हें पसंद नहीं आया था, लेकिन क्यों रखे, यह दोनों में से किसी ने भी नहीं पूछा था, वैसे कैसे रहते हैं, खाना कौन बनाता है, क्या व्यवस्था है? रमेंद्र ने कभी इस विषय में जानने की इच्छा व्यक्त नहीं की। धीरेंद्र अवश्य पूछ लेता और दबी जुबान कुछ सुझाव भी दे देता, हालाँकि उन्होंने कभी किसी का सुझाव नहीं माना।

सावित्री के जाने के बाद उन्होंने नौकरानी विमला को काम के लिए मना कर दिया था। हफ्ते में एक दिन के लिए उसके छोटे भाई को बुलाते और घर तथा कपड़ों की सफाई करवा लेते। उस दिन का पैसा उसे दे देते। खाना वे स्वयं पकाने लगे थे। 'एक आदमी के लिए चाहिए ही कितना!' सुबह सब्जी बनाते तो उसे फ्रिज में रख देते और शाम को भी उसी से काम चला लेते। शाम को बनाते तो सुबह के लिए रख

लेते। कभी नहीं भी बनाते। दो ब्रेड स्लाइस खाकर सो जाते और दस वर्ष यों कट गए कि पता ही नहीं चला, लेकिन शरीर तब भी उनका मजबूत था और वे साइकिल पर लाल बँगले तक बिन थके जाते, लौट आते। पैंतीस-छत्तीस किलोमीटर की यात्रा होती वह। पचास की उम्र तक इतनी यात्रा वे एक ओर की तय करते थे, तब की बात ही कुछ और थी। जो जी में आता था—खाते थे। दूसरे शहरों में पोस्टिंग पर रहते हुए भी सावित्री के कारण कभी घी की कमी नहीं होने पाई, जब भी अवकाश पर आते, जाते समय चार-पाँच किलो घी वह दे देती। कहती, "लल्लू के बाबू, खाओगे नहीं तो काम क्या करोगे? लिखा-पढ़ी का मामला ठहरा, दिमाग को तर रखना जरूरी होता है?"

'यह सावित्री की खिलाई ही है कि वे इस उम्र में भी दो-चार किलोमीटर साइकिल चला लेते हैं या पैदल टहल आते हैं, वरना इस उम्र तक लोग चारपाई पकड़ लेते हैं'। उन्हें सावित्री की याद ने गहनता से आ घेरा तो वह उठ बैठे। बेचैनी सी अनुभव हुई। एक गिलास पानी पिया और छत पर टहलने लगे।

'सावित्री के बीमार होने के बाद खाने-पीने, पहनने के शौक जाते रहे थे, लेकिन जिंदा रहते उसने व्यवस्था में अधिक ढील नहीं आने दी थी। सुबह का दूध बंद हुआ तो घी-पनीर आदि विमला से मँगवा लेती थी।'

"लल्लू के बाबू, जब तक साँस चल रही है…कोताही न होने दूँगी। आगे फिर भगवान् मालिक।" सावित्री कहती तो वे उसके प्रति और अधिक चिंतातुर हो जाते।

लेकिन सावित्री के आँखें मूँदते ही उन्होंने मन को मना लिया था, 'जब खिलाने वाली ही न रही तब खाने का क्या स्वाद!' और वे धीरे-धीरे हर बात के प्रति उदासीन होते गए थे। सदैव टिप-टॉप रहनेवाले उनके कपड़े गंदे रहते तो भी महसूस न करते। 'विमला का भाई रविवार को आएगा—तब तक खींच लेना क्या बुरा है।' वे कपड़ों को निहारते और मन को संतोष देते सोचते, 'इतने गंदे भी नहीं हैं, फिर उम्र के हिसाब से सब अच्छा लगता है। इस बुढ़ापे में सज-धजकर रहने का क्या मतलब!'

दस वर्ष बीत जाने तक वे किराएदारों से कुछ न बोले थे, लेकिन बढ़ती महँगाई और किराया दस वर्ष पूर्व का ही, उन्हें लगा था कि वे दोनों ही उनकी सरलता का अनुचित लाभ ले रहे हैं; हालाँकि उन्होंने अपनी आवश्यकताओं को सीमित कर लिया था, लेकिन पेंशन से कठिनाई से ही काम चल पाता था। बैंक बैलेंस था नहीं और साल-दो साल में बेटियों और नाती-नातिनों के आगमन पर जब

अतिरिक्त खर्च करना पड़ता, तब हिसाब खराब हो जाता। एक दिन उन्होंने दोनों को बुलाया और किराया बढ़ाने के लिए कहा। सुनते ही दोनों एक स्वर में बोले थे, "बाबूजी, किराया किसलिए बढ़ाएँ?"

"क्या मतलब?" वे दोनों के चेहरे देखने लगे थे बारी-बारी।

"हमने एलॉटमेंट के समय जो पगड़ी दी थी, उसका हर महीने कुछ ब्याज बनता है कि नहीं।"

"बनता होगा भाई, लेकिन दस साल में महँगाई कहाँ से कहाँ पहुँच गई। एक रुपए की वस्तु अब पाँच में मिल रही है। किराया तो आप दोनों को स्वयं ही बढ़ाना चाहिए था। अब जबकि मैं कह रहा हूँ तो आप लोग मुझसे ही उल्टे प्रश्न करने लगे।" स्वभाव के विपरीत उन्हें क्रोध आ गया था।

"एक बार मकान एलॉट होने के बाद किराया क्यों बढ़ाएँ?" दोनों समवेत स्वर में बोले थे।

'इसका मतलब यह है कि दोनों ने पहले ही तय कर लिया है कि ऐसे ही बात करनी है।' उन्होंने सोचा, 'सीधी उँगली से घी नहीं निकलेगा।'

"फिर हम दूसरा किराएदार देख लेते हैं। आप दोनों के पैसे लौटा दूँगा। नहीं चाहिए आप जैसे किराएदार।"

"सानू कोई परेशानी नहीं बाऊजी। आप पचहत्तर हजार जिस दिन दे देंगे, उस तो अगले दिन खाली कर दवांगे, जे ओदो बारह हजार बिजनेस बिच लगाँदा ते डेढ़ लाख कमाँदा। आप आधे ही दे दें बाऊजी।" मंजीत सधे स्वर में उनके चेहरे पर नजरें गड़ा बोला तो वे चीख उठे थे, "यू चीटर···रॉस्कल।" वे बुरी तरह काँपने लगे थे और आगे कुछ कह न पाए थे।

"चीखने से काम न चेलगा, बाबूजी! आप मंजीत को बारह के पचहत्तर देंगे तो मेरा हक तो अधिक ही बनता है, लेकिन कोई बात नहीं, मुझे भी उतने ही दे देंगे तो मैं भी छोड़ दूँगा। सौदा मंजूर हो तो बता दीजिएगा।" मंजीत के बजाय गुप्ता मुसकराता हुआ बोला तो उन्हें लगा था कि वे दीवार से अपना सिर टकरा लें।

दोनों उठ खड़े हुए थे जाने के लिए। उन्होंने अपने को संयत कर कहा था, "आप दोनों जानते हैं न कि मेरे बेटे क्या हैं? अदालत के चक्कर काटोगे, तब पता चलेगा।" वे कह तो गए थे, लेकिन तभी उन्होंने सोचा था, यहीं तो वे कमजोर हैं, शायद इन्हें भी मेरी कमजोर नब्ज का पता है।

"आप जो चाहें कर लेंगे। एलॉटमेंट हमने आपकी मर्जी से करवाया था और

किराया बढ़ाने की बात...आप याद करें...पाँच साल से आपने रसीदें नहीं दीं। आप कैसे सिद्ध करेंगे कोर्ट में कि आपको कितना किराया मिल रहा है।" दोनों कहकर मुसकराते हुए चले गए तो वे कटे पेड़ की भाँति सोफे में ढह गए थे हताश-बेबस।

और उस महीने के बाद मंजीत तथा गुप्ता ने उन्हें किराया देना भी बंद कर दिया था। दोनों जानते थे कि वे डेढ़ लाख रुपयों की व्यवस्था नहीं कर सकते। कोई दूसरा किराएदार ढूँढ़ना इतना सहज न था। वे बेटों से इस विषय में चर्चा करना चाहते थे, लेकिन जब उन्हें ज्ञात हुआ था कि लल्लू ने लखनऊ में महानगर में अपनी कोठी बना ली है और धीरेंद्र भी वहाँ इंदिरा नगर में फ्लैट लेकर लखनऊ पहुँच गया है तो उनको कुछ न कहना ही उन्होंने बेहतर समझा था।

बेटों को इस घर में रुचि नहीं है। वे कुछ कहें भी और दोनों कह दें, "बाबूजी इसे बेचकर हमारे साथ आ जाओ तो?" 'क्या मैं रह पाऊँगा उनके साथ। अपने हाथों एक-एक ईंट जोड़कर बनवाया है इसे। यहीं मरूँगा। सावित्री की आत्मा को इसी में सुख मिलेगा। वसीयत कर जाऊँगा दोनों के नाम—दोनों के ही नाम क्यों? बेटियों को क्यों छोड़ रहा हूँ!' उन्होंने मन-ही-मन अपने को धिक्कारा था, 'बेटियों को भी बराबर का हिस्सा दूँगा। रहें तब तक दोनों किराएदार—अपना-अपना भाग्य!'

उस दिन के बाद बाबू रघुनाथ सिंह ने एक शब्द भी नहीं कहा था दोनों किराएदारों से और न ही बेटे-बेटियों से। उस घटना को भी दस वर्ष बीत गए, यानी सावित्री को मरे लगभग बीस वर्ष!

घाम दीवार पर पूरी तरह चढ़ गया था। शाम नीचे उतरने की तैयारी करने लगी थी। हलकी ठंड अपना एहसास करवाने लगी थी।

'नीचे चलना चाहिए!' उन्होंने चारपाई दीवार के सहारे खड़ी की और नीचे उतर गए।

□

'पोते का तिलक है...जाना ही पड़ेगा। नए कपड़े भी बनवाने होंगे। पता नहीं बैंक में कितने पैसे हैं। कई महीनों से पास बुक की एंट्री नहीं करवाई। कल जाकर चेक करना चाहिए। लखनऊ जाने के लिए भी तो पैसे चाहिए होंगे। खाली हाथ जाना ठीक न होगा। पुत्तन के पैदा होने के बाद बधाई लेकर गया था, उसके बाद लल्लू के यहाँ जाना भी नहीं हुआ। महानगर में कोठी बनवाकर उसने गृह-प्रवेश के समय पत्र लिखकर बुलाया था, लेकिन तब बुखार में पड़ा था। गृह-प्रवेश की

बात और थी। अब बात और है। बुखार होगा तब भी जाना होगा।' सीढ़ियाँ उतरते समय वे सोचते रहे।

दूसरे दिन बैंक गए थे बाबू रघुनाथ सिंह। खाते में इतने पैसे थे कि वे एक जोड़ी कपड़े बनवा सकते थे। पैसे निकालते समय उन्होंने सोचा, 'जूते भी कई साल पुराने हो गए हैं, लोग क्या कहेंगे, कोई और कहे या न कहे, लल्लू का बूढ़ा श्वसुर गोपाल प्रसाद ही टोक सकता है। बाबू रघुनाथ सिंह ने कपड़े तो नए पहन रखे हैं, लेकिन जूते पुराने ही हैं। नए जूते भी खरीद लेना ठीक होगा। बाटा के बहुत महँगे होंगे। लोकल ही ले लूँगा।'

बैंक से रुपए निकालकर गोविंदनगर की परिचित दुकान से पैंट-शर्ट का कपड़ा लेकर उन्होंने टेलर को नाप दे दिया। "किसी भी कीमत में बीस नवंबर तक कपड़े मिल जाने चाहिए," टेलर को समझा दिया था। लौटते हुए 'जनता शूज' से जूते भी खरीद लिए। सदैव बाटा के पहनते रहे थे। 'सुनते हैं 'जनता 'वाले के जूते भी अच्छे होते हैं। एक बार आजमाकर देख लेता हूँ।' मन को संतोष दिया था उन्होंने।

घर लौटते हुए याद आया कि पचीस नवंबर तक ठंड बढ़ जाएगी। सूट बहुत पुराना हो चुका है। पैंट फट रहा है और कोट भी कॉलर, जेबों और बाँहों के पास बहुत पुराना होने का आभास देता है। स्वेटर भी कोई अच्छा नहीं है। कभी ध्यान ही नहीं दिया कि नाती-पोतों की शादियाँ भी होंगी। नया खरीदने के लिए पैसे नहीं हैं। फिर...' तभी याद आया कि उनके पास एक ओवरकोट है काले रंग का। रिटायरमेंट वाले साल खरीदा था। कभी-कभी ही पहना है। वह बिल्कुल ठीक है। उसे ड्राइक्लीन करवा लेना चाहिए।

और घर पहुँचते ही उन्होंने ट्रंक से ओवरकोट निकाला। झाड़ा और देखा, ड्राइक्लीन की आवश्यकता है या नहीं। कमरे से बाहर रोशनी में दोनों हाथों पर फैलाकर देखा। लगा ड्राइक्लीन की आवश्यकता नहीं है। 'पैसे बचे' सोचकर राहत अनुभव की उन्होंने।

बीस नवंबर का दिन भी आ गया। वे टेलर से कपड़े ले आए। एक बार उसकी दुकान पर पहनकर फिटिंग देखी, फिर घर पहुँचकर देखा। पहनकर आदमकद शीशे के सामने खड़े हुए। ठीक लगा, लेकिन इस पर ओवरकोट कैसा लगेगा! हैंगर से कोट उतारकर, पहना और फिर शीशे के सामने जा पहुँचे, 'दुरुस्त एकदम दुरुस्त'। चेहरे की झुर्रियाँ फैल गईं मुसकान से, फिर एक उदासी ने आ घेरा। 'आज सावित्री होती तो कमेंट किए बिना न रहती। कहती, 'शादी तुम्हारी नहीं, पुत्तन की—पोते

की होने जा रही है। इतना मत सजो।' फिर आगे जोड़ती, 'लेकिन लग अच्छे रहे हो।' और वे कहते, 'लोगों को यह भी पता चलना चाहिए कि दूल्हे का बाबा हूँ।'

चेहरे पर फिर मुसकराहट तैर गई। बीस तारीख के बाद हर दिन लखनऊ से किसी-न-किसी के आने की प्रतीक्षा करने लगे। लल्लू नहीं आएगा तो धीरेंद्र से कहेगा, 'जाकर बाबूजी को लिवा लाओ।' वैसे दोनों के बेटे भी बड़े हैं। वे भी आ सकते हैं। लल्लू के दोनों बेटों को तीन-चार बार ही उन्होंने देखा है। सामने आ खड़े हों तो पहचान भी न पाएँगे, लेकिन धीरेंद्र का बेटा तो कई बार आ चुका है। पीछे यही कोई पाँच-छह महीने पहले ही कोई परीक्षा देने आई.आई.टी. आया था तो आधा घंटा बैठकर गया था। वह भी आ सकता है। चिट्ठी भी आ सकती है, लेकिन चिट्ठी आई तो नहीं जाएँगे। कोई आएगा तभी जाना चाहिए। 'आखिर घर का मुखिया हूँ—दूल्हे का बाबा।' वे जब भी ऐसा सोचते मन में एक किलक उपजती, लेकिन चौबीस तारीख तक न कोई आया और न ही कोई पत्र आया तो वे निराश हुए, लेकिन विचार कौंधा, 'प्रह्लाद ने काफी पहले यह खबर दी थी मुझे। हो सकता है इतने दिनों में तारीख बदल गई हो या दोनों में से किसी पार्टी ने इनकार कर दिया हो। यही होगा, वरना ऐसा हो ही नहीं सकता कि बेटे का तिलक हो और लल्लू मुझे न बुलाए। परंपरानुसार तिलक का पहला देय घर के बुजुर्ग के हाथ में ही दिया जाता है।' लेकिन तभी मन ने झटका दिया, 'अब परंपराओं का निर्वाह रहा ही कहाँ और न पहले की भाँति तिलक होता है। तिलक के नाम पर रस्म अदायगी बची है। लोग मिलते हैं। लेन-देन तो बैंक खाते में पहुँच जाता है और रही बुजुर्ग की बात तो लल्लू के श्वसुर भी तो बुजुर्ग हैं, लेकिन जैसा भी हो, खबर तो आनी ही चाहिए थी। नहीं आई, इसका अर्थ है कि तिलक टल गया या शादी टूट गई।' विचार ने उन्हें पहले से अधिक निराश किया।

'लेकिन हो सकता है, कल गाड़ी लेकर कोई लेने आ जाए।' रात उन्हें देर से नींद आई। सुबह जल्दी ही उठकर नहाकर तैयार हो बैठ गए। दोपहर तक बैठे प्रतीक्षा करते रहे, 'वे कहीं जाएँ और पीछे से कोई आ जाए तो ठीक न होगा।' दोपहर भोजन भी नहीं किया। दो बिस्कुट के साथ चाय ली। दोपहर बाद छत पर टहलते रहे, लेकिन जब चार बज गए और कोई नहीं आया तब, 'पहले की सोची बात ही सही है।' सोचते हुए वे नीचे उतर आए और कंबल लेकर पलंग पर लेट गए। कंबल की गरमी से झपकी आ गई। उठे तो छह बज चुके थे। याद, आया रात देर से सोए थे और सुबह जल्दी ही उठकर तैयार हो लगभग 'अटेंशन' की मुद्रा में

ही रहे थे। बूढ़ा शरीर—थक गया।

उठकर मुँह धोया और बाजार की ओर टहलने निकल गए। मन हलका था। पुत्तन की शादी की बात दिमाग में ठंडी हो गई थी और दिनचर्या बिल्कुल सामान्य, तभी एक दिन रमेंद्र का पत्र और शादी का निमंत्रण एक साथ मिले। वे हतप्रभ थे। उन्होंने जो सोचा था, वह गलत था। प्रह्लाद की सूचना सही थी। लल्लू ने लिखा था, "बाबूजी, पुत्तन के विवाह का कार्ड साथ संलग्न है, जिससे आपको कार्यक्रम की जानकारी मिल जाएगी। 8 दिसंबर को शाम पाँच बजे तक बारात काकादेव पहुँच जाएगी। आप तैयार रहेंगे। बारात वहाँ पहुँचते ही मैं गाड़ी भेज दूँगा। पोते को आशीर्वाद देने आपको आना ही होगा। पिछले दिनों व्यस्तता इतनी अधिक रही कि चाहकर भी तिलक के लिए लेने नहीं आ सका। आप मेरी स्थिति समझ सकते हैं। अन्यथा न लेंगे। 8 दिसंबर को तैयार रहेंगे, शाम पाँच बजे के बाद कोई-न-कोई आपको लेने अवश्य पहुँच जाएगा।"

किंकर्तव्यविमूढ़ से बैठे रह गए थे वे। पत्र और कार्ड हाथ में झूलते रहे थे। देर तक मन उद्विग्न रहा था। लेकिन 'अपने जमाने से क्यों तौलते हो आज के समय को बाबू रघुनाथ सिंह?' मन ने कहा था, 'विकास की गति तेज हो गई है तो आदमी के पास समय स्वतः कम होता जाएगा। लल्लू के पास समय नहीं ही रहा होगा। रही बात तिलक की तो पता नहीं वह किस रूप में हुआ होगा। नहीं जा पाया तो अफसोस कैसा! अब वह 8 दिसंबर को गाड़ी भेजेगा, तैयार रहूँगा।' मन का उद्वेग ठंडा पड़ गया था।

□

8 दिसंबर को दोपहर बाद ही वे तैयार होकर बैठ गए थे। नए पैंट-शर्ट के ऊपर ओवरकोट डाल लिया था। पास के नाई से शेव करवा आए थे।

शाम छह बजे दरवाजे पर एक एंबेसडर आकर रुकी। धीरेंद्र आया था।

"पंद्रह मिनट में चलना है बाबूजी, आप तैयार हैं न! सात बजे का बैंड है।" धीरेंद्र ने पैनी दृष्टि से उन्हें, फिर घूमकर मकान को देखा था।

"तैयार बैठा हूँ, चलो।" और पंद्रह क्या वे पाँच मिनट में ही कार में थे। उन्होंने धीरेंद्र से तिलक के विषय में कोई बात नहीं की।

"धीरेंद्र भी कितना मशीनी हो रहा है!" कार में बैठते हुए उन्होंने सोचा।

बारात एक लॉज में ठहरी थी। वे गाड़ी से उतरे तो लल्लू ने आगे बढ़कर पैर छुए। आशीर्वाद देते समय वे भावुक हो उठे। "इस क्षण सावित्री को होना चाहिए

था।" उन्होंने सबसे नजरें चुरा लीं।

पुत्तन एक कमरे में तैयार हो रहा था। औरतों ने उसे घेर रखा था। विनीता उन्हें देख कमरे से निकल आई और हाथ जोड़ प्रणाम किया। वे पुत्तन को आशीर्वाद देने जाने के लिए आगे बढ़े, लेकिन औरतों की भीड़ और वहाँ दूल्हे को लेकर चल रहे परिहास के कारण दरवाजे के पास ही ठिठक गए। क्षण भर रुके रहे, लेकिन किसी ने ध्यान नहीं दिया, पुत्तन ने उन्हें देखकर भी अनदेखा किया, ऐसा उन्हें लगा और इससे उन्हें एक और झटका लगा। वे मुड़े। पीछे कोई भी न था। सब इधर-उधर दौड़ रहे थे। युवक दो-चार के ग्रुप में गप्पें लड़ा रहे थे। धीरेंद्र के बेटे और लल्लू के दूसरे बेटे ने देखा। आए और प्रणाम कर मित्रो के साथ जा खड़े हुए। उनकी आँखें रमेंद्र और धीरेंद्र को खोजने लगीं, लेकिन वे दिखे नहीं। 'व्यवस्था में लगे होंगे।' सोचकर भीड़ से एक ओर हटकर खड़े हो गए। थोड़ी देर बाद प्रह्लाद आया, "बाबूजी, आप यहाँ क्यों खड़े हैं? बारात चलने के लिए तैयार है। आइए, आपको किसी गाड़ी में बैठा दूँ।"

"प्रह्लाद एक बात बताओ।" रहस्यमय स्वर में उन्होंने पूछा, "बेटियाँ-दामाद नहीं दिख रहे?"

"कोई नहीं आए बाबूजी।" कुछ रुककर प्रह्लाद धीमे स्वर में बोला, "शायद निमंत्रण ही देर से भेजा गया था। कल दोनों के फोन आए थे कि वे लखनऊ सीधे रिसेप्शन में पहुँचेंगे।"

वे बोल नहीं पाए। सोचते रहे, 'कहीं ऐसा तो नहीं कि जान-बूझकर निमंत्रण देर से भजा हो लल्लू ने।' लेकिन 'मैं भी क्या ऊल-जलूल सोचने लगता हूँ।' वे प्रह्लाद के साथ गाड़ी में बैठने के लिए आगे बढ़ गए।

बारात जब लड़की वालों के दरवाजे पहुँची, भीड़ बढ़ गई थी। बेटे के परिचितों की संख्या देखकर वे प्रसन्न थे, लेकिन भीड़ में वे अपने को खोया हुआ पा रहे थे। परिचित चेहरे दिखते भी तो क्षण में ही गुम हो जाते। प्रह्लाद ने उन्हें एक कुरसी पर बैठा दिया। वे घंटा भर से अधिक वहाँ बैठे रहे। इस मध्य लड़की को उसके पारिवारिक जन और सहेलियाँ ले आईं और जयमाला कार्यक्रम के बाद लोग फोटो खिंचवाने लगे तो वे सोचने लगे कि उन्हें बुलाने कोई आएगा। 'आखिर दूल्हे के बाबा के साथ फोटो तो होनी ही चाहिए।' लेकिन कोई नहीं आया।

फोटो खिंचते रहे और वीडियो फिल्म बनती रही। वीडियो की फ्लैश एकाध बार उनकी ओर भी चमकी, लेकिन तब उन्होंने चेहरा घुमा लिया था।

फोटो कार्यक्रम प्रारंभ होने के साथ ही लोग भोजन के लिए उमड़ने लगे थे। उनके पेट में भी चूहों की धमाचौकड़ी ज़ारी थी। वे इंतजार करते रहे कि कोई तो आएगा उन्हें भोजन के लिए ले जाने, लेकिन सभी व्यस्त थे। किसी को उनकी उपस्थिति का जैसे भान ही नहीं था। भोजन करके लोग छँटने लगे थे। दस बजे से ऊपर का समय हो रहा था। इतने समय तक तो वे सो जाते हैं।

'किसी ने लडकीवालों से परिचय भी नहीं करवाया, जैसे मेरा कोई अस्तित्व ही नहीं है, फिर मैं यहाँ बैठा किसलिए हूँ? उठो बाबू रघुनाथ सिंह!' मन ने धिक्कारा' भोजन 'तो किसी ढाबे में भी मिल जाएगा और नहीं भी मिलेगा तो क्या एक रात बिन खाए नहीं रह सकते! उठ ही जाना चाहिए अब।' एक दृढ़ निर्णय मन में उपजा और वे उठ खड़े हुए, तभी उन्हें याद आया कि बारात के लिए तैयार होने में सुबह से ही वे इतना खोए रहे थे कि उन्हें चिड़ियों के लिए दाना डालने का ध्यान ही नहीं रहा था।

'चिड़ियाँ आज भूखी रहीं, वे आई होंगी बैठी होंगी, इंतजार भी किया होगा, फिर निराश हो उड़ गई होंगी—हे भगवान्, यह मैंने क्या किया!' अपराध भाव से वे भर उठे।

'जाते ही मुझे चिड़ियों के लिए दाना डालना चाहिए, आज भूखी रही हैं—हो सकता है, कल सुबह जल्दी आ जाएँ।'

उनके पैर बाहर जाने के लिए उठे। उन्होंने एक नजर मंच की ओर डाला, जहाँ पुत्तन होनेवाली पत्नी के साथ बैठा था और लल्लू और विनीता उसके पास खड़े हँसते हुए फोटो खिंचवा रहे थे। लड़की की सहेलियाँ दूल्हा-दुल्हन को भोजन करवाती खिलखिला रही थीं।

वे पंडाल से बाहर आ गए।

बाहर कड़ाके की ठंड थी। उन्होंने ओवरकोट की जेबों में हाथ डाले और अँधेरी सड़क पर उतर गए।

□

पापी

आधी रात के लगभग वह कोठरी में लौट पाया था, थका-पिटा। दोपहर से ही महफिल जमी थी वहाँ। शहर से मित्र आए थे शंकर बाबू के—साथ पढ़नेवाले। उन्हीं की देखभाल में लगा दिया था उसे लंबरदार जगदीश सिंह ने।

बोले थे, "बचवा के दोस्त हैं। कौनौ कमी न होने पावे।"

उसने सिर हिला दिया था और वैसा ही करता रहा था, जैसा शंकर बाबू बोलते रहे थे। शाम से ही खाने-पीने का सिलसिला शुरू हो गया था। दो घूँट न-न करने पर भी, जबरदस्ती पकड़कर उसे भी पिला दी थी शंकर बाबू के एक साथी ने। शायद कोई अंग्रेजी थी, तभी दो घूँट में ही उसका दिमाग झन्नाने लगा था। नहीं, देशी तो वह पहले भी एक-आध बार होली-दीवाली में ले चुका है, लेकिन उस दिन उसने जाना था कि देशी और अंग्रेजी के स्वाद में क्या फर्क होता है। उसे शंकर बाबू के वे दोस्त तब बहुत अच्छे लगे थे।

लेकिन शंकर बाबू की बात उसे अच्छी नहीं लगी थी, जो उन्होंने पीने-पिलाने का सिलसिला खत्म होने के बाद कही थी। उनकी बात सुनते ही दोनों हाथ हिलाकर वह बोला था—"न बाबू! मोहते ई सब न होई।"

"अबे सुन!" उसके कंधे पर अपना दाहिन हाथ रख पुचकारते से बोले थे शंकर बाबू, "नोटों से तेरी जेब भर देंगे और उसे भी मुँहमाँगी रकम—बस तू पसियाने या चमरौटे से किसी को भी···।"

वह छिटककर एक ओर जा खड़ा हुआ था और बेचारगी से बोला था—"मुझे माफ कर दो, बाबू। ये काम मैं कभी नहीं करूँगा, कभी नहीं···।"

"तुझे करना ही पड़ेगा, मक्कू। मेरे साथियों के लिए!" शंकर बाबू के स्वर में धमकी थी।

"बाबू, एक बात सुनि लो, गरीब के लिए उसकी इज्जत ही सबकुछ होती

है—अमानत की तरह। उहे खातिर वे प्राण भी दे-ले सकत हैं—ये न भूलो, बाबू।" उसका स्वर रुआँसा हो उठा था।

"स्साला बकवास करता है! मुझे सीख दे रहा है!" चीखते हुए आगे बढ़े थे शंकर बाबू और लात-घूँसों से पिल पड़े थे उसपर। वह पिटता रहा था, लेकिन उफ न की थी। शंकर बाबू के साथी उसे पीटने के लिए हौसला बढ़ाते रहे थे—"और, अभी और शंकर!"

पीटते-पीटते जब हाँफने लगे थे शंकर बाबू, तब दरवाजे की ओर उसे धकियाते हुए चीखे थे, "मैं खुद ही देख लूँगा, लेकिन तू अब यहाँ से दफा हो जा! वरना जिंदा⋯।" आगे के शब्द सुने बिना ही वह भाग खड़ा हुआ था, जानवर बाँधने के घेर की ओर और कोठरी में आते ही खटोली पर ढह गया था।

चारों ओर घुप अँधेरा था और थी जानवरों के पेशाब एवं गोबर की गंध, चूहों की उछल-कूद और झींगरों की आवाज। जानवरों के नथुने फड़क रहे थे और बीच-बीच में कोई भैंस फाँय-फाँय कर मुँह से साँस छोड़ दे रही थी। यह सब उसे बुरा लग रहा था। नींद थी कि कोसों दूर चली गई थी और बदन रह-रहकर टीस रहा था उसका। नींद न आने से मक्कू का मन न जाने कहाँ-कहाँ भटकने लगा। बीते दिन याद आने लगे। उसने बाहर फैले अँधेरे को निहारने से बचने के लिए आँखें मूँद लीं और अपने अंदर फैले अँधेरे से, जो बचपन से अब तक गहराता ही गया है, जूझने लगा।

उसने जब से होश सँभाला, अपने को जगदीश सिंह की सेवा में पाया, जब वह बहुत छोटा था, उसकी माँ मर गई थी—आग में जलकर। सच तो यह था कि वह मरी नहीं, मार दी गई थी। उसे तो कुछ होश नहीं। होश होता भी कैसे, तब वह मात्र दो साल का ही था। उसके बापू को एक बार माँ की बहुत याद आई थी। वह रोता रहा था और फिर उसी ने बताया था सबकुछ।

बिहार के उस गाँव में बापू की भी छोटी सी गृहस्थी थी। अपनी छोटी सी झोपड़ी थी—उसकी बिरादरी की लगभग सौ परिवारों की झोपड़ियों के बीच; जिसमें दिन भर हार-पतार में खटने के बाद बापू उसकी माँ और उसके साथ अपनी जवानी के दिन गुजार रहा था, तभी एक दिन वह सब घटा था।

गाँव के एक भूस्वामी भूमिहार के बेटे से उनकी बस्ती के दो नौजवानों की मजूरी को लेकर कहा-सुनी हो गई थी। बात कुछ अधिक ही बिगड़ गई थी शायद, वरना दब-सिकुड़कर रहनेवाली उस हरिजन बस्ती के युवकों में इतना दम-खम

कहाँ से आ जाता कि वे भूस्वामी के बेटे पर हाथ उठा देते, लेकिन हाथ उनके उठ चुके थे। अधिक न मारा था उन लोगों ने, उसे फिर भी चार–छह लाठियाँ मार ही दी थीं और इतना पर्याप्त था भूस्वामियों के लिए। गाँव के अन्य भूस्वामियों ने इसे उस बस्तीवालों द्वारा अपने खिलाफ युद्ध की घोषणा मान लिया था।

मजूरी को लेकर झगड़े पहले भी होते रहे थे; लेकिन पहले उसकी बस्तीवालों को डरा–धमकाकर, मारकर वे लोग चुप करा दिया करते थे, किंतु उस दिन—दिन–दिन में ही भूस्वामियों ने एकत्र होकर योजना बनाई और साँझ ढलते–ढलते बस्तीवालों को पता चला कि घर लौटते समय नाले के पास उन दोनों नौजवानों की भास्वामी के उस बेटे के साथ कुछ दूसरे लोगों ने गोली मारकर हत्या कर दी थी और लाशों को नाले में फेंक दिया था।

बस्ती में कोहराम मच गया था। बापू सहित बस्ती के सारे नौजवान इकट्ठा हुए थे उस रात बस्ती के बीच बने 'महादेव' के चबूतरे पर। इसका प्रतिकार कैसे लिया जाए, वे सब यही सोच रहे थे। उसकी माई दाल–भात और तरकारी बनाकर बापू का इंतजार कर रही थी। बस्ती की सभी झोपड़ियों में ढिबरियों की पीली, बीमार रोशनी फैली हुई थी। सारी बस्ती किसी अभिशप्त नारी की भाँति दिखाई दे रही थी।

तभी बस्ती के बाहर हलचल हुई थी। लोग कुछ समझ पाते, इसके पहले ही गोलियाँ दागने की आवाजें आने लगी थीं। बस्ती को भूस्वामियों और उनके लोगों ने घेर लिया था चारों ओर से। कुछ देर तक गोलियाँ चलती रही थीं और फिर सारी बस्ती को आग के हवाले कर दिया था उन लोगों ने। चारों ओर भाग–दौड़, चीख-चिल्लाहट और था उन आततायियों का अट्टहास। बस्ती के खाक होने तक वे सब उसे घेरे रहे थे। उनकी गोली का शिकार होने से बच गया था उसका बापू। लपटों से खेलता बापू किसी तरह अपनी झोपड़ी तक पहुँच गया था। वहाँ बापू को मिली थी जलकर ढेर हुई उसकी माँ की लाश और पास में रोता–बिलखता वह। वह बच गया था साफ। आग ने उसे छुआ तक न था।

उसे ले उसका बापू उसी क्षण लुकता–छुपता भाग खड़ा हुआ था और आ पहुँचा था अपने ननिहाल। ननिहाल में उसने कुछ दिन यों ही बिता दिए थे—उसकी माई के शोक में डूबे इधर–उधर भटकते हुए, लेकिन कब तक वह इस तरह रह सकता था वहाँ और तभी एक दिन उसकी भेंट वहाँ जगदीश सिंह से हुई थी। उन्हें एक हलवाहे की जरूरत थी और बापू को काम की। बापू उसे लेकर चला आया था जगदीश सिंह के साथ—उनके गाँव।

बापू भोर से रात देर तक जगदीश सिंह के काम में बेजुबान जानवर की तरह जुटा रहता। अपने बेटे से मक्कू से दो बातें करने तक की फुरसत उसे न मिलती। मक्कू दिन भर आवारा पिल्ले की भाँति कभी जगदीश सिंह के घेर में पड़ा रहता, कभी गाँव के बाहर बने हनुमान मंदिर के बाहर किसी बच्चे के साथ खेलता रहता और जब कोई न होता खेलने के लिए, तब अकेला ही पक्के कुएँ, जो मंदिर से कुछ ही दूर था, की जगत् पर जा बैठता या कुएँ के पास के नीम के पेड़ों से गोंद निकालता रहता।

शंकर बाबू भी उसी की उम्र के थे—जगदीश सिंह के इकलौते बेटे। कभी-कभी वह भी उसके साथ खेलते और नीम के पेड़ से गोंद निकालते। शंकर बाबू की माँ, जिन्हें सभी 'लंबरदारिन' कहते थे, को जब याद आती, मक्कू को बुलवाकर दोपहर का खान दे देतीं। ज्यादतर बेझर की रोटी और नमक या बुकनू। वह चबूतरे पर जब खाना खा रहा होता तो कभी-कभी शंकर बाबू अपना खाना लिये बाहर निकल आते। लंबरदारिन उन्हें उसके पास बैठकर खाने से रोकतीं; लेकिन वह न मानते। उसके पास बैठ जाते थाली रखकर शंकर बाबू। वह देखता, दाल-भात-रोटी-सब्जी-अचार। अपनी रोटी चबाते हुए उसकी नजर शंकर बाबू की थाली पर टिकी रहती। शंकर बाबू शायद उसका अभिप्राय समझ जाते और थोड़ा-थोड़ा सबकुछ अपनी थाली से उसके कटोरे में डाल देते। वह सब खाकर मक्कू सोचता, 'क्या कारण है कि वह बेझर की सूखी रोटियाँ चबाता है और शंकर बाबू को इतना अच्छा भोजन मिलता है? जबकि वह भी शंकर बाबू जैसा है—उतना ही बड़ा, उन्हीं की उम्र का, फिर भी यह अंतर क्यों?' लेकिन तब उसके नन्हे मस्तिष्क में कुछ भी न आता था।

फिर जैसे-जैसे वह बड़ा होता गया, सबकुछ समझता गया था। पाँच की उम्र पार करते ही शंकर बाबू को स्कूल में भरती करा दिया गया और उसे घर की सफाई तथा गोबर इकट्ठा करने के कामों में लगा दिया गया था। शंकर बाबू साफ-सफ्फाक कपड़े पहनकर स्कूल जाते तो वह हसरत भरी नजरों से उन्हें देखता रहता। शंकर बाबू प्रतिदिन नए कपड़े बदलते और वह अपने को एक ही फटी-मैली कमीज में पाता तो उसका दिल बैठ-बैठ जाता, तब वह पक्के कुएँ की जगत पर बैठकर रोता रहता।

एक दिन उसने रात में बापू से जिद की कि वह उसके लिए भी नई कमीज खरीद दे और उसे भी स्कूल जाने के लिए पाटी-बस्ता ला दे। बापू कितनी ही देर

तक उसे समझाता रहा था कि नई कमीज के लिए उसके पास पैसे नहीं हैं और स्कूल में भरती होकर वह क्या करेगा, जब मजूरी ही करनी है तो बिन पढ़ा-लिखा ही ठीक, लेकिन बापू का तर्क उसकी समझ में नहीं आया था। वह अपनी जिद पर अड़ा रहा तो बापू को गुस्सा आ गया। उसने उसकी पिटाई कर दी। वह पिटता रहा और अपनी जिद पर अड़ा रहा। बौखलाकर बापू ने धक्का देकर उसे चारपाई से नीचे गिरा दिया। रात भर वह नीचे ही लेटा रहा। सोया भी नहीं उस रात।

और सुबह चुपचाप खिसककर वह हनुमान मंदिर के पीछे जा छुपा था। बापू जब काम पर चला गया, तब वह जा पहुँचा था स्कूल। काफी देर तक वह स्कूल के बाहर खड़ा बच्चों को देखता रहा और अंदर जाने का साहस बटोरता रहा, तभी उसकी नजर शंकर बाबू पर पड़ी। वह तीन लड़कों के साथ थे। मक्कू दौड़कर उनके पास पहुँचा।

वह शंकर बाबू से कुछ कहता, इसके पहले ही उन्होंने पूछा, "तू कहाँ था रे सुबह से?"

"मैं—मैं···" कुछ जवाब न दे पाया वह।

"हाँ-हाँ, तू!"

"शंकर बाबू—मुझे भी स्कूल में भरती करवा दो। तुम्हारे साथ पढ़ने आया करूँगा।" उसने पहले अपने मन की बात कह देना ही उचित समझा था।

"यह बकवास बंद कर! मक्कू, सीधे घर जा, नहीं तो तेरी खैर नहीं आज। सुबह से ही तेरी ढूँढ़ मची हुई है और तू यहाँ; अरे, आज से तुझे जानवर चराने जाना है, समझा!"

शंकर बाबू के साथ के लड़के हँसने लगे थे। वह फिर भी टस-से-मस न हुआ था।

"तू जा या न जा, लेकिन जो कुछ आज तेरे बारे में सुन था, वह तुझे बता दिया।"

शंकर बाबू अपने साथियों के साथ चले गए थे। उस दिन उसे लगा था कि अब शंकर बाबू भी बदल गए हैं। पहले जैसे नहीं रहे—उसके साथ खाना खाने के लिए आ बैठनेवाले। वह कुछ देर तक वहाँ खड़ा रहा था और ललचाई नजरों से बच्चों को देखता रहा था; फिर मन मारकर लौट पड़ा था और जा बैठा था पक्के कुएँ की जगत पर। पता नहीं कब तक वह वहाँ बैठा रहता, अगर लंबरदार जगदीश सिंह का झन्नाटेदार तमाजा उसकी कनपटी पर न पड़ा होता। वह तिलमिला उठा था।

लेकिन जगदीश सिंह ने उसे सिसकने भी न दिया और दोनों कान पकड़कर ऊपर उठाकर पटकते हुए बोले थे, "स्साले, रोया तो उठाकर कुएँ में फेंक दूँगा! दुनिया समझेगी कि खुद ही गिरकर मर गया है!"

उसकी चीख अंदर ही घुटकर रह गई थी। केवल आँसू टपकते रहे थे, वह उकड़ूँ बैठ गया था उनके सामने, लेकिन कहाँ बैठने दिया था उन्होंने। उसे घसीटते हुए ले गए थे और एक डंडा पकड़ाते हुए बोले थे, "आज से तू भीखू अहीर के ग्वाल के साथ जानवर चराने जाएगा।"

और उस दिन से वह जानवर चराने जाने लगा था। पढ़ाई की कल्पना त्याग दी थी उसने। सुबह बापू के साथ उठकर जानवरों के सानी-चारे के इंतजाम में जुट जाता और दिन चढ़ते ही उन्हें हाँक जंगल की ओर चला जाता। जिस दिन जगदीश सिंह या लंबरदारिन का मन खराब होता, उस दिन उसे दिन भर निराहार रहना पड़ता। रात लौटता तो इतना थक चुका होता कि बापू से बात भी न कर पाता और न ही बापू उससे कुछ पूछता। एक ही चारपाई पर दोनों दो द्वीपों की भाँति पड़े रहते थे।

अब शंकर बाबू से भी उसकी कम ही मुलाकात होती, जब भी वह मिलते, कोई-न-कोई स्कूल का उनका साथी उनके साथ चिपका होता, तब उसे उनसे बात करने में संकोच महसूस होता; और शंकर बाबू अपनी ओर से उससे बिना बोले गुजर जाते। कभी कंचे या गुल्ली-डंडा खेल रहे होते और वह खड़ा होकर खेल देख रहा होता तो वे उसकी तरफ देखते भी नहीं थे। उसे यह सब अजीब लगता। शंकर बाबू का यह बदलाव उसे अखरता। उसने इस सबका कारण खोजने की कोशिश की और तब एक दिन उसकी समझ में आया कि शंकर बाबू और वह दो अलग दुनियाओं के बाशिंदे हैं—मालिक और नौकर की दुनिया के, तब तक वह बड़ा हो चुका था। धीरे-धीरे उसकी दुनिया उसे अपने जाल में लपेटती गई थी और छटपटाता, वह उसमें उलझता गया था।

बड़ा होने के साथ ही काम का बोझ उसपर बढ़ता गया था। बापू बीमार रहने लगा था, जिससे बापू के हिस्से का कुछ काम भी उसे करना पड़ता। जानवर चराने के साथ-साथ गोबर फेंकना, जानवरों की सानी-पानी, चारा लाने से लेकर दूध निकालने तक के काम उसके जिम्मे आ पड़े थे। भोर से देर रात तक वह जुटा रहने लगा। काम में जरा सी भी कोताही लंबरदार को बरदाश्त न थी। गाली-गुफ्ता तो उनकी जुबान पर हर समय रहता ही था, जब-तब उनका हाथ भी उसपर उठता रहता था। उसकी छटपटाहट बढ़ जाती, ऐसे क्षणों में। उसे अपने बापू पर क्रोध

आता। क्यों नहीं वह जगदीश सिंह की हलवाही छोड़ देता? एक दिन उसने बापू से पूछ लिया था।

"तब तू का मिट्टी खाएगा?" बापू खीज उठा था।

"अब तो मैं भी कुछ करने लायक हो गया हूँ! बापू, हम कहीं भी जाकर कुछ भी करके पेट पाल लेंगे।"

"तेरा माथा फिर गया है का रे मकुए! तुझे पता भी है कुछ। मैं-मैं बस अब मैं···।"

बापू को जोरदार खाँसी आ गई थी। खाँसता रहा था वह और खखारकर बलगम उसने जमीन पर उगल दिया था। मक्कू ने देखा था, वह बलगम ही नहीं था केवल, खून भी था उसमें। बापू शिथिल हो गया था खाँसते-खाँसते। खाँसी थमी तो वह निढाल सा लेट गया था और हाथ के इशारे से खूँटी पर टँगे झोले की ओर इशारा कर धीरे से बोला था, "झोले से शीशी निकालकर दवा पिला रे मुझे!"

उसने शीशी निकाल उसी के ढक्कन में डालकर तीखी गंधवाली दवा बापू को पिला दी। दवा पीकर बापू काफी देर तक होंठ चाटता रहा था, फिर बोला था—"मक्कू बेटा, आज तुझे बता रहा हूँ। मैं जियादा दिन नहीं चल पाऊँगा। अंदर ते सरीर खोखला होइ गया है।"

"नहीं बापू, आप अइसा न कहें। आप अभी···" वह बिलख उठा था।

"मैं ठीक कह रहा हूँ रे! मुझे टी.बी. हो गई है। अब मैं ठीक नहीं होने का।"

"इलाज करैं ते ठीक काहे न होगे! मैं लंबरदार से आरजू करूँगा। उनसे पइसा लेकर तुम्हारा इलाज—तुम ठीक होइ जाओगे, बापू, बापू जरूर ठीक होइ जाओगे।" आँसुओं से उसका चेहरा भीग गया था। बापू की छाती पर सिर रखकर वह कितनी ही देर तक रोता रहा और बापू प्यार से उसके सिर पर हाथ फेरता रहा था।

दूसरे ही दिन वह लंबरदार जगदीश सिंह के पास जा पहुँचा था।

वे उसकी पूरी बात सुने बिना ही बोले थे, "पैसा-पैसा! जब देखो तब पैसा! पैसों की कोई बखारी है मेरे पास, जो कभी तेरा बाप तो कभी तू चले आते हो! अभी परसों ही तेरे बाप को दिए थे पचास रुपए। उड़ा गया होगा चरस में। भाग जा, नहीं हैं मेरे पास पैसे-वैसे!"

"मालिक, आपको पता नहीं, बापू को टी.बी. होइ गई है! अगर इलाज नहीं करवाया तो वो काम कइसे···।"

"टी.बी. हो गई—तो मैं क्या करूँ! मैंने कोई ठेका ले रखा है तेरे बाप की बीमारी का!" गरजे थे जगदीश सिंह।

"नहीं, मालिक, लेकिन इलाज तो जरूरी है न!"

"तो करवा जाकर इलाज!"

"कहाँ से करवाएँ! हलवाही आपकी करैं हैं तो पैसे भी आपसे ही माँगेंगे।"

"मैंने कहा न, मेरे पास नहीं हैं पैसे! इलाज का ठेका नहीं ले रखा मैंने!"

मक्कू अपने को रोक नहीं पाया। चीख उठा—"ठेका नहीं ले रखा, ये बात आप आज कह रहे हैं, जब बापू चारपाई पकड़ने वाला है। बँधुआ मजूर की तरह आपने बापू को इस्तेमाल किया है और आज आप…।"

वह आगे कुछ बोलता, इससे पहले ही उसके मुँह पर तेज मुक्का पड़ा था जगदीश सिंह का। दोनों हाथों से मुँह ढाँप लिया था उसने।

जगदीश सिंह दहाड़े थे, "स्साले, जुबान चलाएगा तो बोटी-बोटी काटकर कुत्तों को खिला दूँगा! कल का छोकरा स्साला जुबान चलाता है!" जूते चरमराते वह चल पड़े थे।

मक्कू ने लपककर उनके पैर पकड़ लिए थे, "मालिक, बापू की जगह मैं सारी जिंदगी आपकी गुलामी करिहौं। आप बापू का इलाज करवा दें। उसे मरने न दें, मालिक!" वह बिलख उठा था।

कुछ देर सोचते खड़े रहे थे जगदीश सिंह, फिर उससे अपने पैर छुड़ाते हुए बोले थे, "सौ-दो सौ में उसका इलाज न होगा। अभी तू सोच ले, बाद में कहते न घूमना लोगों से कि जगदीश सिंह ने मुझे फँसा लिया।"

"मैंने सोच लिया है, लंबरदार।"

जगदीश सिंह मुसकराए थे—एक कुटिल मुसकान। एक कागज पर न मालूम क्या लिखकर उसपर उसका अँगूठा निशान ले लिया था उन्होंने, फिर गंभीर स्वर में बोले थे, "जा, तू निश्चिंत होकर काम पर जा और अपने बापू से कहना, वो अपना इलाज शुरू कर दे; जितने पैसों की जरूरत हो, आकर ले जाया करे।"

वह ठगा सा रह गया था। यह क्या कह रहे हैं लंबरदार, वह समझ नहीं पा रहा था। खड़ा उन्हें टुकुर-टुकुर देखता रहा था।

जगदीश सिंह उसे इस तरह खड़ा देख तीखे स्वर में बोले थे, "जाता क्यों नहीं! मैंने कहा न, जाकर अपने बापू को भेज दे!"

मक्कू पैर पटकता लौट आया था अपनी झोंपड़ी में। यह झोंपड़ी उसके बापू ने

कुछ महीने पहले ही गाँव पंचायत से मिली जमीन पर बनाई थी, जब वह लौटकर आया, बापू काम पर जा चुका था। वह बेचैन सा झोंपड़ी में पड़ा रहा था और सोचता रहा था कि बापू से पूछे बिना उस कागज पर अँगूठा निशान लगाकर उसने अच्छा नहीं किया है शायद; लेकिन अब हो क्या सकता था। वह उठकर मंदिर की ओर चला गया और मंदिर की बाहरी दीवार पर बैठकर हनुमानजी से मन-ही-मन प्रार्थना करता रहा कि वह कागज लंबरदार से कहीं गुम हो जाए या उनके कुरते की जेब में पड़ा-पड़ा धुल जाए या गलती से वह उसे फाड़ डालें। उसे लग रहा था कि शायद उसने कुछ ऐसा कर डाला है, जो गलत है और उसे नहीं करना चाहिए था।

कई बार हनुमानजी की ओर माथा झुकाकर उसने प्रार्थना की, "महावीरजी, एक हजार रुपए—एक हजार न सही, पाँच सौ ही कहीं पड़े मिल जाएँ, जिनसे मैं बापू का इलाज करवा सकूँ। आप ये न सोचें, भगवान् कि रुपए मिलते ही मैं आपको भूल जाऊँगा। बिल्कुल न भूलूँगा, भगवान्। उसपर सबसे पहला हक तो आपै का होगा। पूरे पाँच रुपए का परसाद चढ़ाऊँगा आप पर—सबसे पहले। आप कुछ अइसा जरूर करें ईश्वर, जिससे लंबरदार से रुपए उधार न लेने पड़ें और हाँ, यह भी भगवान् कि आज जिस कागज पर लंबरदार ने मुझसे अँगूठा लगवा लिया है, वह कहीं बरि जाए या सड़ि-गलि जाए!"

वह पता नहीं कब तक आँखें बंद किए यों ही प्रार्थना करता रहता, अगर उसे मंदिर के नए पुजारी पंडित तिरलोचना की आवाज न सुनाई देती—"अरे पापी, तू यहाँ बैठा है और वहाँ लंबरदार तुझे ढूँढ़ रहे हैं। आज जानवर चराने नहीं जाना क्या? बहुत बौखलाए से लग रहे थे लंबरदार।"

पुजारी नए-नए आए थे। उनके लाल चेहरे पर चमक थी। शरीर गठीला और उम्र कोई चौबीस-पच्चीस के आसपास। मक्कू को वह अच्छे लगते थे। कभी-कभी मौका मिलने पर वह उनके पास जा बैठता—ज्ञान की दो बातें सुनता, समझने की कोशिश करता, जो उसकी अमझ में कम ही आती थीं।

पुजारीजी उसे सदैव 'पापी' कहकर ही बुलाते और मक्कू को बुरा न लगता। पुजारीजी कहते कि पिछले जन्म में पाप कर्म करने के कारण ही वह इस जन्म में एक मजूर के घर पैदा हुआ और पुण्य कर्म करने के कारण शंकर बाबू लंबरदार जगदीश सिंह के घर जनमे। पुजारीजी की बात उसे कभी समझ में नहीं आई, लेकिन उसने इसका कभी प्रतिवाद भी नहीं किया; क्योंकि वह अपने को अपढ़, मूर्ख और उन्हें विद्वान् मानता है।

"तू क्या सोच रहा है रे?"

पुजारी ने टोका तो वह अचकचा गया था। दीवार से कूद वह सीधा जानवरों के घेर की ओर भाग खड़ा हुआ था।

बापू को जब शाम को पता चला कि मक्कू ने उसके इलाज के लिए लंबरदार के पास रुक्का लिख दिया है, तब वह आगबबूला हो उठा था; लेकिन हिम्मत उसकी भी न पड़ी थी कि जाकर वह रुक्का जगदीश सिंह से ले ले। वह भी उनसे डरता जो था।

और दूसरे ही दिन जगदीश सिंह उसके बापू को अपनी जान-पहचान के डॉक्टर के पास ले गए थे पड़ोसी गाँव आलमपुर। वह उनके साथ गया था।

डॉक्टर से बोले थे जगदीश सिंह—"डॉक्टर साहब, आप पैसों की चिंता न करें; जितना खर्च होगा, मैं दूँगा। बस आप इसका अच्छी तरह इलाज करके ठीक कर दें। मेरा नौकर है तो क्या, मेरे घर के सदस्य जैसा ही समझें, डॉक्टर साहब इसे···और फिर आप तो खुद ही समझदार हैं।"

उस दिन बहुत मेहरबान लगे थे लंबरदार जगदीश सिंह।

"मैं सब समझता हूँ, ठाकुर साहब, अगर यह तीन महीना इलाज करा लेगा तो बस समझो, फिर से पहले की तरह आपका काम करने लगेगा।" डॉक्टर ने जगदीश सिंह को आश्वस्त किया था।

"आपकी मेहरबानी, डॉक्टर साहब, मुझे तो यही चाहिए। इसकी बीमारी से काम का हरजा तो हो ही रहा है।" मक्कू की ओर घूरकर देखते हुए जगदीश सिंह बोले थे।

मक्कू ने नजरें दूसरी ओर कर ली थीं।

डॉक्टर ने कुछ टिकियाँ तथा पीने की दवा थमा दी थी और हफ्ते में एक बार दिखाने के लिए कहकर विदा कर दिया था। जगदीश सिंह ने कितने पैसे उसे दिए थे, यह बाप-बेटा दोनों ही न जाना पाए थे और उसके बापू का इलाज शुरू हो गया था। वह खुश था कि तीन महीने में बापू अच्छा हो जाएगा। डॉक्टर ने तीन महीने तक बापू को कुछ भी काम न करने की सलाह दी थी; लेकिन बापू के लिए आराम हराम था। जगदीश सिंह चाहते, तभी तो आराम कर पाता बापू।

और वही हुआ, जो उसने कभी सोचा न था। बापू की हालत दिन पर दिन खराब होती चली गई। तीन महीने में हालत सुधरने के बजाय इतनी अधिक बिगड़ गई कि बापू ने चारपाई पकड़ ली। अब वह जब भी खाँसता, कफ के बजाय खून

ही उगलता। उसकी जगह काम का सारा बोझ मक्कू के कंधे पर आ पड़ा।

एक दिन उसने जगदीश सिंह से कहा, "मालिक, बापू को शहर के किसी अस्पताल में देखवा देते। ई डॉक्टर साहब की दवा से तो तनिकौ फायदा न···।"

"तू समझता है, शहर के अस्पताल में मुफ्त में इलाज हो जाएगा!"

मक्कू उनके चेहरे की ओर देखता रह गया था।

"अब तक डॉक्टर को पूरे डेढ़ हजार पुजा चुका हूँ; लेकिन जिसकी उम्र ही पूरी हो चुकी हो, उसे कौन···।"

मक्कू की चीख निकल गई थी···"नहीं, मालिक, अइसी कुभाखा न बोलो मेरे बापू के बारे में!" आँसू छलक आए थे उसके।

"मूर्ख, इसमें मेरा या तेरा कोई बस है? डेढ़ हजार रुपए खर्च करके भी हम जिसे फायदा नहीं पहुँचा सके, उसपर दस हजार भी तू खर्च कर दे; लेकिन···।"

'लेकिन' का अर्थ वह समझ गया था। वह यह भी समझ गया था कि अब तक बापू के इलाज में लंबरदार ने डेढ़ हजार खर्च कर दिए हैं और अब वह एक पैसा भी खर्च नहीं करना चाहते। उसे लगा था कि वह चीत्कार कर उठे—'लंबरदार, मेरे जिस बापू के परिश्रम के बल पर आप ऐश करते आए हैं, आज वही इस हालत में आपके लिए बेकार हो गया है। वर्षों से बँधुआ मजूर की तरह आपके यहाँ काम करते, जिसने अपने शरीर को गला दिया, आज उसके लिए आपके पास कुछ नहीं!'

लेकिन वह कुछ कह नहीं सका। चला आया था, वहाँ से और झोपड़ी में आकर सुबकता रहा था अपनी मजबूरी पर—दरिद्रता पर और जिस बात की उसे आशंका थी, वही हुआ था। बापू की खून की उलटियाँ बढ़ती गई थीं। दिन में दो-दो, तीन-तीन। वह उसकी देखभाल भी नहीं पर पाता था ठीक तरह से। थोड़ी देर उसके पास बैठ नहीं पाता था। बैठा नहीं कि जगदीश सिंह की बुलाहट आ जाती थी। इस स्थिति में उसका मन करता कि वह बापू को लेकर कहीं दूर चला जाए—जगदीश सिंह की पहुँच के बाहर।

एक दिन रात में उसने बापू से कहीं चले जाने की बात कह दी।

सुनकर फीकी मुसकान तैर गई थी बापू के मुख पर। बोला, "तू तो निरा पागल है रे! अब मरते बखत कहाँ ले जाएगा तू मुझे?"

वह बापू के चेहरे की ओर देखता रहा था, जो झुर्रियों का रेगिस्तान बन चुका था। शरीर पर मात्र हड्डियाँ ही शेष थीं। लंबरदार जगदीश सिंह की सेवा में अपने को

खपा खटोली के द्वीप में पड़े बापू के रूप में आदि मानव को पता नहीं कब तक देखता रहता मक्कू, तभी बापू की आवाज ने उसे चौंका दिया था।

"बेटा, मरने से पहले मेरी एक इच्छा तू पूरी कर दे।"

वह बोला तो कुछ नहीं, लेकिन चेहरे के भाव से स्पष्ट कर दिया—'कह बापू, जो कुछ तू कहेगा, मैं पूरा करूँगा।'

"सावित्तरी है न, वो कनकिया-बिसंभरा की बेटी, बिसंभरा पिछले साल मर गया था न···।"

उसने सिर हिलाकर जताया कि वह जानता है कनकिया की बेटी सावित्तरी को।

"अपनी ही जाति-बिरादरी की है वो।"

"साफ-साफ कह न बापू, पहेलियाँ काहे को बुझा रहा है!" वह भी जिज्ञासु हो उठा था।

"कनकिया एक दिन मिली थी रास्ते मा सुबो-सुबो। रोने लगी थी बेचारी—हम गरीबन की किस्मत मा रोना ही बदा होता है।" लंबी आह भरी थी बापू ने।

"का कह रही थी सावित्तरी की अम्माँ?"

"कहना का बेटा, सावित्तरी के लिए ही रो रही थी बेचारी। वो तेरे साथ उसका बियाह—मना मत करना, मक्कू। मैंने ओको 'हाँ' कह दी है। बिन बाप की बेटी।" छत की कड़ियाँ गिनने लगा था बापू।

वह चुप रहा था, लेकिन एक बात उसने अवश्य महसूस की थी कि अब वास्तव में वह बड़ा हो गया है। अपने बारे में उसे कभी सोचने का अवसर भी कहाँ मिला था, जब भी सोचा उसने तो लंबरदार के बारे में, शंकर बाबू के बारे में—जो इंटरमीडिएट पास कर शहर चले गए थे पढ़ने; और जो भी थोड़ा समय मिला तो बापू के बारे में सोचा उसने, लेकिन उस दिन उसने अपने बारे में सोचा और अपने बारे में सोचते समय सावित्तरी उसके सामने थी। बापू से उसने 'हाँ' कह दी।

उस रात उसे नींद नहीं आई थी। वह सावित्तरी के बारे में सोचता रहा था। सुबह एक बार उसके घर के सामने से निकला था, लेकिन सावित्तरी उसे दिखाई न दी थी। दूसरे दिन ही बापू ने कनकिया को बुलाकर बता दिया था कि मक्कू रिश्ते के लिए तैयार है। कोई शुभ घड़ी देखकर विवाह-बंधन में बाँध देंगे दोनों को।

उस दिन के बाद जब भी सावित्तरी रास्ते में कहीं उससे टकरा जाती, शरमाकर छुई-मुई बन जाती। एक दिन तो सामने पड़ने पर उसने कह भी दिया था—"काहे

को इतना शरमाती है तू! आखिर एक दिन तो तुझे⋯।"

"धत्त!" पायल छमछमाती भाग गई थी सावित्तरी।

उसे लगा था, जैसे सैकड़ों सुरीली घंटियाँ बज उठी हैं उसके कानों के पास। उसके मन के तार झनझना उठे थे। उस दिन उसने दूने उत्साह से काम किया था लंबरदार के खेतों में। जितने खेत की निराई दो दिन में होती, उसने एक दिन में ही कर डाली थी। जगदीश सिंह ने जानवर चराने का काम उससे छुड़वा दिया था। अब उसे वे सारे काम करने पड़ते, जो उसका बापू करता था।

वह सब करता, क्योंकि उसने रुक्का लिख रखा था।

उस दिन जगदीश सिंह के जानवरों की सानी-चारा करके उनके घर हाजिरी बजा वह प्रसन्न मन झोपड़ी में लौटा। वह सोच रहा था कि जाते ही बापू को घुमा-फिराकर कहेगा कि शादी में अधिक देर न करें, जब कुछ ताम-झाम नहीं करना, तब देर का क्या मतलब! लेकिन झोपड़ी के बाहर पहुँचने पर उसे आश्चर्य हुआ, झोपड़ी खुली पड़ी थी और अंदर घुप्प अँधेरा था।

बापू तो कभी ऐसा नहीं करता। खुली झोपड़ी छोड़कर कभी नहीं जाता और वहाँ होता है तो बिन चिराग जलाए नहीं रहता। उसका दिल धड़कने लगा था तेजी से। झोपड़ी के दरवाजे पर पहुँचते ही उसने बापू को आवाज दी। कोई उत्तर न मिला तो वह उसकी चारपाई के पास पहुँचा। अँधेरे में टटोलकर देखा तो चारपाई खाली थी। उसका दिल धक से रह गया।

बापू कहाँ गया? वह नहीं सोच पा रहा था। चिराग जलाने के लिए वह माचिस खोजने लगा, तभी उसका पैर बापू से टकराया। बापू चारपाई के पायताने जमीन पर पड़ा था। उसने माचिस ढूँढ़कर चिराग जलाया। देखा, बापू मुँह के बल औंधा पड़ा है, निस्पंद। पास ही खून से जमीन गीली पड़ी है। वह विक्षिप्तों की भाँति चीखकर रो उठा। मोहल्ला इकट्ठा हो गया। सावित्तरी की माँ कनकिया भी आई और उसे दिलासा देती रही। जगदीश सिंह भी आए और पचास रुपए थमा गए बापू के क्रियाकर्म के लिए।

न चाहते हुए भी उसने रुपए रख लिए थे।

बापू के क्रियाकर्म से निबटकर एक दिन उसने जगदीश सिंह से कहा था, "अब मैं काम न कर सकूँगा, लंबरदार, मुझे इजाजत दें तो⋯।"

चौंके थे लंबरदार। बोले थे, "काम नहीं करना तो मत कर। ले आ पाँच हजार रुपए और मुक्त हो जा!"

"पाँच हजार काहे के, ठाकुर साहब?"

"डेढ़ हजार तेरे बापू के इलाज के और उसका ब्याज डेढ़ हजार, हो गए न तीन हजार!" आँखें चढ़ाकर बोले थे जगदीश सिंह।

वह टकटकी लगाकर देखता रहा था उनकी ओर। मन किया था उसका कि आँखें निकाल ले उस अधम की।

"क्या सोच रहा है?"

"सोच रहा था कि अभी एक साल भी नहीं हुआ बापू के इलाज को और डेढ़ हजार रुपए ब्याज···।"

"सो तो है। मैं तो इतना ही ब्याज लेता हूँ। जिसकी हजार बार की चूम होती है, दौड़कर आता है कर्ज लेने। तेरी थी, तब तू भी आया था।"

"और दो हजार किस बात के?"

"एक हजार तेरे बापू ने दो साल पहले लिए थे, ब्याज सहित उसके।"

"आप मेरी झोपड़ी ले लें; जो बचेगा, मैं जुगाड़ करके दे दूँगा।"

"झोपड़ी!" मूँछों में ही मुसकराए थे जगदीश सिंह, "झोपड़ी तो हजार-डेढ़ हजार से ज्यादा की नहीं है। चल, मैं दो हजार लगा देता हूँ उसके। आटा चक्की के लिए वह जगह बेहतर रहेगी, लेकिन तीन हजार तो तब भी तुझे देने ही होंगे, मक्कू।"

"देखता हूँ।" वह चलने को हुआ था।

उसे रोक समझाने के स्वर में बोले थे जगदीश सिंह—"अभी तू बच्चा है, मकुए। काहे को जिंदगी तबाह करना चाहता है! मेरे यहाँ रहेगा तो ऐश-ही-ऐश रहेगी तेरी। तेरा बापू सावित्तरी से तेरी शादी करना चाहता था। दो-चार महीने में उसकी माँ से कहकर मैं वह भी करवा दूँगा, फिर दोनों मियाँ-बीवी रहना ठाट से। रहने के लिए घेर के पासवाली कोठरी दे दूँगा तुझे। सोच ले।"

अब वह भी सोचने लगा था कि जगदीश सिंह का प्रस्ताव माने या न माने। न मानने का मतलब था रुपयों का इंतजाम करना और इतनी रकम—कठिन ही नहीं, असंभव लगा था जुटा पाना उसे। वह सावित्तरी की माँ के पास गया था वहाँ से सीधे। सुनकर उसने भी सलाह दी थी कि लगा काम वह न छोड़े। सावित्तरी के बारे में सोचे। शादी कर कहाँ भटकता फिरेगा।

सावित्तरी का खयाल आते ही उसकी सारी उत्तेजना ठंडी पड़ गई थी। उसे लगा था कि वह कभी नहीं जा पाएगा वह गाँव छोड़कर और गाँव छोड़कर न जाने का मतलब था लंबरदार के यहाँ ही काम पर रहना। उसने बहुत सोचा और अंत

में इसी निष्कर्ष पर पहुँचा कि वह कभी कहीं नहीं जा सकता। जगदीश सिंह की हलवाही करेगा और सावित्तरी के साथ घर बसाकर वहीं जिंदगी बसर करेगा।

उसने जगदीश सिंह के सामने हथियार डाल दिए थे।

सुनकर खिल उठे थे जगदीश सिंह।

"तू तो अपने बापू से भी अधिक समझदार है रे! मेरे पास रहेगा तो दुःख काहे का! मैंने सोचा है कि तुझे सहारे के लिए दो-तीन बीघे खेत तिहाई पर दे दिया करूँगा—जोतने-कमाने के लिए।" मूँछों में मुसकराते हुए बोले थे जगदीश सिंह।

यह प्रस्ताव उसे आकर्षक लगा था।

और एक दिन उसकी झोपड़ी पर कब्जा हो गया था जगदीश सिंह का। अपना ताम-झाम उठाकर वह आ गया था उनके घेर की कोठरी में। उसकी झोंपड़ी तोड़कर पक्की ईंटों की दीवारें खड़ी करवा दी थीं जगदीश सिंह ने और धन्नियों की छत डलवा दी थी। आनन-फानन में आटा चक्की लग गई थी वहाँ—डीजल से चलनेवाली। वह चक्की की टुक-टुक-टुक सुनता तो उसे लगता, जैसे वह आवाज उसकी झोपड़ी में नहीं, उसकी छाती पर हो रही थी।

उसके बापू को मरे मुश्किल से दो महीने ही बीते थे और झोंपड़ी उसके हाथ से निकल गई थी। शायद जगदीश सिंह को उसके बापू की मौत का ही इंतजार था। झूठा, धूर्त, मक्कार है यह आदमी, जिसने उसके बापू के शरीर का खून तो चूस ही लिया था, अब उसका भी खून चूसने लगा है और वह कितना विवश है, कितना असमर्थ! उसके अंदर एक टीस सी उठती तो वह जगदीश सिंह को एक भद्दी सी गाली देकर मन को तसल्ली दे लेता।

कुछ समय यों ही गुजर गया। इस बीच कनकिया ने दो-तीन बार उसे बुलाकर समझाया, "बेटा, मेरी जिनगानी का भी कुछ ठिकाना नहीं। मरने से पहले सावित्तरी···तेरे बापू की भी यही इच्छा थी।"

"तू घबड़ा न, अम्माँ। भगवान् महावीर ने चाहा तो इस बार की फसल मा ई पिशाच जगदीश सिंह का पइसा अदा करि देब, तब ही ठीक रही।"

"कइसे अदा करिहा तू?"

"तीन बिगहा तिहाई मा जोता है इस बार। फसल लहलहा रही है। ओकी पैदावार ते···तीन हजार की ही तो बात है, फिर शादी-बियाह मा कुछ तो लेन-देन करहीं का पड़ी।"

कनकिया ने भी सोचा कि मक्कू ठीक ही कह रहा है। फसल आने में दो

महीने की ही बात है और वह भी कौन सा इंतजाम करके बैठी है कि तुरंत शादी कर ही देगी।

वह भी खुश था, यह सोचकर कि अब कुछ ही दिनों की तो बात है सावित्तरी को उसकी बनने में।

नींद यों हिरन हो गई कि एक क्षण के लिए भी झपकी न लगी थी। वह करवटें बदलता रहा। बदन अभी भी टीस रहा था उसका और ठंड थी कि इठला रही थी। पिल्लही रजाई, जिसमें घुसते ही वह ढेर हो जाया करता था, आज ठंड से उसे नहीं बचा पा रही थी। वह नहीं समझ पा रहा था कि आज ठंड कुछ अधिक है या शंकर बाबू की मार के कारण वह ऐसा महसूस कर रहा है।

सत्तो भंगन के मुरगे ने बाँग दी तो वह उठ बैठा। दरवाजा खोल बाहर देखा तो लगा कि रात अभी कुछ अधिक ही है। भोर तो नहीं ही हुआ। पैरों में रजाई डाल वह फिर बैठ गया। घेर में कोई भैंरा खड़ी होकर पेशाब कर रही थी। किसी दूसरे जानवर के खड़े होने की आहट भी आई, जो शायद भैंस के पेशाब की छींटों से खड़ा हो गया था।

उससे बैठा नहीं जा सका। उठ खड़ा हुआ। अँगड़ाई ली तो बदन जोर से टीस उठा। थोड़ी देर खड़ा रहा वह; फिर पैरों से टटोलकर फटे चमरौधों में पैर डाले, सिरहाने रखी लाठी उठाई, दरवाजे पर कुंडी लगाई और बाहर निकल गया।

सड़क पर आते ही कुत्ते भौंक उठे, लेकिन वह चलता रहा। कुत्तों ने थोड़ी दूर तक उसका पीछा किया; लेकिन इमली के पेड़ के पास आकर वे रुक गए और कूँ-कूँ करते हुए लौट गए। वह सावित्तरी के घर की ओर से निकला। क्षण भर के लिए वहाँ ठिठका—आहट लेने के लिए कि माँ-बेटी ठीक-ठाक तो हैं न, जब उनके खर्राटे सुने तो आश्वस्त हो गया और मंदिर की ओर मुड़ गया।

गाँव पूरी तरह निस्तब्ध था। अँधेरे में खोया। कहीं किसी कुत्ते के भौंकने या कूँकने की ही आवाज सुनाई पड़ जाती थी।

वह जाकर मंदिर के बाहर चबूतरे पर बैठ गया और मंदिर की ओर मुँह कर हनुमानजी का स्मरण करने लगा, 'हे भगवान्, शंकर बाबू और उनके दोस्तों से पिंड छुड़वा दो। जिसकी माँग वे लोग कर रहे थे, वह उनके लिए नहीं हाजिर कर पाएगा। हे प्रभु, तुम सरबब्यापी हो, उनसे तुम ही मुक्ति दिला सकते हो।'

इस समय वह यह भी भूल गया था कि बाहर ओस में बैठे होने से ठंड के कारण उसका शरीर काँप रहा है। वह तो आज भगवान् महावीर को प्रसन्न कर लेना

चाहता था, जिससे सुबह शंकर बाबू की नजरों से दूर रह सके। वह सोच रहा था कि महावीरजी की कृपा हुई तो जरूर लंबरदार उसे खेतों में भेज देंगे।

वह आँखें बंद किए स्मरण में मगन था कि मंदिर के पासवाली कोठरी का दरवाजा खुला। इस कोठरी में मंदिर का पुजारी रहता था। उसकी आँख खुल गई। उसने देखा, पुजारी कोठरी से बाहर निकले और तहमत उठा खड़े-खड़े ही मंदिर की दीवार गीली करने लगे। उसे अजीब लगा। पुजारीजी को तो ऐसा नहीं करना चाहिए। मंदिर में महावीर भगवान् विराजमान हैं और पुजारीजी मंदिर की दीवार अपवित्र कर रहे हैं, अगर महावीरजी को गुस्सा आ गया तो? सुना है, उनका गुस्सा बड़ा भयानक होता है। पुजारीजी को पटखनी दे-देकर मार भी सकते हैं।

लेकिन महावीरजी ने पुजारी को पटखनी नहीं दी। पुजारीजी निवृत्त होकर लौटने लगे तो चबूतरे पर बैठे उसपर उनकी नजर पड़ी।

पुजारीजी ने वहीं से पूछा, "कौन है रे?"

"मैं हौं मक्कू, पुजारीजी।"

"पापी, तू इस समय यहाँ क्या कर रहा है?" पुजारीजी चप्पलें चटखाते उसके पास आ गए।

चबूतरे से उतर, उसने दूर से ही उन्हें पाँय लागी की।

"क्या कर रहा है रे यहाँ?"

"कुछ नहीं महाराज! नींद नहीं आ रही थी तो सोचा, चलकर भगवान् के थान पर ही बैठूँ।"

"ठंड भी नहीं लग रही तुझे? पुराने पापियों को ठंड नहीं लगती न!" पुजारीजी हँसे।

वह कुछ नहीं बोला।

"चल, कोठरी में चल। भोर होने में अधिक देर नहीं है। चाय बनाता हूँ, तू भी पी।"

पुजारीजी ने गुड़ की चाय बनाई। पीकर उसे लगा, ठंड कुछ कम होने लगी है। चाय पीते हुए पुजारीजी का धार्मिक उपदेश शुरू हो गया था। वह चुप सुनता रहा, लेकिन चाय खत्म करते ही पुजारीजी उपदेश बीच में ही छोड़कर उठे और बोले, "तू बैठ, मैं अभी आता हूँ निबटकर।" वे लोटा में पानी भरने लगे।

चाय पीने से उसे भी दबाव महसूस होने लगा। पुजारीजी के साथ वह भी उठ खड़ा हुआ।

"भोर होई रही है, महाराज, मैं भी चलता हूँ।" वह बोला।

पुजारीजी कुछ नहीं बोले। कोठरी की कुंडी चढ़ाई और लोटा थाम दौड़ पड़े। उसे हँसी आई। अब उसका खुद का दबाव भी बढ़ रहा था। उसने भी चाल तेज कर दी और नहर की ओर बढ़ गया।

अभी हलका-हलका अँधेरा ही था, जब मक्कू गोबर घूर में फेंक चुका था। बैलों और भैंसों को सानी कर चुका था। जगदीश सिंह के घेर में उन दिनों आठ जानवर थे। एक जोड़ी बैल, तीन भैंसें, दो पड़िया और एक पड़वा।

जगदीश सिंह जब घेरे में आए, तब वह भूरी भैंस को दुहने की तैयारी कर रहा था। पड़िया भूरी के थनों को चिचोड़ रही थी और भैंस सिर हिला-डुलाकर सानी में मुँह मार रही थी। उसने जगदीश सिंह को देखा और अंदर-ही-अंदर आशंकित हो उठा कि सुबह-सुबह आज वह इधर कैसे। कभी साल-छह महीने में एक बार जगदीश सिंह उतनी सुबह घेर में तभी आते हैं, जब कोई खास बात होती है। वह क्षणभर के लिए ठिठका; लेकिन तत्क्षण उसे याद आया कि उसे तुरंत पड़िया को खूँटे से बाँध देना चाहिए, नहीं तो वही सारा दूध पी जाएगी और बालटी में रोजाना से तनिक भी दूध कम निकला तो लंबरदारिन की भौंहें टेढ़ी हो जाएँगी।

पड़िया बाँधकर वह भैंस के नीचे बैठ गया और थनों पर हाथ फेरने लगा। दूध उतर आया था उनमें। उसने बालटी टाँगों में दाबी और छन-छन-छन दूध निकालने लगा। जगदीश सिंह आकर पास ही खड़े हो गए थे।

"जै रामजी की, मालिक!" दूध निकालते हुए ही गरदन टेढ़ी कर उनकी ओर देख वह बोला।

"राम-राम!" जगदीश सिंह कुछ देर खड़े देखते रहे। उन्होंने काला ओवरकोट पहन रखा था और सिर पर लंबरदारिन के हाथ की बुनी रंग-बिरंगी ऊनी टोपी चढ़ा रखी थी। भैंस ने गरदन घुमाकर उन्हें देखा और नथनों से फुफकार छोड़ उन्हें मारने के लिए गरदन बढ़ाई।

"भूरी, क्या बात है?" जगदीश सिंह आगे बढ़े, भैंस की पीठ पर हाथ फेरने के लिए, लेकिन भैंस ने फिर भी उन्हें नहीं पहचाना और गरदन कुछ अधिक ही टेढ़ी कर पहले की अपेक्षा कहीं अधिक जोर से फुफकारी। इस प्रक्रिया में उसकी एक टाँग भी ऊपर उठ गई। मक्कू गिरते-गिरते बचा।

"मालिक, आप दूर चले जाएँ। भूरी भड़क गई तो दुहना मुश्किल हो जाएगा।"

"लगता है, बदजात ने पहचाना नहीं।" झुँझलाते हुए जगदीश सिंह बाहर चले गए।

भैंस को शांत होने में कुछ समय लग गया। वह दूध ऊपर चढ़ा ले गई थी। काफी देर तक थनों को सहलाने के बाद उसने दूध उतारा; लेकिन फिर भी पूरी तरह से नहीं।

"आपके आवें ते भूरी बिचक गई, मालिक। पूरा दूध नहीं छोड़ा।" डरते-डरते मक्कू बोला।

"कसाइयों को पुजा दूँगा स्साली को! मेरे आने से बिचकती है!" नथुनों को फड़फड़ाते हुए गुर्राए जगदीश सिंह, फिर कुछ रुककर बोले, "आज तू लौंडों के साथ नहीं रहेगा। बहेरवा हार का काम रह गया है न?"

"हाँ, मालिक।"

"जाकर उसे पूरा करना। शंकर खुद ही दोस्तों को घुमा लाएगा।"

"अच्छा, मालिक।" उसका भय कुछ कम हुआ। अभी तक तो वह यही सोचता रहा था कि शंकर बाबू ने जरूर उठते ही उसके बारे में उलटे-सीधे लंबरदार के कान भरे होंगे, तभी इतनी सुबह वह घेर में दौड़ आए। लाठी भी उनके हाथ में थी। वह सोच रहा था, आज उसकी खैर नहीं; लेकिन अब वह सोचने लगा, शायद महावीरजी ने उसकी विनती सुन ली है, तभी लंबरदार की मति में यह बात आई और वह दिन भर के लिए शंकर बाबू की नजरों से बचा रहेगा।

उसने कपड़े से बालटी ढकी और दूध लेकर घर की ओर चल पड़ा।

उसे देखते ही लंबरदारिन बोलीं, "कब से दूध का इंतजार कर रही हूँ! अब तेरी सुबह हुई!"

वह कुछ नहीं बोला। खड़ा रहा गरदन झुकाकर और सोचता रहा, 'आज इन लोगों का सवेरा इतनी जल्दी कैसे हो गया? सूरज ने तो अभी ठीक से सिर भी नहीं निकाला। दूसरे दिनों से तो पहले ही वह आ गया है, फिर भी...'

"इस तरह क्यों खड़ा है? जाकर बबुआ और उनके दोस्तों को जगा। मैं चाय तैयार कर रही हूँ।"

उसे फिर अंदर कँपकँपाहट महसूस हुई। रात की चोट टीस उठी। उसने मना करना चाहा, वह नहीं जाएगा उनको जगाने; लेकिन कर नहीं सका। लंबरदारिन कूल्हे मटकाती रसोई में चली गईं तो वह भी शिथिल कदमों से बाहरवाले कमरे की ओर शंकर बाबू को जगाने चल पड़ा।

दरवाजा बंद था। वह कितनी ही देर तक दरवाजे के पास खड़ा रहा। सोचता रहा, कैसे आवाज दे। एक बार उसने दरवाजे पर कान लगाकर जानना चाहा कि वे

लोग जाग रहे हैं या नहीं। उसे कुछ आभास नहीं मिला। वह सोचने लगा कि भगवान् करे, कोई उधर से गली मा आ टपके तो उसी से कहकर उन्हें आवाज दिलवाए, लेकिन काफी देर खड़ा रहने के बाद भी कोई उधर से नहीं गुजरा। दरअसल वह कमरा मुख्य गली से दूर, एक कोलिया (सँकरी गली) में था, जिससे प्रायः लोग कम ही आते-जाते थे। उसमें दिन में भी अँधेरा सा रहता था। उस समय तो वैसे भी गली में अँधेरा ही था। अभी तो सूरज की किरणें लंबरदार के घर के सामनेवाले नीम के पेड़ की फुनगी पर ही बैठी थीं।

कितनी देर तक यों ही खड़ा रहेगा! लंबरदारिन का हुक्म तो बजाना ही पड़ेगा। उसने सोचा और धीरे से दरवाजे की कुंडी खटखटाई। अंदर से कोई आवाज नहीं आई। उसने दोबारा कुछ जोर से कुंडी खटखटाई, फिर भी कोई प्रतिक्रिया नहीं हुई अंदर।

"शंकर बाबू! शंकर बाबू! मालकिन बुला रही हैं।" दरवाजे पर थप-थपकर उसने आवाज दी। उसका गला खरखरा रहा था।

लेकिन अंदर कोई सुगबुगाहट नहीं हुई।

इस बार उसने दरवाजा पकड़कर भड़भड़ाना चाहा। सोचा कि ऐसा करने पर अधिक-से-अधिक फिर पिटना पड़ सकता है, लेकिन करे भी क्या वह।

दरवाजा पकड़ जैसे ही उसने भड़भड़ाना चाहा, दरवाजा खुल गया।

'यह तो खुला हुआ है। शायद बंद करना…' बुदबुदाते हुए उसने पूरी तरह दरवाजा खोल दिया और आवाज दी, "शंकर बाबू, मालकिन बुला रही हैं।"

कोई उत्तर न मिलने पर उसने झाँककर देखा, वहाँ चारपाइयाँ खाली थीं। वह अंदर चला गया। अंडों के छिलके फर्श पर पड़े थे और खाली बोतलें लुढ़की हुई थीं। आलमारी की ओर नजर डाली उसने। शंकर बाबू के मित्रों का सामान रखा था वहाँ। खूँटी पर दो पैंटें टँगी हुई थीं और दो जोड़ी चप्पलें भी चारपाई के नीचे रखी थीं। वह समझ गया कि वे लोग दिसा-मैदान गए हैं। दरवाजा बंद कर उसने बाहर की कुंडी चढ़ा दी।

"लगता है, शंकर बाबू लोग जंगल गए, मालकिन।" लंबरदारिन के पास पहुँच, वह बोला।

"यह सब तेरे देरे से आने के कारण हुआ! हाय-हाय, बेचारे बिना चाय पिए चले गए।"

"मैं तो—मैं तो…मालकिन…" शब्द उसके गले में ही फँस गए। उसे लंबरदारिन का दोषारोपण बुरा लगा।

"चोप्प! तू नमक हराम है! जान-बूझकर देर से आया। भाग जा यहाँ से। मेरी आँखों के सामने से!" चीख उठीं लंबरदारिन। उस क्षण उनकी बंटे जैसी बड़ी आँखें फैली हुई थीं और चेहरा सुर्ख हो रहा था।

उसने वहाँ रुकना उचित नहीं समझा। कहीं जगदीश सिंह आ गए तो? वे भी डरते हैं लंबरदारिन से। उनके आ जाने पर होनेवाली स्थिति की कल्पना की उसने और चौपाल से फावड़ा ले बहेरवा हार के लिए तेज कदमों से चल पड़ा। पहले वह सोच रहा था कि चाय पीकर ही जाएगा। कुछ चबैना मिल जाएगा तो वह भी खा लेगा; लेकिन चाय-चबैना तो दूर, उसे लग रहा था कि अब शायद सारा दिन यों ही रहना पड़ेगा। यह कोई नई बात न थी। पहले भी कई बार ऐसा हो चुका था। अभ्यस्त हो चुका है वह बिन खाए दिन भर खटने के लिए। जिस दिन भी लंबरदारिन गुस्से में होती हैं, उसके साथ यही होता है।

बहेरवा हार जाने का रास्ता मंदिर के पास से होकर गुजरता था। उसने दूर से ही देख लिया कि अपने दोनों मित्रों के साथ शंकर बाबू बाहर चबूतरे पर बैठे धूप सेंक रहे हैं। पास ही पुजारी भी बैठा है और सभी की उँगलियों में सिगरेट दबी हुई है।

सिगरेट का धुआँ चुकरिया की तरह मुँह बनाकर ऊपर की ओर छोड़ते हुए शंकर बाबू कुछ कह रहे हैं और दो उँगलियों के बीच सिगरेट दबाए होंठों में लगाते हुए पुजारी जोर-जोर से सिर हिला रहा है। शंकर बाबू के दोनों मित्र सिगरेट की राख झाड़ खिलखिला रहे हैं। उसका दिल धक-धक करने लगा।

'हे महावीरजी, शंकर बाबू लोगन की नजर न पड़े मुझ पर।' मन-ही-मन सोचते हुए उसने कदम और तेज कर दिए, लेकिन कनखियों से उधर देखने की इच्छा को भी वह रोक नहीं पाया।

शंकर बाबू का एक मित्र उसकी ओर इशारा कर उनसे कुछ कह रहा था। उसके दिल की धुकधुकी और तेज हो गई; लेकिन किसी ने कुछ नहीं कहा। वह निर्विघ्न वहाँ से गुजर गया।

'तुम सचमुच दयालु हो, भगवान्।' उसने श्रद्धापूर्वक पीछे मुड़कर मंदिर की ओर देखा और आराम से चलने लगा।

साँझ ढलने के बाद वह लौटा। दिन भर बिन खाए काम करते रहने से पेट और सिर में दर्द हो रहा था, लेकिन घेर में पहुँचते ही पता चला कि लंबरदारिन दूध की बालटी लिये वहाँ पहले से ही मौजूद हैं। वह कुछ देर आराम करना चाहता था, लेकिन मन मारकर भूरी को दुहने बैठ गया।

दूध की बालटी लंबरदारिन को थमा वह कोठरी की ओर बढ़ने लगा कि लंबरदारिन की आवाज सुनाई पड़ी, "बैलन के लिए कटिया (कुट्टी) नहीं है, मक्कू। हरियारी और करबी (ज्वार के सूखे डंठल) मशीन के पास पड़ी है।"

उसे क्रोध तो बहुत आया। मन हुआ कि कहे, 'लंबरदारिन, बैलन की तो इतनी चिंता है आपको और मैं जो दिन भर से···' लेकिन मन के उबाल को बाहर न निकलने दिया उसने।

जाती हुई लंबरदारिन से धीरे से बोला, "अच्छा, मालकिन!"

लंबरदारिन के जाने के बाद वह दुविधा में पड़ा रहा कुछ क्षण कि कुछ देर आराम कर ले, फिर कटिया काटे या लगकर पहले कटिया काट ले और तब निश्चिंत होकर आराम करे। खाना तो दस बजे से पहले नसीब होने से रहा, तभी उसे याद आया कि कुछ दिन पहले सावित्तरी की अम्माँ ने थोड़े से भुने चने दिए थे उसे···रहे होंगे कोई पाव भर। भुने चने उसे बहुत पसंद हैं न।

कुछ देर आराम करके ही कटिया काटूँगा। अकेले ही दो बोझ काटना पड़ेगा। आराम भी कर लूँगा और थोड़े चने भी पेट में डाल लूँगा।

वह कोठरी में जाकर चिराग जला चनों की पोटली ढूँढ़ने लगा। उस छोटी सी कोठरी में थोड़ा सा सामान था उसका। टीन का एक संदूक, जो बापू ने कभी खरीदा था, जिसमें उसके फटे-पुराने कपड़े रखे रहते हैं, खटोली, दरी और पिल्लही रजाई। एक लुंगी, फटी बंडी, कुरता और उसपर कतिकी (कार्तिक पूर्णिमा) के मेले से खरीदी गई पुरानी जर्सी उसके शरीर पर थे, बस इतनी ही चीजों का धनी था वह।

उसने चनों की पोटली आले में रखी थी, लेकिन उसे आश्चर्य हो रहा था कि पोटली वहाँ नहीं थी। 'कहाँ गई पोटली? रखी तो आले में ही थी।' वह सोचने लगा। उसने खटोली के नीचे, दरवाजे की ओट में और दरी झाड़कर देखा; लेकिन पोटली गायब थी, तभी उसकी नजर एक कोने में इकट्ठा मिट्टी के ढेर पर पड़ी। ढेर के पास दीवार में बिल भी था। उसने देखा, कुछ चने मिट्टी के ढेर पर बिखरे हैं। स्पष्ट था कि चूहे पोटली बिल के अंदर खींच ले गए हैं। उसने मिट्टी के ढेर पर पैर पटका और कोठरी से बाहर निकल आया चिराग लिये। सोच लिया कि अब वह आराम भी नहीं करेगा।

वह आधा से अधिक चारा काट चुका था। स्वयं हरियारी मिलाकर करबी का मूठा मशीन में ठूँसता और फिर मशीन चलाने लगता। खच्च-खच्च। कटिया का ढेर इकट्ठा होता जाता। पेट में दर्द होता तो वह थोड़ी देर के लिए खड़ा हो जाता।

ताजा मूठा लगाकर उसने अभी मशीन का डंडा पकड़ा ही था कि सावित्तरी की अम्माँ कनकिया दौड़ती हुई आई।

"मक्कू, बेटा मक्कू···" उसके स्वर में घबड़ाहट थी और वह हाँफ रही थी।

"का अम्माँ, का बात है?"

"बेटा, सावित्तरी! हाय मेरी बिटिया!" माथे पर दोनों हाथ रख वह बैठ गई और बिलखने लगी।

"का हुआ सिवित्तरी को?" मक्कू घबड़ा उठा।

"बेटा, वो-वो—अभी तलक—बेटा, मैं तो—"

"बोल अम्माँ, बोल, का हुआ सावित्तरी को?" उत्तेजित हो उसने कनकिया को झकझोरा।

"बेटा, वो अभी तलक नहीं लौटी।"

"कहाँ गई थी?" उसे लगा, घबड़ाहट के कारण उसकी आवाज भी काँप रही है।

"साँझ को बहिरे (दिसा-मैदान), बेटा—पता नहीं साउज खा गवा या धरती लील गै मेरी बिटिया को। हाय, मैं तो कहीं की न रही! बेटा, हाय सावित्तरी, तू कहाँ गई?" कनकिया फिर विलाप करने लगी।

"अम्माँ, तू मेरी मान, चुप हो जा। मैं देखता हूँ सावित्तरी को।"

"आसपास के खेतन मा औ धोबिन गड़ैया के पास तलक तो मैं देख आई, बेटा; पन पता नहीं, हाय सावित्तरी!" वह फिर बिलख उठी।

"अम्माँ, तू चुप रह, रो मत, नहीं तो गाँव इकट्ठा हुइ जाई। तू घर चल, शायद सावित्तरी लौट आई हो अब तक, पर तू रो मत, थोड़ा धीरज रख, जब तक मैं पता न लगा लूँ।"

कनकिया चुप हो गई।

मक्कू ने काम छोड़ दिया। लाठी उठाई और निकल आया घेर से बाहर। सोच लिया, जो भी होगा, देखा जाएगा। अधिक-से-अधिक मारेंगे ही न जगदीश सिंह। कल शंकर बाबू की मार सही थी, आज उनकी भी सह लूँगा; लेकिन सावित्तरी को ढूँढ़ना जरूरी है, अगर उसे कहीं कुछ···नहीं-नहीं, ऐसा नहीं हो सकता! हो सकता है, उसे चक्कर आ गया हो और कहीं बेहोश पड़ी हो। दो-दो दिन हो जाते हैं कभी-कभी इन लोगों के पेट में अन्न नहीं जाता। कमजोर तो है ही वह। अब चाहे जो भी हो जाए, फसल कटते ही वह उससे शादी कर लेगा और अम्माँ के साथ ही रहने लगेगा, उसका भी सहारा बनकर।

उसने चाल तेज कर दी। कनकिया उसके साथ घिसटने लगी। रास्ते में दो-तीन लोग मिले और उन दोनों को इस तरह जाते देख खड़े खोकर देखने लगे, लेकिन वह कुछ बोले बिना निकल गया। वे झोपड़ी में पहुँचे; लेकिन सावित्तरी नहीं लौटी थी।

"हाय, मक्कू!" झोपड़ी खाली पा कनकिया फिर चीखने को हुई।

लेकिन उसने उसके मुँह पर हाथ रख दिया, "अम्माँ, ई समय चीखने-चिल्लाने का नहीं है। महल्ला इकट्ठा करने का नहीं। किसको का जवाब देगी तू? हजार मुँह, हजार बातें होंगी। तू चुप बैठ घर मा। मैं पता करता हूँ।"

कनकिया कुछ कहे, इससे पहले ही कंधे पर लाठी रख वह सरपट दौड़ पड़ा।

गाँव के पास के एक-एक खेत उसने छान डाले। नहर से निकलनेवाली नाली के किनारे एक-एक झाड़ी के अंदर लाठी से टोह लेता वह नहर तक चला गया। नहर की पटरी पर खड़ा होकर वह सोचने लगा कि अब उसे किधर जाना चाहिए। रात का अँधेरा इतना गहरा था कि नहर में बहकर जाती लकड़ी साँप सी दिख रही थी—काली। हवा चलने लगी थी और ठंड बढ़ गई थी। जर्सी के बावजूद ठंड उसकी पसलियों में चुभ रही थी, लेकिन इस ओर उसका ध्यान नहीं था। इस समय व्याकुलता थी उसके अंदर सावित्तरी को लेकर।

का हुआ सावितारी को? का सच में साउज, लेकिन सालों से साउज कहीं आसपास जंगल में नहीं दिखा। हो सकता है, आज आ गया हो—उसने सोचा और यह भी तो हो सकता है, सावित्तरी किसी के साथ कहीं···उसके साथ शादी का वो नाटक ही करती रही हो, लेकिन किसके साथ? ऐसा तो कोई है नहीं उसके महल्ले में। यह जरूरी तो नहीं है कि गाँव और महल्ले का ही कोई हो। आन गाँव··· भीखमपुर का भी तो हो सकता है कोई। खेत-पतार आते-जाते नजरें मिल गई हों। किसी खाते-पीते बाप के बेटे से···पानी में कुछ गिरा छप से तो वह चौंका।

क्या ऊल-जलूल वह सोचने लगा था सावित्तरी के बारे में। सावित्तरी ऐसा कभी नहीं कर सकती, चाहे कुछ भी हो जाए। वह तो केवल उसी की है। दिल में गुदगुदी सी हुई क्षणांश के लिए; फिर सावित्तरी की चिंता ने उसे आ घेरा। दूर इमलिहा बाबा की ओर सियार 'हुआँ' उठे तो वह धीरे-धीरे उधर ही चल पड़ा। इमलिहा बाबा का भय भी धीरे-धीरे उसके अंदर उभरने लगा था।

इमलिहा बाबा को गाँव में किसी ने देखा भी था, उसे संदेह है; लेकिन जिससे भी उसकी बात हुई, उसी ने देखने का दावा किया। कुछ को इमलिहा बाबा इमली

के उस विशाल पेड़ के नीचे सफेद झक कपड़ों में टहलते दिखे रात में और कुछ को बुलाकर बाबा ने बातें भी की थीं। इमलिहा बाबा किसका भूत हैं, कोई नहीं जानता। इमली के पेड़ के नीचे ही वे सबको दिखते रहे हैं, इसलिए उनका नाम 'इमलिहा बाबा' पड़ गया।

जो कुछ होगा, देखा जाएगा—मक्कू ने सोचा और चाल तेज कर दी। रास्ते में पड़नेवाली झाड़ियों में लाठी से टोह लेता जा रहा था वह। एक झाड़ी में लाठी लगते ही कोई जानवर सर्र से निकल भागा। उसने अनुमान लगाया, खरगोश या वनबिलाव होगा।

वह इमलिहा बाबा के पेड़ तक पहुँच गया। एक खेत की मेंड़ पर कुछ सियार बैठे थे। उसे देख वे भाग खड़े हुए। उसने इधर-उधर देखा, कहीं कुछ नजर नहीं आया। सोच रहा था कि अगर सावित्तरी को भेड़िया या कोई दूसरा साउज ले गया होता तो खाने के लिए अधिक-से-अधिक इतनी दूर लाता, तब कुछ तो मिलना चाहिए था उसे—उसका अवशेष। इससे उसकी घबड़ाहट और बढ़ गई। आशंकाओं के नाग फन उठाने लगे। वह इमली के पेड़ के नीचे तक गया मन में इमलिहा बाबा का नाम जपते हुए। सुन था, भूत-प्रेत सर्वव्यापी होते हैं, अगर बाबा के दर्शन उसे हो गए तो वह उनसे कुछ पूछ सकेगा सावित्तरी के बारे में, लेकिन उसे निराशा हाथ लगी। कुछ देर वह पेड़ के नीचे रुका भी; लेकिन कहीं कुछ नहीं था। वह लौट पड़ा। लौटते समय उसे लग रहा था कि उसके पैर लड़खड़ा रहे हैं और दिल बैठा जा रहा है।

उसे भी अब कहीं चले जाना होगा। जहाँ सावित्तरी नहीं, वहाँ रहकर वह क्या करेगा! उसने सोचा, लेकिन सावित्तरी की अम्माँ—हो सकता है, वह सावित्तरी को इधर ढूँढ़ता रहा है और उधर सावित्तरी घर पहुँच गई हो। चक्कर खाकर बेहोश कहीं ऐसी जगह पड़ी रही होगी, जिधर वह नहीं गया होगा।

लेकिन फिर भी, मंदिर की ओर तो वह गया ही नहीं···और वह मंदिर की ओर चल पड़ा। चारों ओर साँय-साँय हो रही थी और किसी पेड़ के नीचे से निकलने पर सूखे पत्ते चरर-मरर करने लगते थे। रात लगभग आधी होने को थी और चाँद झाँकने लगा था।

मंदिर से कुछ दूरी पर आमों का एक बाग था दर्शन सुकुल का। बाग मँझाकर वह सीधे सड़क पर पहुँचना चाह रहा था। बाग की झाड़ियाँ अँधेरे में दैत्यों की भाँति दिखाई दे रही थीं। सूखे पत्तों की चरमराहट से किसी पेड़ पर के चमगादड़ चीखकर

पर फड़फड़ाते उड़े तो वह डर गया। एक क्षण के लिए वह रुक भी गया, तभी उसे एक पेड़ के पास किसी साये के हिलने-डुलने का आभास हुआ।

वह उस पेड़ की ओर बढ़ा, दिल कड़ा कर। पेड़ की एक डाल धनुषाकार नीचे झुककर जमीन छूती हुई ऊपर चली गई थी। साया उससे हटकर तने के पीछे चला गया था। चाँद के ऊपर आ जाने से उसे कुछ-कुछ समझ में आ रहा था।

पेड़ के निकट पहुँचा तो साया दूसरे पेड़ की ओर खिसकता नजर आया।

"सावित्तरी!" धीरे से वह बोला।

साया ठिठक गया।

वह साये के निकट पहुँचा। वह सावित्तरी ही थी।

"तुम कहाँ थीं, सावित्तरी?" वह पागलों की तरह चीख उठा। लाठी एक ओर फेंक वह उसे पकड़ने के लिए लपका।

"मुझे मत छूना, मक्कू, मत छूना!" मुँह ढाँप सावित्तरी बिलख उठी।

"का हुआ, तू यहाँ का कर रही है पगली?" ठिठकर उसने पूछा। उसके स्वर में उत्तेजना थी। मन चाह रहा था कि सावित्तरी को हृदय में छुपा ले।

"मुझे छूना नहीं, मैं तेरे लायक नहीं रही, नहीं-नहीं···।"

उसने देखा, सावित्तरी के शरीर पर चिथड़े मात्र शेष थे। सावित्तरी सिकुड़ी-सिमटी उसके सामने खड़ी रो रही थी।

वह अपने को रोक नहीं सका। चेहरे से सावित्तरी के हाथ हटा उसने दृढ़ता से पूछा, "मुझे सबकुछ बता, सावित्तरी—तुझे मेरी कसम!"

"दरिंदों ने तेरी अस्मत लूट ली। मक्कू, अब मैं तेरे लायक—मुझे छोड़ दे तू··· मैं···मैं···!" सावित्तरी सिसकियाँ लेती बोली।

"सावित्तरी, तू अइसा मत सोच, तू अइसा मत सोच, सावित्तरी! बस मुझे बता दे तू, कौन हैं वे दरिंदे?"

सावित्तरी रोती रही।

"सावित्तरी, तुझे मेरी सौं—साफ-साफ बता।"

सावित्तरी अटक-अटककर बोली, "बहिरै से लौट रही थी कि शंकर बाबू अउर दुइ अउर जनों ने मुझे पकड़ लिया। पता नहीं का सुँघाया कि मैं बेहोश हो गई। होश आया तो देखा, उन तीनों के अलावा मंदिर का पुजारी भी है। समझ में आया कि पुजारी की कोठरी में हूँ, वो सब शराब पी रहे थे और उसके बाद···उसके बाद मैं का बताऊँ, मक्कू!" वह फिर बिलखने लगी।···और होश आया तो देखा, सब

लुढ़के पड़े हैं नशे में धुत्त। मैं उठकर भाग आई। अब···।" सावित्तरी फिर रोने लगी।

"तू चुप हो जा, सावित्तरी!" हाँफते स्वर में वह बोला, "थोड़ी देर और तू यहीं बैठ, कहीं मत जाना, तुझे मेरी कसम! मैं अभी आया लौटकर।" उसने लाठी सँभालकर कंधे पर रखी और दौड़ पड़ा मंदिर की ओर।

□

हादसा

पर्यावरण के संबंध में उसे इंडिया इंटरनेशनल सेंटर में वक्तव्य देना था। हारवर्ड विश्वविद्यालय से 'पर्यावरण प्रबंधन' की उपाधि लेकर जब एक साल पहले वह स्वदेश लौटा, सरकार के पर्यावरण विभाग ने उसकी सेवाएँ लेने के लिए कई प्रस्ताव भेजे, लेकिन स्वयं कुछ करने के उद्‌देश्य से उसने सरकारी प्रस्तावों पर उदासीनता दिखाई। वह जानता है कि ऐसी किसी संस्था से बँधने से उसकी स्वतंत्रोन्मुख सोच और विकास बाधित होंगे। वह स्वयं को अपने देश तक ही सीमित नहीं रखना चाहता, बावजूद इसके कि वह अपना सर्वश्रेष्ठ देश को देना चाहता है।

पार्किंग से गाड़ी निकालते समय पिता ने पूछा, "अमि, (उसका पूरा नाम अमित है) कब तक लौट आओगे?"

"दो घंटे का सेमीनार है बाबूजी। नौ तो बज ही जाएँगे।"

पिता चुप रहे, लेकिन वह सोचे बिना नहीं रह सका, 'अवश्य कोई बात है, वरना बाबूजी उसके आने के विषय में कभी नहीं पूछते।' गेट से पहले गाड़ी रोक वह उतरा और "कोई खास बात बाबूजी?" पूछा।

"हाँ···आँ···" बाबूजी मंद स्वर में बोले, "मेरा मित्र अमृत है न! उसकी बेटी की शादी है रोहिणी में।"

"सेमीनार खत्म होते ही निकल आऊँगा।"

"तुम परेशान मत होना। मैं ऑटो ले लूँगा।" बाबूजी ने सकुचाते हुए कहा।

"कार्यक्रम आठ बजे समाप्त हो जाएगा। लोगों से बिन मिले निकल आऊँगा। यहाँ पहुँचने में एक घंटा तो लग ही जाएगा, लेकिन आप ऑटो के चक्कर में नहीं पड़ेंगे···मैं आ जाऊँगा।" उसने पिता को बॉय किया और गाड़ी स्टार्ट कर सड़क पर उतर गया।

☐

अमित जब हारर्वड पढ़ने गया था, माँ जीवित थीं। पिता रेल मंत्रालय से निदेशक पद से अवकाश प्राप्त कर चुके थे। माँ-बाप का वह इकलौता बेटा था। उन लोगों ने कभी अपनी इच्छाएँ उसपर नहीं थोपीं, लेकिन उसने भी उन्हें कभी निराश नहीं किया। हारर्वड जाने के एक वर्ष बाद ही माँ का निधन हो गया। पिता अकेले रह गए। पटेल नगर के तीन सौ वर्ग गज के उस मकान में नितांत एकाकी। उसने वापस लौटने की इच्छा व्यक्त की, लेकिन पिता ने पहली बार उसे सख्त आदेश सुनाया, "मेरे लिए लौटने की बात तुम्हारे दिमाग में आई कैसे अमि··· ? अपनी शिक्षा पूरी करो।" कुछ देर तक चुप रहे थे बाबूजी और वह सिर झुकाए उनके सामने बैठा रहा था, तब वह माँ के दसवें पर आया था।

"तुम्हें दूसरों से कुछ अलग करना चाहिए, अलग बनना चाहिए। मेरे लिए अगले दस वर्षों तक तुम्हें सोचने की आवश्यकता नहीं है। नौकरी से अवकाश ग्रहण किया है, शरीर और मन से नहीं। वंदना···तुम्हारी माँ थी तो अधिक बल था, लेकिन···" पिता फिर चुप हो गए थे। अतीत में खो गए थे वह। कुछ देर की चुप्पी के बाद वह धीमे स्वर में फिर बोले, "तुम्हें कुछ ऐसा करना है, जिससे देश-समाज···देशांतर को लाभ पहुँचे, नौकरी सभी कर लेते हैं, लेकिन दुनिया उससे आगे भी है।"

अमित चुपचाप पिता की ओर देखता रहा था।

पढ़ाई समाप्त कर लौटने के बाद पिता ने केवल एक बार पूछा, "क्या करना चाहते हो ?"

"फिलहाल नौकरी नहीं, अपना कुछ करने के विषय में सोच रहा हूँ।"

"अपना··· ?"

"पर्यावरण संबंधी एक संस्था स्थापित करना चाहता हूँ।"

"हुँह।" कुछ देर की चुप्पी के बाद कुछ सोचते हुए पिता बोले, "अच्छा विचार है।"

संस्था को लेकर उसने देश के पर्यावरणविदों से सलाह करना प्रारंभ कर दिया। इसके परिणामस्वरूप सरकारी और गैर-सरकारी संस्थाओं ने पहले उसे अपने सेमीनारों में श्रोता के रूप में, फिर वक्ता के रूप में बुलाना प्रारंभ कर दिया था।

☐

सेमीनार खत्म होते ही वह निकलने लगा। चाहता था कि कोई उसे देखे, टोके-रोके, उससे पहले ही वह गाड़ी में जा बैठे, लेकिन वैसा हुआ नहीं। वह हाल से बाहर निकला ही था कि सामने दिल्ली के प्रसिद्ध पर्यावरणविद् डॉ. मुरलीधरन टकरा गए।

"क्या खूब बोलते हो नौजवान!" पकी दाढ़ी और सफेद बोलों में स्पष्ट वैज्ञानिक दिखनेवाले मुरलीधरन बोले, "डॉ. सुनीता नारायण को तुम जैसे युवकों से परामर्श लेना चाहिए।"

"सर, वे बहुत विद्वान् हैं। विश्व में उनकी पहचान है। मैं तो अभी···"

"यही न कि अभी कम उम्र, कम अनुभवी हो!" ठठाकर हँसे मुरीधरन तो वह संकुचित हो उठा।

दोनों देर तक चुप रहे। अंततः कुछ सोचकर, शायद यह भाँपकर कि उसे चलने की जल्दी है, मुरलीधरन बोले, "ओ.के. यंगगैन, हम फिर मिलेंगे।"

"जी सर।" वह गाड़ी की ओर बढ़ा यह सोचते हुए कि अनुभवी लोग चेहरे से ही अनुमान लगा लेते हैं कि कोई क्या सोच रहा है।

□

वह सामान्य गति से गाड़ी चला रहा था। कभी तेज गाड़ी चलाता भी नहीं वह। दिल्ली की सड़कें और ट्रैफिक की अराजकता···। वह पैंतालीस-पचास तो कहीं-कहीं बीस-तीस की गति से चला रहा था। तालकटोरा स्टेडियम के पास गोल चक्कर पर ट्रैफिक कुछ अधिक था। उसकी गाड़ी रेंग सी रही थी, तभी उसके बगल में हट्टा-कट्टा लगभग बत्तीस वर्ष के युवक ने अपनी पल्सर रोकी और चीखता हुआ बोला, "गाड़ी चलानी नहीं आती? गाड़ी (मोटरसाइकिल) को टक्कर मार देता अभी।"

वह भौंचक्का था, क्योंकि उसकी जानकारी में कुछ हुआ ही नहीं था। उसने धीमे और सधे स्वर में, जैसा कि उसका स्वभाव था, कहा, "टक्कर लगी तो नहीं!"

वह कुछ समझ पाता, उससे पहले ही मोटरसाइकिल सवार ने मोटरसाइकिल आगे बढ़ाकर उसकी कार के आगे लगा दी। वह गोल चक्कर पारकर शंकर रोड चौराहे की ओर कुछ कदम ही आगे बढ़ा था। उसने गाड़ी रोक दी। मोटरसाइकिल सवार युवक उसकी ओर झपटा। वह कुछ समझ पाता, उससे पहले ही उसने उसे गाड़ी से बाहर खींचा और फुटपाथ की ओर घसीटने लगा।

"बात क्या है ? आप ऐसा क्यों कर रहे हैं ?" विरोध करता हुआ वह उसकी मजबूत पकड़ के समक्ष अपने को असहाय पा रहा था।

"तेरी माँ की···बताता हूँ कि बात क्या है···मादर···के कहता है कि लगी तो नहीं" युवक का झन्नाटेदार तमाचा उसके गाल पर पड़ा। वह लड़खड़ा गया। उसे चक्कर सा आ गया, जब तक वह सँभलता, मोटरसाइकिल सवार का दूसरा तमाचा उसके दूसरे गाल पर पड़ा।

पैदल चलनेवालों की भीड़ इकट्ठा हो गई, लेकिन कोई भी वाहनवाला नहीं रुका। भीड़ मूकदर्शक थी और मोटरसाइकिल सवार युवक दरिंदे की भाँति उसपर लात-घूँसे बरसा रहा था। लगभग अधमरा कर उसने उसे छोड़ दिया और फुटपाथ से नीचे उतरकर घूरकर उसे देखने लगा। अमित फुटपाथ पर पसरा हुआ था। निस्पंद। भीड़ में कुछ लोग अपनी राह चल पड़े थे, कुछ खड़े थे; लेकिन उनमें अभी भी साहस नहीं था कि वे अमित को उठा सकते, क्योंकि मोटरसाइकिल सवार वहीं खड़ा था अमित को घूरता हुआ।

लगभग दस मिनट बाद उसने आँखें खोलीं और किसी प्रकार उठकर बैठा। बैठते ही उसका हाथ मोबाइल पर गया। उसका दिमाग, जो सुन्न था, अब काम करने लगा था। पिता को यह बताने के लिए कि पहुँचने में उसे कुछ देर हो जाएगी, वह उनका नंबर मिलाने लगा। उसे नंबर मिलाता देख मोटरसाइकिल सवार झपटकर फुटपाथ पर चढ़ा और उससे मोबाइल छीनते हुए उसके जबड़े पर मारकर चीखा, "धी के···। पुलिस को फोन करता है···स्साले इतने से ही सबक ले। शुक्र मना कि बच गया।" उसने अमित का फोन अपनी जेब के हवाले किया, मोटरसाइकिल स्टार्ट की और अमित के इर्द-गिर्द खड़े लोगों को हिकारत से देखता हुआ तेज गति से शंकर रोड चौराहे की ओर मोटरसाइकिल दौड़ा ले गया।

अमित फिर फुटपाथ पर लेट गया।

भीड़ फुसफुसा रही थी, "अस्पताल ले जाना चाहिए।"

"कैसा दरिंदा था! रुई की तरह धुन डाला।"

"पुलिस को फोन करना चाहिए।"

"पुलिस के लफड़े में पड़ना ठीक नहीं।"

"वह कोई गुंडा था!"

"दिल्ली में ऐसे लोगों की संख्या बढ़ती जा रही है।"

"दिल्ली गुंडों···बाइकर्स के आंतक में जी रही है और पुलिस असहाय है।"

"भाई पुलिसवालों के वे साले जो लगते हैं, हफ्ता पुजाते हैं। असहाय-वसहाय कुछ नहीं है। जिसने हफ्ता नहीं दिया। हवालात उसके लिए है।" एक दूसरी आवाज थी।

"राम सेवक···, तुम्हें गाड़ी चलानी आती है न!" किसी ने अपने साथी से पूछा।

"आती है।"

"फिर हम दोनों इन्हें राममनोहर लोहिया अस्पताल ले चलते हैं, इन्हीं की गाड़ी में।"

अमित सभी को सुन रहा था। उसने आँखें खोलीं। दो लोग उसके ऊपर झुके हुए थे। दूसरे कुछ हटकर खड़े थे।

"बाबू, हम आपको अस्पताल पहुँचा देते हैं।" अमित चुप रहा।

"हाँ, आपकी ही गाड़ी से।"

"धन्यवाद।" अमित फुसफुसाकर बोला, "आप लोग कष्ट न करें, मैं ठीक हूँ।"

रामसेवक और उसका साथी एक-दूसरे के चेहरे देखते कुछ देर खड़े रहे, फिर बिड़ला मंदिर की ओर मुड़कर चले गए। दूसरे ने पहले ही जाना प्रारंभ कर दिया था।

लगभग पंद्रह मिनट बाद अमित ने साहस बटोरा और उठ बैठा। सिर अभी भी चकरा रहा था। उसे चिंता हो रही थी, उसकी प्रतीक्षा करते बाबूजी की। वह अपने को रोक नहीं पाया। आहिस्ता से फुटपाथ से नीचे उतरा, गाड़ी में बैठा और चल पड़ा। एक्सीलेटर, ब्रेक और क्लच पर पैर ढंग से नहीं पड़ रहे थे, फिर भी वह धीमी गति से गाड़ी चलाता रहा।

□

राजेंद्र नगर की रेड लाइट तक पहुँचने में उसे काफी समय लगा। चौराहा पार कर वह किसी पी.सी.ओ. से पिता को फोन करना चाहता था, लेकिन जैसे ही वह रेड लाइट के निकट पहुँचा, वहाँ का दृश्य देख उसे चक्कर सा आता अनुभव हुआ। रेड लाइट से कुछ पहले बाईं ओर एक मोटरसाइकिल पड़ी हुई थी और उससे कुछ दूर एक युवक के इर्द-गिर्द खड़े कई लोग पुलिस को कोस रहे थे।

उसने सड़क किनारे गाड़ी खड़ी की। उतरा। कुछ देर पहले अपने साथ हुआ हादसा उसके दिमाग में ताजा हो उठा, 'तो यह उस युवक का नया शिकार था।'

उसने सोचा और धीमी गति से आगे बढ़ा। चोट के कारण वह तेज नहीं चल पा रहा था।

"टक्कर इतनी जबरदस्त थी···। शुक्र है कि गाड़ी इसके ऊपर से नहीं गुजरी।" भीड़ में कोई कह रहा था।

"किस गाड़ी ने टक्कर मारी?" कोई पूछ रहा था।

"ब्लू लाइन बस थी, मैंने देखा···मैं उस समय उधर पेशाब कर रहा था।" कहनेवाले ने हाथ उठाकर पेशाब करने की जगह की ओर इशारा किया, "तेज आवाज हुई तो मैंने मुड़कर देखा।" बोलनेवाला क्षणभर के लिए रुका, "बस ने टक्कर नहीं मारी भाईजान! मोटरसाइकिल इतनी तेज थी···इतनी···। रहा होगा ये सौ से ऊपर की स्पीड में···यही टकराया बस से और मोटरसाइकिल इधर और यह उधर···बच गया, लेकिन चोट बहुत है।"

अमित आगे बढ़ा।

"कितनी देर हुई?" उसने एक व्यक्ति से पूछा, "यही कोई आध घंटा।"

"आध घंटा···और आप लोग खड़े इसे देख रहे हैं? पुलिस को किसी ने सूचित किया?" वह यह कह तो गया, लेकिन तत्काल सोचा कि अपरिचित राहगीरों से उसे इस प्रकार नहीं बोलना चाहिए था।

अमित के प्रश्न पर मौन छा गया था। कुछ देर बाद किसी की बुदबुदाहट सुनाई दी, "पी.सी.आर. वैन यहीं खड़ी रहती है, पर आज नदारद है।"

"पुलिस को फोन करके कौन मुसीबत मोल ले।" भीड़ में कोई और बुदबुदाया।

अमित चुप रहा। वह घायल युवक के पास पहुँचा और उसे देख भौंचक रह गया। वह वही युवक था, जिसने कुछ देर पहले अकारण ही बुरी तरह उसे पीटा था।

'मैं इसे अस्पताल पहुँचाऊँ?' अमित के मन में विचार कौंधा। 'कदापि नहीं।' लेकिन तभी अंदर से एक आवाज आई, 'अमित, तुम्हें दूसरों से कुछ अलग करना है, अलग बनना है,' यह पिता की आवाज थी। 'मैं इसे अस्पताल पहुँचाऊँगा···राम मनोहर लोहिया अस्पताल पास में है।' उसने निर्णय कर लिया और वहाँ एकत्र लोगों से बोला, "आप लोग इतनी सहायता करें कि इसे उठाकर मेरी गाड़ी में पीछे की सीट पर लिटा दें। इसे अस्पताल ले जाऊँगा।"

"मैं भी आपके साथ चलता हूँ।" एक व्यक्ति बोला।

"आप परेशान न हों···, केवल गाड़ी में इसे लिटा दें बस।"

□

अस्पताल में जिस समय एमरजेंसी के सामने उसने गाड़ी रोकी, मोटरसाइकिल सवार को होश आ गया। उसे देख कराहते हुए वह चीखा, "तुम···तुम···ऽऽऽ" और वह फिर बेहोश हो गया था।

□

हासिम का

गाँव के दक्षिण कोने में बूढ़ी गड़ैया है। बूढ़ी गड़ैया 'बूड़ी गड़ैया' का बिगड़ा नाम है। कहते हैं कि वह इतनी गहरी थी कि एक के ऊपर एक खड़े दो हाथी भी उसमें डूब सकते थे। कभी पानी पीने के लिए उतरे दो जानवर उसमें डूब चुके थे और शायद तभी से उसे 'बूड़ी गड़ैया' कहा जाने लगा था। धीरे-धीरे उसकी गहराई कम होती गई और वह 'बूड़ी गड़ैया' से 'बूढ़ी गड़ैया' हो गई। उसी गड़ैया के किनारे हासिम की कोठरी है। कोठरी से सटा बड़ा घेर है। घेर का एक दरवाजा पूरब की ओर खुलता है और दूसरा कोठरी के अंदर।

पंद्रह साल पहले हासिम इस गाँव में आ बसे थे। जब आए थे, तब वे हासिम खाँ थे, फिर 'हासिम का' होकर रह गए। गाँव का बसंता नाई उनके साथ शहर में काम करता था और बसंता ने ग्राम प्रधान से कहकर ग्राम पंचायत की जमीन का एक छोटा सा टुकड़ा सस्ते दामों में हासिम का को दिलवा दिया था। हासिम का ने उसपर कोठरी और घेर बनवा लिया और गुजारे के लिए पाँच बकरियाँ पाल लीं। आज उनके पास बीस बकरियाँ, दो बकरे और तीन भेड़ें हैं, अब यही उनका परिवार है।

हालाँकि ऐसा नहीं कि कभी उनका परिवार रहा ही नहीं। भरा-पूरा परिवार था उनका, तब वे नारायण गंज में रहते थे। घर में अब्बू-अम्मी, दो भाई, एक बहन, दो चाचा और उनके परिवार साथ थे। घर बड़ा था और सारा कुनबा उसी में रहता था, तब वे अठारह-उन्नीस वर्ष के थे। अजादी मिलने से पहले की बात है। राजनीतिक सरगरमी तेज थी, लेकिन नारायणगंज में उसकी धमक कम ही थी। एक दिन शहर से आए उनके मामा शौकत अली ने तालाब के थिर पानी में कंकड़ फेंक हिलोर पैदा कर दी थी। परिवार के लोग डरे-डरे से रहने लगे थे।

मामू ने उनके अब्बू से कहा था, "कासिम मियाँ!" यही नाम था उनके अब्बू का, "पाकिस्तान बन रहा है, हम सारे रिश्तेदार जा रहे हैं, मेरी सलाह है कि आप भी अपने परिवार के साथ हमारे साथ चलें।"

अब्बू ने मना किया तो मामूजान बोले थे, "पाकिस्तान अपना और अपने लोगों का देश होगा, मियाँ! बँटवारे को कोई टाल नहीं सकता। आप सोचो, वहाँ जो आजादी, जो सहूलियतें मिलेंगी, यहाँ नसीब न होंगी। यहाँ आप बेगाने होंगे। गाँव में आपका ही अकेला मकान है बिरादरी का, इनके बीच आपका दर्जा दूसरा-तीसरा होगा।"

अब्बू सोच में पड़ गए थे। छोटी सी काश्त थी उनकी, लेकिन पूरे कुनबे की बसर भलीभाँति हो जाती थी। खेत उपजाऊ थे और अब्बू दोनों चाचाओं के साथ उनमें लगे रहते थे।

"अब्बू, आप मामू जान की बातों में न पड़ें, यहीं रहें। हमें कुछ न होगा। आपके पुरखे यहीं रहे, आज तक कुछ नहीं हुआ। आप ही बताते हैं कि लोग हमारे परिवार को सिर-माथे पर रखते आए हैं, फिर एक ऐसी जगह जा बसने का क्या मतलब, जहाँ के बारे में आप जानते तक नहीं।"

हासिम का ने अब्बू को समझाने का प्रयत्न किया था। चाचा लोग भी जाने को तैयार न थे, लेकिन तभी उड़ती खबरें आने लगी थीं कि मार-काट शुरू हो गई है। अब्बू और परेशान। वे गाँव के हर आदमी पर शक करने लगे थे। लोगों से मिलना बंद कर दिया था। गाँववालों के रुख में भी परिवर्तन हुआ था, लेकिन आज जब हासिम का गाँववालों में आए परिवर्तन पर विचार करते हैं, तब पाते हैं कि उसका कारण था शहर से आनेवाले रिश्तेदार।

गाँववालों को शक हो रहा था कि कासिम का परिवार गाँव में कुछ गड़बड़ करना चाह रहा है। जिस प्रकार अब्बू गाँव के हर व्यक्ति को शक की निगाह से देखने लगे थे, गाँववाले भी उनके परिवार के लोगों को उसी निगाह से देखने लगे थे।

मामू और दूसरे रिश्तेदारों के परिवार पाकिस्तान चले गए थे। हासिम का के घर में महीनों उथल-पुथल की स्थिति रही थी। आजादी के बाद जब हालात कुछ काबू हुए तब अब्बू ने ऐलान किया कि वे भी पाकिस्तान जाएँगे। उन्होंने खेत बेचने का फैसला किया और इस फैसले का कारण था मामू जान का खत, जो उन्होंने रावलपिंडी से लिखा था। उनके अनुसार—उन्हें और साथ आए रिश्तेदारों को नए

देश की सरकार ने इतनी सहूलियतें दी हैं कि वे कभी सोच भी नहीं सकते थे। आते ही उनके दोनों लड़कों को नौकरी मिल गई है। रहने के लिए दो बड़े मकान, जिन्हें छोड़कर लोग हिंदुस्तान चले गए हैं, सरकार ने दे दिए हैं। उन्होंने अब्बू को तुरंत आने के लिए लिखा था, क्योंकि अब्बू और उनके परिवार के लिए मामूजान ने एक बड़ा मकान खाली रखने के लिए सरकारी अफसरों को कह दिया था।

खेत बिकना तय हो चुका था। गाँव के कई बुजुर्गों ने अब्बू को समझाया था, "कासिम मियाँ, आप गाँव न छोड़ें, यह आपकी धरती है, अपनी धरती को छोड़ना ठीक नहीं है। आप हमारे हैं और हम आपके, आज तक जब आपको सिर-माथे पर रखा है तब आगे भी रखेंगे।"

लेकिन अब्बू नहीं माने। अब्बू तो नहीं माने, लेकिन हासिम का ने साथ जाने से इनकार कर दिया। अब्बू असमंजस में पड़ गए। हासिम का को गाँव से इतना प्यार था कि वे पाकिस्तान न जाने की जिद पर अड़े रहे। अब्बू का साथ चलने का दबाव बढ़ा तो उनके जाने से दो दिन पहले वे एक साथी के खेतों में जा छुपे और दो दिनों तक छुपे रहे। हारकर अब्बू परिवार समेत चले गए। अब्बू ने खेत बेच दिए थे, लेकिन घर उनके लिए छोड़ दिया था। कुछ दिनों तक हासिम का घर में रहे, लेकिन वहाँ उन्हें सभी की याद सताने लगी। दो हफ्ते भी वे वहाँ न रह सके, शहर चले गए। कुछ दिन वहाँ इधर-उधर काम के लिए भटके और फिर एक आढ़त में काम करने लगे। लगभग आठ साल उन्होंने उस आढ़ते में काम किया। गाँव की याद को दफन रखा। घरवालों की याद आती रही, लेकिन वे सब कहाँ होंगे, यह पता कर पाना उनके लिए कठिन था। आठ साल बाद एक दिन गाँव की याद ने उन्हें परेशान किया। आढ़त से छुट्टी ले वे नारायणगंज आ पहुँचे, लेकिन नारायणगंज तब तक नारायणगंज नहीं रहा था। उनके घर पर ग्राम-प्रधान का कब्जा था।

हासिम का आहत मन उलटे पाँव शहर लौट पड़े थे। गाँव में किसी से कोई प्रतिक्रिया व्यक्त किए बिना। ग्राम-प्रधान से उन्हें एक खत अवश्य मिला था, जो उनकी अम्मी ने लिखवा भेजा था। ग्राम-प्रधान ने घर पर कब्जा तो कर लिया था, लेकिन अम्मीजान का खत वह उनके लिए आठ साल से सँभालकर रखे रहा था। शायद उसे भी उम्मीद थी कि एक-न-एक दिन हासिम लौटेगा जरूर, लेकिन वह उनके लौटने तक उनके मकान पर काबिज होने से अपने को रोक नहीं पाया। घर के चबूतरे पर बैठे देर तक सोचते रहे थे हासिम का, 'अब्बू को पाकिस्तान जाने

से रोकनेवालों में यह ग्राम-प्रधान सबसे पहला व्यक्ति था, लेकिन उनके शहर जाते ही उसे बदलने में बिल्कुल वक्त नहीं लगा!'

उन्हें पता चला कि जब वे एक साल तक गाँव नहीं लौटे तब, 'अब हासिम गाँव नहीं लौटेगा'—मानकर ग्राम-प्रधान ने घर का ताला तोड़ उसपर कब्जा कर लिया था।

देर तक चबूतरे पर सोचते बैठे रहने के बाद हासिम का उठकर सीधे स्टेशन की ओर चल पड़े थे और शाम की गाड़ी पकड़ शहर। शहर पहुँचकर ही उन्होंने अम्मी का वर्षों पहले का वह खत पढ़ा था। खत में लिखा था, 'हासिम, हमारे साथ तुम्हारे मामू ने बड़ा धोखा किया। न तो उनके पास रहने के लिए कोई मकान है और न ही हमें मिला! उन्होंने हमें यहाँ बुलाने के लिए सबकुछ झूठ लिखा था। जबसे हम यहाँ आए हैं, दर-दर की ठोकरें खा रहे हैं। यहाँ के लोग हमें बेरुखी से देखते हैं, भिखारियों की तरह। तुम्हारा कहना माना होता अगर तुम्हारे अब्बू ने तो ये दुर्दिन देखने को न मिलते। तुम गाँव में सबके साथ हेल-मेल से रहना। घर अपना है ही, जीने के लिए कोई-न-कोई राह निकाल ही लोगे।' अम्मी ने आगे लिखा था, 'हम लोग कैंपों में दिन बिता रहे हैं। कैंप का पता लिख रही हूँ, लेकिन इसे पक्का पता मत समझना। कैंप बदलते रहते हैं। मुकम्मल जगह मिलते ही नया पता लिखूँगी। सभी तुम्हें बहुत याद करते हैं और अब तो तुम्हारे अब्बू भी यह मानने लगे हैं कि तुम सही थे, लेकिन अब हो क्या सकता है? कभी-कभी लगता है कि हम बेवतन हो गए हैं! तुम सुखी रहो! खुदा हाफिज!'

हासिम का को ताज्जुब इस बात का था कि अम्मी ने मुकम्मल पता हो जाने के बाद खत लिखने के लिए लिखा था, फिर आठ सालों में उनका कोई और खत आया क्यों नहीं?

'तो क्या वे आठ सालों से भटक रहे हैं?' सोचा था हासिम का ने, 'कहाँ होंगे घरवाले?' जब भी सबकी याद सताती, वे अम्मी के उस खत को पढ़ने लगते।

अम्मी के खत के जवाब में हासिम का ने कई खत लिखे थे, यह जानते हुए भी कि उनके उत्तर नहीं आएँगे, लेकिन मन मानता जो न था। एक उम्मीद थी कि शायद उनका खत घूमता-भटकता उनके अब्बू-अम्मी तक पहुँच जाए। हर खत में उन्होंने लिखा था कि वे सब वापस हिंदुस्तान आ जाएँ, लेकिन वे यह भी सोचते कि जो लोग अपनी इच्छा से वहाँ गए हैं, क्या वे लौट सकते हैं? तब… ? अच्छा होता, वे भी सबके साथ चले गए होते। यहाँ रहकर भी उन्होंने क्या पाया?

अब्बू उनके लिए ही तो मकान छोड़ गए थे और इसी उम्मीद में छोड़ गए थे कि नारायणगंज के जो लोग उनको जाने से रोकने के लिए हर कोशिश कर रहे हैं, वे उनके पीछे उनके बेटे को सुरक्षा देंगे ही, लेकिन उसी गाँव के मुखिया ने, जो खुद भी अब्बू को समझाने वालों में आगे था, मकान पर कब्जा करने में समय नहीं गँवाया। यही नहीं, उर्दू-फारसी-हिंदी की अच्छी तालीम के बावजूद शहर में उन्हें कहीं ढंग की नौकरी नहीं मिली। मिली भी तो आढ़त में बोरे ढोने की।

□

तवे पर रोटी जलने की गंध आई तो चेतना लौटी हासिम का की। रोटी को चिमटे से पकड़, चूल्हे में सेंकते वे सोचने लगे। आढ़त में साथ काम करनेवाला करीमुद्दीन रात में जब भी उन्हें खाना पकाते देखता तो बोलता, "हासिम भाई, दिन भर जानवरों की तरह काम करते हो, शादी बना लो। पकाने की चिंता तो न रहेगी।"

हँसकर टाल देते रहे करीम की बात को वह! क्या जवाब देते! शादी का मतलब अपनी जिंदगी का सुख ही तो नहीं है न! अम्मी-अब्बू ने कितने ख्वाब देखे थे उनकी शादी के। बँटवारे ने माँ-बाप-बेटे को भी बाँट दिया। साथ होते तो शायद साल-दो साल ही मुश्किल से कटते। अब्बा अपनी फुफेरी बहन की लड़की से उनके रिश्ते की बात भी चला रहे थे। वे कैसे बताते करीम को कि उनकी शादी की हसरतें उनके परिवार के लोगों के साथ ही चली गईं।

चूल्हे पर दाल की बटलोई चढ़ाकर हासिम का अल्युमिनियम की थाली में आटा सने हाथ धोने लगे, तभी कोई बकरी घेर में मिमयाई।

"अभी आया री, चमेली।"

हासिम का बकरियों को आवाज से पहचान लेते हैं कि चमेली मिमिया रही है या रफीकन, सुरैया है या संगीता। सभी बकरियों, भेड़ों और बकरों के नाम रखे हुए हैं उन्होंने।

वे पतीला ले चमेली को दोहने चले गए। इन दिनों आठ बकरियाँ दूध देती हैं। गाँव के चार घरों में दूध जाता है उनका। वे चारों से बाजार-भाव दाम नहीं लेते। गरीबों के घर हैं, चारों के यहाँ बीमार लोग हैं। उन्हीं के लिए दूध लेते हैं वे, नहीं तो बकरी का दूध कौन खरीदता है। वे उनसे इतना पैसा ही लेते हैं कि नून, तेल, आटा खरीद सकें। शेष जरूरतें साल में एक बार बिकनेवाली बकरियों की आमदनी से पूरी करते हैं। आज भी पड़ोसी गाँव का हनीफ आने वाला है।

दो बकरियाँ छज्जो और बिज्जो को वे दो महीने से बेचने की सोच रहे थे। दोनों अब न दूध देने योग्य रहीं और न ही संतानें देने योग्य। 'काले' बकरा को भी वे निकाल देंगे। बूढ़ा हो गया है। पैसों की तंगी भी है। थोड़े दिनों बाद संगीता से तीन-चार बच्चे मिलनेवाले हैं ही। परिवार फिर बड़ा हो जाएगा। जरूरत होगी तो बाद में एक बकरा खरीद लेंगे। अभी तो सर्दी के लिए रजाई बनवानी है, कुछ कपड़े भी।

वे जल्दी-जल्दी चमेली के थनों में हाथ चलाने लगे। लौटे तो दाल का अदहन उफन रहा था और हल्दी मिला झाग बटलोई के होंठों से चूल्हे में टपक रहा था। उन्होंने लकड़ी आगे खिसकाई, जिससे आँच धीमी हो गई और उफान बटलोई में सिमट गया।

बाल्टी उठा हासिम का शंभू कुम्हार के कुएँ पर नहाने चले गए। शंभू का घर 'बूढ़ी गड़ैया' के उत्तर सड़क-पार है। नहाकर लौटे तो पाया कि चूल्हा ठंडा हो चुका था और घेर में बकरियाँ शोर कर रही हैं।

'अभी जंगल ले जाने का समय भी नहीं हुआ! फिर··· ?'

कोठरी का दरवाजा खोलकर झाँका तो काले बकरा को बकरियों के बीच धमा-चौकड़ी करते पाया। एक सींग निकल आई थी बकरे को। वह जब-तब उसी सींग से बकरियों को परेशान करता है।

"कालेऽऽ!" कोठरी से ही चीखे हासिम का, "रुक बदजात··· !" वे बकरे की ओर दौड़े और उसका कान पकड़ खींचने लगे। काले में ताकत थी और उनका शरीर बूढ़ा। बकरा सुरैया से भिड़ा हुआ था। वह चीख रही थी। अन्य बकरियाँ भी चीखने लगी थीं। कान पकड़ खींचने पर भी बकरा सुरैया से कुछ देर भिड़ा रहा। उसे हटाने के लिए उन्हें अधिक ताकत लगानी पड़ी, लेकिन जैसे ही उनकी पकड़ ढीली हुई, काले कान छुड़ा फिर सुरैया की ओर लपका। हाथ से काले का कान छूट जाने से वे धचाक पीछे जा गिरे। कमर सहलाते उठे और पास पड़ा डंडा उठा, काले की पीठ पर चोट करते चीखे, "हरामी, बहनों पर सिर उठा रहा है। आने दे आज हनीफवा को, बिन मोल तुझे न दिया तो···।"

डंडे की मार से काले भागा। उसे घेर उन्होंने खूँटे से बाँध दिया। कमर में दर्द था। सहलाते वे कोठरी की ओर मुड़े। ठंडी पड़ी लकड़ियों को फुँकनी से हवा दे सुलगाया और बटलोई में चम्मच चला देखा कि दाल पकने में कितनी कसर है। पानी कम हो गया था। एक गिलास पानी डाल बटलोई ढक दी। कुरता पहन

चारपाई पर बैठ गए और ट्रांजिस्टर ऑन किया। सुबह आठ बजे के समाचारों से पहले की टूँ-टूँ की आवाज आ रही थी। उन्होंने ट्रांजिस्टर पर कान लगा दिए और दृष्टि बटलोई पर। ट्रांजिस्टर पर पहला समाचार था, 'कल कराची में एक मसजिद में जुमे की नमाज पढ़कर लौटते मुहाजिरों पर हमला···आठ हलाक और उन्नीस जख्मी, जिनमें नौ की हालत नाजुक है।"

हासिम का जड़ हो गए। वे फिर डूब गए पुराने खयालों में। उन्हें अपने भाई-बहन, चाचा-चाची, अम्मी-अब्बू···सभी की यादें आने लगीं। पता नहीं कौन है, कौन नहीं। जो हैं, वे कहाँ हैं···उफ! आज भी वे सब वहाँ मुहाजिर हैं···शराणार्थी। लंबी साँस ली उन्होंने। ट्रांजिस्टर पर समाचारों के बाद 'मुहाजिर समस्या' पर कोई बोलने लगा था। हासिम का सुनते रहे और उन हजारों-हजार लोगों के विषय में सोचते रहे, जो उन्हीं के परिवार की भाँति कितने-कितने अरमान लिये वहाँ गए थे, लेकिन···

'आकाशवाणी से मुख्य समाचार एक बार फिर···' समाचार-वाचक की आवाज आते ही हासिम का ने ट्रांजिस्टर बंद कर दिया और सिर के नीचे दाहिने हाथ का तकिया बनाकर लेट गए। देर तक लेटे रहे और सोचते रहे उन लोगों के जीवन-संघर्ष के विषय में, जो इंद्रधनुषी सपने पाले पाकिस्तान गए थे।

'और मैं···कब से अपनी पाली-पोसी बकरियों-बकरों को हनीफ को बेचता आ रहा हूँ! कब से मैं अपने इस परिवार के सदस्यों को मुहाजिर बनाता आ रहा हूँ, यह जानते हुए भी कि हनीफ उन्हें आगे बेच देता है, कभी सलीम को तो कभी याकूब को। दोनों आस-पास के गाँवों से बकरी, बकरे और भेड़ें खरीदते हैं, महीने-दो महीने में ट्रक में लाद उन्हें शहर में बेच आते हैं, जहाँ से वे बूचड़खाने पहुँच जाते हैं। तो क्या वह देश यहाँ से गए लोगों के लिए, जिन्हें वहाँ मुहाजिर कहा जाता है, एक बूचड़खाना नहीं है? अब तक हजारों को केवल, इसलिए जान गँवानी पड़ी है, क्योंकि वे बराबर का हक माँग रहे हैं।' लंबी साँस खींचकर बुदबुदाए हासिम का, 'या खुदा, सलामती बख्श उन सबको।'

रोंगटे खड़े हो गए हासिम का के।

दरवाजे पर आहट हुई। हनीफ खड़ा था, लेकिन आज हनीफ का स्वागत करने में उत्साह नहीं दिखाया हासिम का ने।

"तबीयत तो ठीक है, हासिम भाई?" दरवाजे पर खड़ा हनीफ बोला।

उठ बैठे हासिम का। "तबीयत को कुछ नहीं हुआ।"

"कुछ जल रहा है भाई, शायद उस बटलोई में।"

हासिम का चूल्हे की ओर लपके। दाल जल चुकी थी। पतीली को संडासी से पकड़ा, नीचे पटका और चूल्हे में पानी डाला।

"लगता है, कुछ परेशान हो? कोई खास मसला, भाई?" हनीफ ने कुरेदा हासिम का को।

कुछ क्षण चुप रहे हासिम का। हनीफ उनके चेहरे की ओर ताकता रहा और सोचने लगा, कहीं कुछ गड़बड़ है जरूर। आज तक कभी ऐसा नहीं हुआ कि वह आया हो और हासिम भाई इतना उत्साहहीन दिखे हों।

"भाई, आप कुछ छुपा रहे हैं।" हनीफ ने फिर कुरेदा।

"बात यह है हनीफ कि तुम चार मील चलकर आए हो और अपना कीमती समय भी तुमने खर्च किया है, लेकिन···।"

"तो क्या हुआ? धंधे में यह सब होता ही रहता है।"

"वही तो···बात यह है हनीफ कि आप जिस काम से आए हैं, अब वह होगा नहीं।"

"अब न सही, फिर कभी सही। मैंने कहा न, भाई कि धंधे में···।"

हनीफ की बात बीच में ही काटकर बोले हासिम का, "अब कभी नहीं, हनीफ!"

"मतलब?"

"मतलब यह कि मैं काले और छज्जो-बिज्जो का सौदा नहीं करूँगा।"

"आप भी कैसी बातें करते हैं, हासिम भाई? अब ये किस कामे के, इन्हें रखकर करेंगे क्या? दो पैसे···।"

"मुझे नहीं चाहिए आपके दो पैसे।" गुस्से से चेहरा लाल हो गया हासिम का का।

कुछ देर सामान्य होने में लगे।

हनीफ भौंचक उनके चेहरे की ओर देखता रहा।

"हनीफ, यह मेरा परिवार है! परिवार में कोई बूढ़ा हो जाता है तो क्या उसे कसाई को दे देते हैं, मार देते हैं?"

"भाई, कैसी बातें कह रहे हैं आप? आप इतने···।"

"बस हनीफ! एक लफ्ज भी आगे मेरे इस कुटुंब के लिए मत निकालना।"

"लेकिन कल तक···।"

"वह गलती थी। गलती दोहराना नहीं चाहता।"

हनीफ झटके से उठा और दरवाजे से बाहर हो गया।

हासिम का हनीफ को जाता हुआ देखते रहे। घेर में बकरियाँ मिमिया रही थीं।

"आया री, छोकरियो! जानता हूँ, तुम्हारे जंगल जाने का समय हो गया है।"

हासिम का ने डंडा उठाया और घेर की ओर मुड़ गए।

□

बुजदिल

मैं अचंभित हूँ कि जो मैंने कभी आपको नहीं बताया, वह सब आप कैसे जान गए? आपने कभी जिक्र क्यों नहीं किया! मैं स्थितियाँ स्पष्ट करतीं, लेकिन आप तो महानता का खोल ओढ़े रहे और कहते रहे कि आप दुनिया से अलग हैं। आज समझ आ रहा है कि शादी के शुरुआती दिनों में आपने बहुत सोची-समझी योजनानुसार कहा था, "विभा, शादी से पहले बने रिश्ते को जवानी की गलती मानकर मैं सोचना नहीं चाहता, लेकिन शादी के बाद रिश्ते केवल पति-पत्नी के रहने चाहिए। किसी अन्य की उपस्थिति स्वीकार नहीं पति-पत्नी दोनों के लिए।" और मैंने आपकी छाती से चिपकते हुए कहा था, "विपुल, यू आर ग्रेट। आप निश्चित ही दुनिया से अलग हैं। आप महान् हैं।" आपने कोई प्रतिक्रिया न दी थी और न ही उस क्षण के मेरे प्यार की गरमाहट का उत्तर मुझे मिला था। आप चुप रहे थे—तटस्थ। आज इतना सब घटित हो जाने के बाद सोचती हूँ कि यह वही क्षण था, जब आपके मन में मेरे अतीत को जानने की इच्छा जाग्रत् हुई थी। आपने जैसे भी हो, सब जान लिया था, लेकिन वर्षों चर्चा नहीं की और आज!

काश! मैं जान पाती कि आपने मुझसे सब जानने के लिए ही वह सब कहा था। यकीन मानें, मैं खुलकर बताती, जो स्थिति आज बनी, वह तभी बनी होती, कितना सही रहा होता। हाँ, आपने एक बार संकेत में अहसास अवश्य करवाया था, लेकिन खुलकर कभी नहीं कहा। बस आपका एक ही दबाव था कि मैं उनके घर न जाऊँ या उनसे न मिलूँ और मैंने स्वीकार भी कर लिया था। हमारा परिवार था और मैं उसे बचाना चाहती थी, लेकिन उनको छोड़ पाना भी मेरे लिए उतना आसान नहीं, जितना आपने समझा था या मैंने आपको प्रसन्न करने के लिए कह दिया था। सच यह था कि आपको कहने के बाद मैं उनके घर तो नहीं गई थी,

लेकिन उनसे मिलना मेरा जारी रहा था। यह जानकारी थी शायद आपको। मैं करती भी क्या! मैं उन्हें दुत्कार नहीं सकती थी और दुत्कारती भी क्यों? उन्होंने मेरे लिए बहुत कुछ किया था। मेरी नौकरी लगवाई थी। इस महानगर में मुझे एक साल तक अपने घर रखा था। उन्हीं दिनों जब मैं बीमार पड़ी और सफदरजंग अस्पताल में भर्ती हुई, दोनों पति-पत्नी ने मेरी देखभाल की थी। मेरी माँ तो बाद में आई थीं। सोचें यदि वे न होते तो इस महानगर में···। आपने जब उनके विषय में संकेत में कहा, तब मैंने यह अवश्य कहा था, 'आज के समय में कोई किसी के लिए मुफ्त में कुछ नहीं करता।' क्या यह सच नहीं है?

आप अपने को बहुत उदार कहते हैं, शादी से पहले बने अनैतिक संबंधों को लेकर आपका दृष्टिकोण स्पष्ट था कि आप उसे बुरा नहीं मानते, लेकिन जब आपको मेरे और उनके संबंधों के विषय में जानकारी हुई तब···?

आप चाहते थे कि वह मेरे दफ्तर भी मुझसे मिलने न आएँ। सोचें, मैं उन्हें कैसे मना कर सकती थी? मेरा निदेशक उनका मित्र है और वह उन्हें बुलाता था कार्यक्रमों के लिए। उसी निदेशक से कहकर उन्होंने मुझे वहाँ एडहॉक रखवाया था और तीन सालों तक लगातार एडहॉक नौकरी करने के बाद 'सैनिक' समाचार-पत्र में छपे विज्ञापन के आधार पर मुझे स्थायी नियुक्ति मिली थी और मैं प्रोग्राम एक्जीक्यूटिव बन गई थी। पैनल में उनका नाम था और हर दूसरे-तीसरे माह उन्हें बुलाने का निर्देश था निदेशक का। मैं निदेशक को यह तो नहीं कह सकती थी कि आपने रोका हुआ है कि मैं उनसे न मिलूँ या वह उनका नाम पैनल से हटा दें। उनके कार्यक्रम की पूरी रूपरेखा मुझे ही बनानी होती थी और ऐसी स्थिति में कैसे हो सकता था कि मैं उनसे न मिलती। आपने कहा कि मैं नौकरी छोड़ दूँ, लेकिन क्या यह उचित होता। इस महानगर में क्या स्वतंत्र लेखन के बल पर आप परिवार का बोझ उठा सकते थे? बच्चों को पब्लिक स्कूल में पढ़ा सकते थे? नौकरी मेरी विवशता थी विपुल और नौकरी के चलते उनसे मिलना भी मेरी विवशता थी और अब तो सबकुछ अतीत बन चुका था। आप पूछते, मैं आपको सबकुछ बताती—उनके और मेरे मध्य बने संबंधों के बारे में, लेकिन उदारता की चादर ताने आप केवल उदारता का दिखावा कर रहे थे। सच यह था कि आप उतने ही रूढ़ियों में धँसे हुए थे, जितना समाज का कोई साधारण आदमी।

एक पुरुष कितने ही अवैध संबंध बनाकर पाक साफ बना रहता है, लेकिन एक स्त्री के संबंध उसे स्वीकार नहीं। यह कैसी विडंबना है? कैसा दोहरा

मापदंड? और आप जैसे लोग मात्र दिखावा करते हैं। समाजसेवा करनेवाले भी ढोंग करते हैं और आप जैसे लोग भी। मुझे लगता है कि इस समाज में एक स्त्री ही है, जो पतियों की ऐसी स्थितियों को स्वीकार करती है, भले ही इसे आप उसकी विवशता कहें, लेकिन कैसी विवशता? जो आर्थिक रूप से आश्रिता हैं, मैं उनकी बात नहीं कर रही, वे तो करती ही हैं, मैं उनकी बात कर रही हूँ, जो आर्थिक रूप से आश्रिता नहीं हैं, आपने ऐसी स्त्रियों के लिए उनके संस्कारों की दुहाई दी थी। यह बात उन सभी पर लागू होती है, जो अपने पतित पतियों को बर्दाश्त करती हैं। जी हाँ, पतित—लेकिन आपका समाज स्त्री को स्वीकार करने को तैयार नहीं।

मैं दूसरे की बात क्यों करूँ? आपने किया। आपने तो स्पष्टतया कहा था कि शादी के पहले बने संबंधों को भूल जाना चाहिए। आप भूले? भूले होते तब शायद आपने यह कदम नहीं उठाया होता। आप एक कमजोर और बुजदिल इनसान हैं, लेकिन मुझे यदि यह आभास होता कि आपने केवल मेरे संबंधों को जानने के लिए 'शादी से पहले के संबंधों' को भूल जाने की बात कही थी, तब शायद मैं भी वही उत्तर देती, जो हर होशियार लड़की देती होगी या जिसे देना चाहिए, लेकिन आप तो कलाकार हैं। आपने कितनी ही बार कहा, 'आप बिल्कुल भिन्न व्यक्ति हैं। कलाकार···एक कलाकार ही अपनी चरित्रहीन पत्नी के शादी से पूर्व नैतिक स्खलन को बर्दाश्त और स्वीकार कर सकता है।' नहीं कहा था? यह आपके ही वाक्य थे, 'इतनी क्षमता है मुझमें।' लेकिन यह सब कहकर आप मेरे अतीत के विषय में अपने श्रोतों से जानकारी प्राप्त करते रहे। आप में क्षमता नहीं थी, विपुल। होती तब मुझसे सीधे मुखातिब होते और मैं आपकी तरह बुजदिल नहीं, बताती और खुलकर सब बताती, लेकिन आप दूसरे पुरुषों जैसे ही निकले।

हमने इतने वर्ष एक साथ जिंदगी जी। दो बच्चे हैं हमारे। भले ही इन बच्चों को दैहिक आवश्यकताओं का परिणाम कहें, जैसा कि आपने एक बार कहा भी था, लेकिन सबकुछ पता कर चुकने के बाद आप मेरे अतीत को भुला नहीं पाए। मैंने कुछ अनुमान लगा लिया था। आप यह बात समझ लें कि एक औरत एक पुरुष से अधिक तीक्ष्ण दृष्टि रखती है। मनोभावों को पहचानने और समझने में पुरुष की अपेक्षा स्त्री में कई गुन अधिक क्षमता है। शायद 'आप ग्रेट हैं' कहने और उससे उपजी आशंका के बाद मेरे बारे में जानकारी प्राप्त कर लेने के बाद आपको मेरा अतीत कचोटने लगा था, लेकिन कलाकार होने का दिखावा भी

आपको करना था, और इतने समय वही करते रहे।

आपको भी पता है कि समाज में अधिकांशतया स्त्री का दैहिक शोषण औचक ही होता है और उनके द्वारा होता है, जिनपर वह सबसे अधिक विश्वास करती है। शायद आपको इस विषय में जानकारी न हो, लेकिन आज वह भी कह देना चाहती हूँ। आप सामने नहीं तो भी कहकर मन हलका हो जाएगा। आपने पूछा होता, तब शायद बहुत पहले हलका हो चुका होता और परिणाम वही होता, जो आज हुआ। खैर।

□

पहली बार मेरे साथ भी ऐसा ही हुआ था। वह मेरे सगे जीजा थे, अब नहीं हैं। नहीं होने से मतलब कि वह अब इस दुनिया में नहीं रहे। शराब की लत ने उन्हें उनकी गति तक पहुँचा दिया। वह मेरे से दो नंबर बड़ी बहन के पति थे—लखनऊ में। हमारे यहाँ, अर्थात् ससुराल आते तब देव प्रतिमा बने रहते। पीना तो दूर, पीने की बात भी नहीं करते थे। बहन को उन्होंने शपथ दिला रखी थी कि वह कभी उनकी इस आदत का जिक्र घर में नहीं करेगी और बहन इतनी सीधी कि उसने कभी नहीं बताया कि हर दिन वह एक बोतल खाली करनेवाले व्यक्ति थे।

जब भी घर आते, सारा घर उनके आगे बिछा रहता। उन दिनों मैं सत्रह वर्ष की थी और इंटरमीडिएट में पढ़ रही थी, जबकि मेरी बड़ी बहन मुझसे पाँच वर्ष बड़ी थीं और वह एम.ए. हिंदी में करके पी-एच.डी. की तैयारी कर रही थीं। मैं जिन जीजा की बात कर रही हूँ, वह मुझसे पंद्रह वर्ष बड़े थे और उन्हें ब्याही बहन मुझसे दस वर्ष। जीजा लखनऊ सेक्रेटरिएट में सीनियर क्लर्क थे। लगभग हर दूसरे महीने वह हमारे यहाँ आते, बहन भी। उनकी शादी को आठ वर्षों से अधिक हो चुके थे, लेकिन संतान नहीं थी।

मेरी इंटरमीडिएट की परीक्षाएँ समाप्त हुईं कि उन्होंने पिताजी को प्रस्ताव किया कि वह मई में मसूरी-देहरादून जाएँगे और मुझे तथा मुझसे बड़ी बहन को साथ भेजने का आग्रह किया। पिताजी स्वयं कभी शहर छोड़कर नहीं गए थे। यात्राओं में उनकी रुचि नहीं थी। उन्हें अपना शहर स्वर्ग लगता था। उनकी इस आदत से हम परेशान रहते थे और ऐसा मानते थे कि पैसे बचाने के लिए वे ऐसा करते थे, लेकिन वास्तविकता यह थी कि सच ही उन्हें अपना शहर दुनिया के हर पर्यटन स्थल से सुंदर लगता था, जबकि वह उत्तर प्रदेश का सबसे खराब शहर था। जीजाजी के प्रस्ताव से हम दोनों बहनें प्रसन्न थीं और पिताजी

को कोई आपत्ति नहीं थी। उस यात्रा के दौरान हम दोनों बहनों को जीजा के वास्तविक रूप के दर्शन हुए थे, तभी पता चला था कि उन्हें हर दिन शराब की एक बोतल चाहिए और बोतल ही नहीं, हर दिन चाहिए थी उन्हें नारी देह। बहुत ही सोची-समझी योजना के तहत वे हम दोनों बहनों को साथ ले गए थे और अलग-अलग दिन और अलग-अलग समय उन्होंने मेरे और मुझसे बड़ी बहन के साथ बलात्कार किया था और अपने उस कृत्य को ऑटोमेटिक कैमरे में कैद किया था। उसके बाद।

मुझसे बड़ी बहन मेरी तरह न थी। उसने धमकी दी थी कि यदि उन्होंने दोबारा कोशिश की, तब उनके चेहरे से उनकी शराफत का नकाब उतार देगी, लेकिन मैं ऐसा न कर सकी थी और इस महानगर में आने से पहले तक, जब तब उनकी हवश का शिकार बनती रही थी। आप कह सकते हैं कि मुझे अपने से बड़ी बहन की तरह बोल्ड होना चाहिए था। नहीं हो सकी। हो सकी होती, तब मैं आपके उदारता प्रदर्शन के समय स्वतः सबकुछ खुलकर बता चुकी होती, यह मेरी सबसे बड़ी चूक थी, लेकिन आपने उनके विषय में भी तो नहीं पूछा, बस इतना ही कहा कि मैं उनसे न मिलूँ या उनके घर न जाऊँ। मैं समझ चुकी थी कि आपको उनके और मेरे विषय में कुछ जानकारी तो हो गई है, स्वाभाविक बात थी। वह भी इसी महानगर में रहते हैं और आपकी भाँति ही कलाकार हैं। आज मैं उनके विषय में भी आपको बता देना चाहती हूँ। आप जानते हैं कि उनकी पत्नी मेरी दूर की रिश्तेदार हैं। मैंने ही उनसे यहाँ नौकरी के लिए कहा था और उनके बुलावे पर उनके यहाँ आ टिकी थी। उन्होंने मेरे लिए नौकरी की व्यवस्था की। मेरे लिए किस-किससे नहीं कहा उन्होंने। एक प्रकाशक के यहाँ कुछ दिन मैंने उनकी सिफारिश पर काम किया, लेकिन काम रुचि का नहीं था और तभी इस नौकरी की बात हुई और मैं एडहॉक पर लग गई। मेरे प्रति उनका आकर्षण मैं समझ रही थी और सच कहूँ तो मैं भी उनके प्रति आकर्षित थी। तीस की हो चुकी थी और देह की अपनी माँग होती है। मेरे और उनके बीच रिश्ते बने, जो आपसे मिलने तक जारी रहे थे, लेकिन उसके बाद नहीं और मुझे पूरा भरोसा था कि आपने जो कहा, उसका अक्षरशः पालन करेंगे। सच ही मेरी दृष्टि में आपका दर्जा बहुत ऊँचा था, लेकिन वह मेरा भ्रम था। आपने इन दोनों बच्चों के विषय में नहीं सोचा। ऐसा ही था, तब इन्हें इस दुनिया में लाए ही क्यों थे? कम-से-कम कहीं जाने से पहले मुझसे बात तो की होती। बच्चों को मैं पाल लूँगी। घर में

आपका आर्थिक योगदान था ही कितना, लेकिन क्या 'मैं जा रहा हूँ। मुझे खोजने की कोशिश न करूँ' लिख देने मात्र से बच्चों को दिलासा दिलाई जा सकती है, जिन्हें यह नहीं पता कि आपके जाने का कारण क्या था और कभी मालूम भी नहीं होगा। बड़े होकर वे भी आपको केवल और केवल बुजदिल ही कहेंगे।

□

क्रांतिकारी

समस्या ज्यों-की-त्यों विद्यमान थी। सात महीने सोचते हुए बीत गए थे, लेकिन न तो शैलजा ही कोई उपाय सोच पाई और न ही शांतनु। ज्यों-ज्यों दिन निकट आते जा रहे थे, शैलजा की चिंता बढ़ती जा रही थी। पेट का बढ़ता आकार तथा घर और दफ्तर के काम, सुबह पाँच बजे से लेकर रात नौ बजे तक की व्यस्तता शैलजा को निढाल कर देती। वह सोचती, यदि घर के कामों में ही किसी का सहयोग मिल जाता तो इतना स्ट्रेस उसे बर्दाश्त न करना पड़ता, लेकिन शांतनु का सुबह-शाम के लिए कोई नौकरानी रख लेने का प्रस्ताव भी उसे स्वीकार नहीं था। नौकरानी के लिए निश्चित समय निर्धारित करना होगा और घर के कामों के लिए किसी प्रकार का बंधन उसे पसंद नहीं।

शांतनु चाहकर भी उसकी मदद नहीं कर पाता। सुबह आठ बजे वह कॉलेज के लिए निकल पड़ता है शैलजा के साथ। शैलजा केंद्रीय सचिवालय के लिए बस पकड़ती है और शांतनु कॉलेज के लिए। कार्यालय से छूटकर शैलजा सीधे घर आ जाती है, लेकिन शांतनु रात नौ-दस से पहले कभी घर नहीं पहुँचता। कॉलेज के बाद कितने ही काम होते हैं उसके पास। कॉलेज की राजनीतिक गतिविधियों में तो वह सक्रिय है ही, विश्वविद्यालय प्राध्यापक संघ से भी संबद्ध है। इसके अतिरिक्त वह 'अग्रिम दस्ता' संस्था का संचालक भी है और इसी नाम से एक त्रैमासिक पत्रिका भी प्रकाशित करता है। संस्था और पत्रिका के लिए कॉलेज के बाद का अधिकांश समय उसका खर्च हो जाता है। कुछ वर्षों में ही उसकी सक्रियता के कारण 'अग्रिम दस्ता' उसके नाम का पर्याय बन चुकी है। उसकी एक खास विचारधारा है और उस विचारधारा के लोगों का उसे भरपूर सहयोग प्राप्त होता रहता है।

जब भी 'अग्रिम दस्ता' की बैठक शांतनु के घर पर होती है, शैलजा का काम बढ़ जाता है। घंटों बैठक चलती है, बहसें होती हैं—इस देश के सर्वहारा की प्रगति

और शोषण-मुक्त समाज की परिकल्पनाओं से लबालब बहसें शांतनु के किराए के लंबे-चौड़े ड्राइंगरूम में गूँजती रहती हैं और शैलजा चेहरे पर शिकन लाए बिना चाय-नाश्ते की व्यवस्था में निमग्न रहती है। उसे खुशी होती है यह सब करके। शांतनु की गतिविधियाँ उसे खिन्न नहीं करतीं और न उसे इस बात का खेद होता है कि शांतनु उसके लिए, घर के लिए बिल्कुल समय नहीं दे पाता। वह यह सोचकर प्रसन्न होती है कि उसका पति जो कुछ कर रहा है, उसके दूरगामी परिणाम अवश्य होंगे और एक दिन इस देश का 'आम आदमी' अपने अधिकारों को पा सकेगा। ऐसा सोचते समय उसे बार-बार लेनिन याद आते हैं और शांतनु लेनिन में परिवर्तित होता देखाई देने लगता है।

तब शैलजा मुग्ध हो उठती है मन-ही मन अपने चुनाव पर, माँ-पिता-भाई छूट गए उसके शांतनु के साथ शादी करने से तो क्या, शांतनु जैसा पति तो उसे मिला और उस दिन यह बात बार-बार उसे आंदोलित कर रही थी। वह किचन में चाय बना रही थी और ड्राइंगरूम में संस्था के सत्ताईस प्रमुख सदस्यों के मध्य शांतनु धीर-गंभीर आवाज में पत्रिका के आगामी अंक की रूपरेखा समझा रहा था।

"माओत्से-तुंग के लेख का अनुवाद तो मैं कर लूँगा और लूशुन की।"

शांतनु को बीच में ही टोककर कोई बोला था, "उसकी चिंता आप न करें, उसे मैं देख लूँगा।"

"समय बहुत कम है और फिरोजशाह रोड की बैठक से पंद्रह दिन पहले पत्रिका प्रकाशित होना आवश्यक।" शांतनु का स्वर था।

"आप निश्चिंत रहें।"

"और लेनिन पर लेख···डॉक्टर परिमल, आपने कुछ किया?"

"तैयार है, टाइप में दे दिया है।"

"परसों तक मिल जाएगा?"

"श्योर, बल्कि कल शाम ही दे दूँगा—कल तो आप कॉफी हाउस में मिलेंगे न?"

"आ जाऊँगा, साढ़े सात के लगभग।"

"बाबा, मेरे पास भगत सिंह का एक आलेख है धर्म और··· ।" विश्वास था।

डॉक्टर विश्वास की बात बीच में ही शांतनु ने काट दी, "ठीक है, दे दीजिएगा। इस अंक में तो जा न पाएगा, अगले अंक के लिए देख लूँगा।"

विश्वास बुझ गया। उसे विश्वास था कि जहाँ इतने लेख जा रहे हैं, वहाँ

भगतसिंह के लेख के लिए भी गुंजाइश निकालनी ही चाहिए, लेकिन वह अधिक जोर नहीं दे सकता; क्योंकि उम्र में ही सबसे छोटा न था, वहाँ वह संस्था का सदस्य बने भी उसे अधिक समय नहीं हुआ था और बाबा, यानी शांतनु का निर्णय ही पत्रिका के विषय में अंतिम होता था।

'अग्रिम दस्ता' संस्था की स्थापना के कुछ दिनों बाद से ही संस्था के सदस्य शांतनु को 'बाबाजी' कहने लगे थे, हालाँकि उसमें ऐसा कुछ था नहीं कि यह नाम उसके साथ जोड़ा जाता, सिवाय इसके कि सैंतीस की उम्र में ही उसके बाल भुट्टे जैसे होने लगे थे और वह फ्रेंच कट या कहा जा सकता है, लेनिन-कट दाढ़ी रखने लगा था। दाढ़ी के बाल अवश्य गंगा-जमुनी थे और दाढ़ी तथा बालों के प्रति वह विशेष सतर्क रहता एवं मोहल्ले के आम सैलूनों में वह दाढ़ी-बाल कभी सेट नहीं करवाता था। इसके लिए महीने में एक बार वह 'कनॉट प्लेस' जाता। वहाँ पैसे अवश्य अधिक खर्च करने पड़ते, लेकिन जब वह सैलून से बाहर निकलता, पूर्णताया संतुष्ट होता। 'बाबाजी' संबोधन के लिए उसके दाढ़ी-बाल तो एक कारण थे ही, दूसरा कारण उसकी कविताएँ थीं। उसकी कविताओं में साथियों को बाबा नागार्जुन की कविताओं जैसे बिंब दिखाई देते और लोगों ने साहित्य में बाबा नागार्जुन के अतिरिक्त एक और 'बाबा' को स्वीकार कर लिया था; हालाँकि यह सब संस्था के सदस्यों तक ही सीमित था, शेष शायद ही किसी ने शांतनु की कविताएँ पढ़ी थीं, लेकिन शांतनु को स्वयं को 'बाबा' कहा जाना अच्छा लगता था, बल्कि उसे बाबा कहा जाए, यह भूमिका कभी उसी ने बनाई थी। वह तब और अधिक प्रसन्न होता जब शैलजा उसे 'बाबा' कहकर पुकारती थी।

उस दिन रात देर बैठक समाप्त होने के बाद जब दोनों बिस्तर पर गए, तब शांतनु के दाढ़ी के बालों पर उँगलियाँ फेरते हुए शैलजा बोली, "बाबा, तुम इन बैठकों में ही व्यस्त रहोगे या आनेवाले के भविष्य के बारे में भी कुछ सोचोगे?"

शांतनु को प्यार आ गया शैलजा पर। करवट ले उसने शैलजा के बेडौल उदर पर हाथ फेरते हुए कहा, "मैं कहीं कितना ही व्यस्त क्यों न रहूँ शैल, एक क्षण के लिए तुम्हारी और इसकी चिंता से मुक्त नहीं रहता। हम कितना सोच चुके हैं, हम दोनों के घर से तो कोई आएगा नहीं।"

"तुम तो कह रहे थे न कि तुम्हारी दीदी, जो विधवा हैं, शायद आ जाएँ।"

"मैंने उन्हें पत्र लिखा था, कल ही उत्तर आया है—सॉरी शैल, तुम्हें बताने का ध्यान नहीं रहा—प्लीज डोंट माइंड।" उसने शैलजा के होंठ चूम लिये, "दीदी ने

लिखवाया है कि वे इसी हफ्ते देवर के साथ कलकत्ता जा रही हैं, देवरानी को भी शायद डिलिवरी होने वाली है और वे देवर से पहले ही वायदा कर चुकी थीं, हम लोगों ने यदि पहले लिखा होता तो शायद…।"

"मैं कब से कह रही हूँ तुमसे।" शिकायती स्वर में शैलजा बोली और उसने भी शांतनु की ओर करवट ले ली।

"मैं समझता हूँ—हमें अब एक आया रखनी ही पड़ेगी।"

"मैं आया रखने के पक्ष में नहीं हूँ—सारे दिन के लिए घर को क्या आया के भरोसे छोड़ा जा सकता है?"

"क्यों नहीं?" ड्राइंगरूम और किचन वगैरह खुला छोड़ दिया करेंगे, बच्चे सहित वह यहाँ रहेगी, दूसरे कमरे को बंद कर दिया करेंगे!"

"नहीं, तुम समझते क्यों नहीं, आजकल नौकर और आया, इन पर विश्वास नहीं किया जा सकता, कब क्या कर गुजरें!"

"फिर बच्चे को क्रेश में डाल दिया करेंगे, तीन महीने का तुम्हें वैसे ही अवकाश मिल जाएगा और तीन महीने की 'मेडिकल लीव' ले लेना, फिर क्रेश—छह महीने का बच्चा तो क्रेश वाले रख ही लेते होंगे?"

"लेकिन मैं क्रेश के चक्कर में भी नहीं पड़ना चाहती।"

"क्यों? कितने ही दंपती ऐसा कर रहे हैं।"

"कर रहे हैं और रो भी रहे हैं।"

"क्यों?"

"सुनते हैं, क्रेश में बच्चों को तरह-तरह की बीमारियाँ हो जाती हैं, सफाई नहीं रहती वहाँ, डायरिया वगैरह आम बात है और यह भी कि वहाँ आया वगैरह बच्चों को अफीम या कोई दूसरी नशीली चीज दे देती हैं, जिससे बच्चा सोता रहे, रो-रोकर परेशान न करे, जो दूध फल माँ-बाप बच्चे के लिए भेजते हैं, उसे वे खा-पी जाती हैं।"

"ओह!" शांतनु के चेहरे पर चिंता की रेखाएँ उभर आईं। कुछ देर बाद वह बोला, "फिर शैल…?"

"मैं नौकरी छोड़ दूँ?" शैलजा ने उसके चेहरे पर नजरें गड़ा दीं।

"कैसी पागलपन की बात कर रही हो, तुम्हें पता तो है, यह नौकरी कितनी मुश्किल से मिली थी तुम्हें…बच्चा बाबू के बँगले के चक्कर लगा-लगाकर जब तलवे घिस गए थे तब। नौकरी छोड़कर क्या तुम इतना बड़ा फ्लैट मेटेंन कर

सकोगी और तब क्या मैं यह सब दुनियादारी कर सकूँगा? 'अग्रिम दस्ता' निकाल सकूँगा? देखती नहीं, इसी के कारण कितने लोग पीछे घूमते रहते हैं! हमें यह कभी नहीं भूलना चाहिए कि आर्थिक स्वतंत्रता हमारी गतिविधियों के लिए, इस आनेवाले के लिए आवश्यक है।"

"मेरे नौकरी छोड़ने की बात पर तुम तो घबरा ही गए—अरे बाबा, मैं नौकरी कभी नहीं छोड़ूँगी—अब तो खुश।" शैलजा ने उसके गाल थपथपा दिए।

शांतनु चुप रहा।

"एक बात आज ही दिमाग में आई है।"

"कहो।"

"मेरी मौसी की लड़की है सुजाता, तुम्हें बताया था न, तुम्हें याद होगा, हमारी शादी के कुछ दिन बाद उसके पिताजी एक एक्सीडेंट में मारे गए थे। सुजाता उस समय एम.ए. (हिंदी) फाइनल में थी। प्रथम श्रेणी आई थी उसकी। माँ-बाप की इकलौती संतान। पति की मृत्यु के बाद मौसी सुजाता के साथ अपने देवर के साथ रह रही हैं। सुजाता मुझसे उम्र में कुछ वर्ष छोटी है और मेरी मौसेरी बहन से अधिक वह मेरी अच्छी फ्रेंड है। पीछे उसका पत्र आया था कि चाचा-चाची का व्यवहार उन लोगों के प्रति ठीक नहीं है। एम.ए. करने के बाद उसे कोई जॉब नहीं मिला ढंग का—डेढ़-दो सौ की स्कूल की प्राइवेट स्कूल मास्टरी छोड़कर। उसे जॉब की सख्त जरूरत है—कम से-कम इतना मिल जाए उसे, जिससे वह अपने साथ-साथ माँ का भी पेट पाल सके, क्यों न फिलहाल उसे बुला लें? जब तक सुजाता को जॉब नहीं मिलती, वह घर सँभालेगी, जैसे ही उसे जॉब मिल जाएगी, मौसी को बुलाया जा सकता है।"

"तुमने पहले क्यों नहीं बताया?"

"तो अभी क्या बिगड़ा है?"

"फिर लिख दो सुजाता को, वह अकेले तुरंत चली आए, जॉब की व्यवस्था हो जाएगी यहाँ, तुम्हारी मौसी जी को बाद में बुला लेंगे।"

"क्या व्यवस्था करोगे उसके लिए?" शैलजा ने पूछ लिया।

"फिलहाल किसी कॉलेज में एडहॉक लगवा दूँगा, बच्चा बाबू और 'हेड ऑफ डिपर्टमेंट' से कहना ही तो पड़ेगा, एक बार और सही। स्साला 'हेड' अपने इतने केंडीडेट इधर-उधर ठूँसता रहता है—मेरे एक केंडीडेट को नहीं रखेगा। उसके विरोध में होने का एक लाभ यह होगा या तो वह सुजाता को कहीं रखेगा या फिर

उसका जुलूस निकलवा दूँगा—'अग्रिम दस्ता' किस दिन काम आएगा!"

"फिर लिख दूँ?"

"लिख दूँ क्या—उठो, अभी लिख दो। सुबह दफ्तर जाते समय डाल देना लेटर बॉक्स में, लिफाफा मेज पर रखा है।"

शैलजा सुजाता को पत्र लिखने लगी और शांतनु करवट लेकर सोने का उपक्रम करने लगा। उस समय रात के ग्यारह चालीस बजे थे और गली में चौकीदर की पहली तेज सीटी के साथ सड़क पर उसका डंडा खट-खट बज उठा था।

□

शांतनु भी उन लाखों दिल्लीवासियों में से एक था, जो नौकरी की तलाश में इस महानगर में आते हैं, वैसे वह पटना के एक गाँव में जनमा और उसने पटना विश्वविद्यालय से एम.ए. तक की शिक्षा प्राप्त की थी। एक भूमिपति भूमिहार के बेटे को नौकरी की आवश्यकता नहीं थी। पिता भी यही चाहते थे कि शांतनु पटना में रहकर कोई व्यापार करे। पूँजी की कमी थी नहीं और शांतनु भी पटना छोड़ना नहीं चाहता था। वहाँ की स्थानीय राजनीति में उसे रस मिलने लगा था और साहित्यिक गतिविधियों में भी वह सक्रिय होने लगा था। पटना और आस-पास के छोटे-बड़े साहित्यकार उसे जानने लगे थे। वह स्वयं किसी व्यापार में पूँजी लगाकर और सत्ता दल से संबद्ध होकर राजनीतिक विलासिता भोगना चाहता था, लेकिन उसका सोचा कहाँ हो सका था!

मधुलिका से उसकी मित्रता उसकी योजनाओं के लिए राहु बन गई थी, हालाँकि मधुलिका को लेकर उसकी नीयत साफ थी और जो कुछ भी मधु के साथ हुआ था, वह उसके अनजाने में ही···प्रेम की अंतिम परिणति सर्वत्र-सदैव जिस रूप में होती है—वही सब हो गया था। लोगों का यह आरोप असत्य था कि मधु जैसी सीधी-सादी गरीब बाप की बेटी को अपने धन-दौलत का सब्जबाग दिखाकर उसने उसका यौन-शोषण किया था। कितना घृणित आरोप था यह, यदि ऐसा ही होता तो वह मधु के समक्ष शादी का प्रस्ताव क्यों रखता! बस एक ही शर्त तो रखी थी, उसने मधु से कि उसके पेट में बढ़ रही दोनों के प्रणय की परिणति से मधु पहले मुक्त हो ले, फिर वह उसके साथ शादी कर लेगा कोर्ट में।

सुनकर बिलखती हुई मधु बोली थी, "अपने ही रूप को नष्ट करना चाहते हो शांतनु! मुझ पर यह तुम्हारा दूसरा जुल्म होगा। प्लीज ऐसा करने के लिए मत कहो, शांतनु।"

"तुम समझने की कोशिश करो मधु, घरवाले यह सब स्वीकार न करेंगे, वैसे ही पिताजी इस शादी को आसानी से नहीं मानेंगे और ऊपर से कोढ़ में खाज यह, मेरी मजबूरी समझने का प्रयास करो, मधु।" शिथिल स्वर में वह बोला था।

"नही, मैं ऐसा नहीं करूँगी, हरगिज नहीं!"

"एक बार सोचो, इस स्थिति में या किसी भी स्थिति में तुम्हारे साथ शादी करने का मतलब है पिताजी से कुछ भी पाने की आशा को त्यागना और तब अपने पैरों पर खड़ा होना ही एक विकल्प होगा, उस स्थिति में दोनों के साथ तीसरे का बोझ, जरा सोचो मधु, बच्चा तो हम व्यवस्थित होकर भी पा लेंगे।" उसने मधु को समझाना चाहा था।

लेकिन मधुलिका चीख उठी थी, "नहीं शांतनु!" पेट पर हाथ रखकर वह बोली थी, "मैं इसे नष्ट नहीं कर सकती, भले ही…।"

शांतनु चुप रहा था।

रात देर जब शांतनु होस्टल पहुँचा, तब पता चला कि पुलिस उसके कमरे के दो चक्कर लगा चुकी थी। क्यों? मधुलिका ने आत्महत्या कर ली थी! सीलिंग फैन से लटककर मरने के पूर्व एक पत्र छोड़ गई थी, जिसमें कहीं उसके नाम का भी उल्लेख था।

सुनकर शांतनु के पैरों के नीचे से जमीन खिसक गई थी। मित्रों ने सलाह दी कि उसे तुरंत कहीं निकल जाना चाहिए। परीक्षाएँ समाप्त हो ही चुकी थीं। शांतनु ने भी निकल जाना ही उचित समझा था। उसे नारायण राय की याद आ गई थी। जेब में इतने रुपए थे कि दिल्ली की यात्रा के अतिरिक्त वहाँ कुछ दिन रहा जा सकता था। कम–से कम तब तक जब तक नारायण राय मिल न जाएँ। नारायण दिल्ली विश्वविद्यालय में पढ़ रहा था और शांतनु का मित्र था।

नारायण विश्वविद्यालय के पी.जी. होस्टल में रहता था। और उसी रात शांतनु दिल्ली के लिए रवाना हो गया था।

दिल्ली में पी.जी. होस्टल पहुँचने में उसे अधिक परेशानी नहीं हुई। नारायण से उसने सबकुछ स्पष्ट बता दिया। सुनकर नारायण मुसकराया, "ऐसे लोगों के लिए यह होस्टल निरापद जगह है गुरु, पुलिस झाँक नहीं सकती यहाँ।"

आश्वस्त हुआ था शांतनु।

"यह वह स्थान है शांतनु, जहाँ पार्षद तक लड़कियों के साथ बलात्कार कर जाते हैं और अखबार इस बात पर चीखते रहते हैं, लेकिन प्रशासन और सत्ता खर्राटे लेते रहते हैं, तुम इसे अभयारण्य समझो और जब तक मैं यहाँ हूँ, ठाट से रहो।"

"लेकिन कब तक यहाँ रहा जा सकता है, आखिर तुम भी तो···"

"मैं अभी जा तो रहा नहीं, सेशन खत्म हो चुका है, फिर भी, वैसे तुम्हें बताऊँ 'होम मिनिस्ट्री' में हिंदी अनुवादक के पद पर मेरा चयन हो चुका है, अगर जल्दी ज्वॉइन करने को मिल गया तो कहीं कमरा ले लूँगा, यदि समय लगा तो यहीं। एम.फिल. के लिए प्रयास करूँगा, इसलिए तुम रहने-खाने-पीने की चिंता से मुक्त रहो।"

और शांतनु निश्चिंत हो दिल्ली की हवा में अपने फेफड़ों को स्वस्थ करने लगा था।

सपर्क-संबंध बनने लगे थे शांतनु के भी। जे.एन.यू. के चक्कर भी वह लगाने लगा था, क्योंकि वहाँ उसके प्रांत के छात्रों की संख्या पर्याप्त थी और वहीं वह एक विशेष विचारधारा वाले युवकों-प्राध्यापकों के संपर्क में आया। कुछ महीने में ही शांतनु ने अपनी जड़ें जमा लीं और उसे अब कुछ ऐसे लोगों के संपर्क की तलाश थी, जो किन्हीं महत्त्वपूर्ण पदों पर हों। घर उसने पिता को लिख दिया था कि वे उसकी चिंता न करें और विश्वविद्यालय से लेकर उसकी मार्क्सशीट भेज दें।

नारायण को 'होम मिनिस्ट्री' ने बुला लिया था। उसने वहाँ ज्वॉइन कर लिया और मॉडल टाउन में एक बरसाती किराए पर लेकर वहाँ शिफ्ट कर गया। शांतनु भी उसके साथ था। शांतनु की पूरी जिम्मेदारी नारायण राय ने ओढ़ रखी थी। उसने जब भी पिता से पैसे मँगाने की बात चलाई, नारायण ने उसे डपट दिया, जब कहीं लग जाना, सूद ब्याज सहित दे देना। व्यर्थ में दिमाग को परेशान करने के बजाय कुछ और सोचो।"

और शांतनु निश्चिंत हो गया था।

□

चार महीने बीत गए। पटना से शांतनु की मार्क्सशीट और कुछ सामान आदि आ गए थे। वहाँ मधुलिका प्रकरण ठंडा करवा दिया था उसके पिता ने पुलिस से मिलकर। नारायण शांतनु के लिए काफी परेशान रहने लगा था। एक दिन उसने शांतनु से कहा, "शाम छह बजे 'आकाशवाणी बस स्टॉप' पर मिल जाना, बच्चा बाबू के यहाँ चलेंगे, वैसे तो वे अपनी जातिवालों की आँख बंद कर सहायता करते हैं, चाहे वह कहीं का भी राजपूत क्यों न हो, लेकिन यदि कोई बिहारी है तो वह चाहे जिस जाति का भी हो, उसकी भी भरपूर मदद वे करते हैं। अपने बिहार के ही तो हैं न वे भी।"

जे.एन.यू. के छात्रों के साथ उठ-बैठकर शांतनु जिस विचारधारा से जुड़ चुका था, उसमें जाति और प्रांतीयता की गुंजाइश न थी, लेकिन इतने दिनों में उसने यह भी अनुभव कर लिया था कि जब तक किसी तोप का सहारा वह न लेगा, बेकारी की जंग जीत न सकेगा।

वह छह बजे नारायण को आकाशवाणी के बस स्टॉप पर मिला। दोनों पंडारा रोड स्थित बच्चा बाबू के बँगले पर पहुँचे। ज्ञात हुआ, बच्चा बाबू रात आठ बजे तक आएँगे। दोनों चहल-कदमी करते रहे। नारायण उसे बच्चा बाबू की विशेषताएँ बताता रहा, उनकी साहित्यिक अभिरुचि पर प्रकाश डालता रहा और यह समझाता रहा कि चूँकि शांतनु कविताओं के साथ-साथ आलोचनात्मक कार्य भी करता है, बच्चा बाबू उससे मिलकर अत्यधिक प्रसन्न होंगे। साहित्य की सीढ़ी चढ़ शांतनु बच्चा बाबू के निकट पहुँच सकता है और बच्चा बाबू यदि चाहें तो उसे प्रधानमंत्री सेक्रेटरिएट तक में कोई महत्त्वपूर्ण पद दिला सकते हैं, किसी कॉलेज में लगवा सकते हैं या कहीं संपादक भी बनवा सकते हैं, क्योंकि बच्चा बाबू पी.एम. के खास और विश्वसनीय अधिकारी हैं।

रात सवा आठ बजे बच्चा बाबू की गाड़ी बँगले में प्रविष्ट हुई। नारायण और शांतनु पहले ही पहुँच चुके थे। बच्चा बाबू के गाड़ी से उतरते ही नारायण ने लपककर उनके पैर छू लिये। शांतनु पर अब तक नारायण द्वारा वर्णित बच्चा बाबू छाए हुए थे। नारायण के हटते ही बिना कुछ सोचे शांतनु भी बच्चा बाबू के पैरों पर झुक गया।

"अधिक प्रतीक्षा तो नहीं करनी पड़ी, नारायण?" गंभीर स्वर में बच्चा बाबू आगे बढ़ते हुए बोले।

"नहीं, सर!" उनके पीछे घिसटते नारायण ने कहा। शांतनु भी साथ घिसट रहा था।

नारायण ने बच्चा बाबू से शांतनु का परिचय करवाया, कविता और आलोचना के क्षेत्र में एक सशक्त हस्ताक्षर के रूप में उसे प्रस्तुत किया तो मधुर स्मिति के साथ बच्चा बाबू बोले, "तब तो शांतनु मेरे बड़े काम के हैं।"

"बस सर, आप इस पर अपनी कृपा दृष्टि बनाए रखें, मेरा अच्छा मित्र है।" नारायण ने हाथ जोड़ दिए थे।

"चिंता न करो, नारायण! बस मिलते-जुलते रहना, तभी कुछ हो सकता है।" बच्चा बाबू अभी भी मुसकरा रहे थे।

और उसके बाद बच्चा बाबू से शांतनु के मिलने का सिलसिला शुरू हो गया था।

एक दिन बच्चा बाबू ने उससे पूछ लिया कि उसे कौन सी नौकरी अधिक पसंद है और शांतनु ने प्राध्यापकी को चुना था। सुनकर कुछ सोचते रहे थे बच्चा बाबू, फिर बोले थे, "विश्वविद्यालय के हेड ऑफ डिपार्टमेंट से बात करूँगा। दस दिन बाद पता कर लेना।"

दस दिन बाद जब शांतनु मिला, वे बोले, "तुम एक काम करो—'मध्य प्रदेश की लोककथाएँ' पर कार्य करके पंद्रह-बीस दिन के अंदर दे दो। पांडुलिपि पर किसी का नाम मत डालना।"

"सर, किस प्रकार?"

शांतनु की बात बीच में ही काट बच्चा बाबू बोले, "यही, 'मध्य प्रदेश' की जितनी भी लोककथाएँ मिलें, उनको एक स्थान पर संकलित कर दो, पांडुलिपि मुझे दे जाना। इस मध्य आशा है, किसी कॉलेज में तुम्हें एडहॉक जगह मिल जाए।"

शांतनु ने पंद्रह दिन दिन-रात एक कर दिए। मध्य प्रदेश सूचना केंद्र से लेकर कितने ही पुस्तकालयों के चक्कर लगाकर उसने लोककथाएँ एकत्र कीं और 'मध्य प्रदेश की लोककथाएँ' पांडुलिपि एक दिन बच्चा बाबू को थमा दी। पांडुलिपि देख बच्चा बाबू उछल पड़े। बोले, "भाग्यवती डिग्री कॉलेज में अठारह तारीख को दो बजे तुम्हारे विषय के लैक्चरर पद के लिए साक्षात्कार है, एक रेगुलर और दो एडहॉक पोस्ट्स हैं। तुम कल जाकर प्रिंसिपल को आवेदन-पत्र दे दो। प्रिंसिपल हैं, वहाँ उदयवीर सिंह, तुम्हारे लिए मेरी बात हो चुकी है और हेड ऑफ डिपार्टमेंट से भी बोल दिया है। इंटरव्यू के लिए तुम्हारा नाम 'इन्क्लूड' हो जाएगा और हो भी जाएगा, फिलहाल एडहॉक—बाद में रेगुलर के लिए देखा जाएगा।"

□

'मध्य प्रदेश की लोककथाएँ' बच्चा बाबू के नाम से एक बड़े प्रकाशक के यहाँ से प्रकाशित हो गई थी और शांतनु 'भाग्यवती डिग्री कॉलेज' में एक साल के लिए तदर्थ नियुक्ति पा गया था और वहीं से उसके जीवन का एक नया अध्याय प्रारंभ हुआ था।

'भाग्यवती' में उसके विषय के जितने भी प्राध्यापक दिन और सांध्य में थे, उनमें से आधे उसकी विचारधारा के थे। उनके साथ-साथ उस विचारधारा के दूसरे कॉलेज के प्राध्यापकों से संपर्क करने का अवसर शांतनु को मिला। कुछ ही दिनों में

संपर्क संबंधों में बदल गया। उनमें से ही एक थे 'रामजस कॉलेज' के डॉ. अश्विनी बाजपेयी। अच्छे गीतकार-आलोचक। शांतनु उन्हें पसंद करने लगा और दोनों में घनिष्ठता स्थापित होने में अधिक समय नहीं लगा। वह उनके घर आने-जाने लगा।

शांतनु ने नारायण के पास ही स्वयं भी एक बरसाती किराए पर ले ली, जहाँ प्राय: डॉ. बाजपेयी आ जाते और दोनों घंटों बातें किया करते। जिस दिन बाजपेयी न आते, शांतनु उनके घर चला जाता। डॉ. बाजपेयी मॉडल टाउन के फेज दो में रहते थे और शांतनु और नारायण फेज-3 में।

डॉ. बाजपेयी की पत्नी भी साहित्य में अभिरुचि रखती थीं और विचारधारा से कट्टर साम्यवादी थीं। वे भी उन दोनों की गप्प-गोष्ठी में शामिल रहतीं। कुछ दिनों बाद इस गोष्ठी में एक सदस्य की और बढ़ोतरी हुई थी। वह थी बाजपेयी की बहन राखी। डॉ. बाजपेयी ने उसके लिए हिंदी की प्रोन्नति के लिए कार्यरत एक सरकारी संस्था में 'टेक्निकल असिस्टेंट' पद के लिए वहाँ के निदेशक से बात की थी और आते ही राखी को वहाँ तदर्थ नियुक्ति मिल गई थी।

राखी ने प्रथम मिलन में ही शांतनु को अपनी ओर आकर्षित कर लिया। शांतनु उसके सौंदर्य का ही प्रशंसक न था, उसकी वक्तृता पर भी मुग्ध था। डॉ. बाजपेयी और उनकी पत्नी सावित्री उन दोनों को पर्याप्त अवसर भी देने लगे थे और उसका लाभ उठाकर राखी शांतनु के यहाँ तक जाने लगी थी। कभी-कभी दोनों कनॉट प्लेस, लोधी गार्डन की ओर निकल जाते। उधर जाने का मन न होता तो इंडिया गेट या प्रगति मैदान में ही बैठे रहते।

कितने ही दिनों तक यह सिलसिला चलता रहा। शांतनु बच्चा बाबू के घर के निरंतर चक्कर लगाता रहा और 'भाग्यवती कॉलेज' में उसके तदर्थ नियुक्ति की अवधि वर्ष दर वर्ष बढ़ती रही। पाँच वर्ष यों ही व्यतीत हो गए। इस मध्य राखी और शांतनु की मित्रता भी प्रगाढ़ से प्रगाढ़तर होती रही। राखी अपने कार्यालय में तदर्थ से स्थायी हो गई थी और प्राध्यापिकी पाने के लिए उसने पी-एच.डी. के लिए मेरठ विश्वविद्यालय से रजिस्ट्रेशन भी करवा लिया था, लेकिन शांतनु अधर में लटका था, इसीलिए वह राखी के समक्ष कोई प्रस्ताव नहीं रख पा रहा था, लेकिन बाजपेयी के घर जाने, गप्प-गोष्ठी करने का क्रम ज्यों-का-त्यों बन रहा। डॉ. बाजपेयी के घर आनेवालों में एक और प्राध्यापक जुड़ गया था—डॉ. सुधांशु।

सुधांशु दिल्ली विश्वविद्यालय के एक डिग्री कॉलेज में हिंदी प्राध्यापक था और विवाहित था। उसका अध्ययन गंभीर था—विशेषकर मार्क्सवादी साहित्य का।

प्राय: उसके तर्कों के समक्ष शांतनु और बाजपेयी को चुप रह जाना पड़ता था। शांतनु उन दिनों राखी में एक परिवर्तन देखने लगा था—राखी सुधांशु के प्रति आकर्षित होने लगी थी और शांतनु के कहीं घूमने जाने के प्रस्ताव को अत्यंत शिष्टता के साथ नकारने लगी थी। शांतनु तब और अधिक अपमानित सा अनुभव करता, जब उसके ही सामने राखी डॉ. सुधांशु के साथ कहीं जाने को तैयार हो जाती, लेकिन वह अभी भी राखी के प्रति अशान्वित था और बाजपेयी के घर जाने का सिलसिला ज्यों का त्यों बनाए हुए था।

और उन्हीं दिनों उसकी मुलाकात शैलजा से हुई थी डॉ. बाजपेयी के घर। शैलजा राखी की सहपाठिनी, लखनऊ में उसकी पड़ोसी और अच्छी मित्र थी। राखी ने ही उसे दिल्ली बुलाया था नौकरी के लिए और शैलजा घरवालों से विद्रोह कर दिल्ली आ गई थी।

शैलजा का गुलाबी सौंदर्य, झील सी आँखें, सामान्य लंबाई और सुगठित शरीर ने यकायक शांतनु को आकर्षित किया था और राखी की उपेक्षा से त्रस्त शांतनु शैलजा की मित्रता का आकांक्षी हो उठा था। डॉ. बाजपेयी तो शैलजा की नौकरी के लिए प्रयत्न कर ही रहे थे, शांतनु भी उसे लेकर बच्चा बाबू से मिल आया था और बच्चा बाबू ने कुछ-न कुछ करने का आश्वासन भी दिया था।

बच्चा बाबू के कहने पर शांतनु 'हिंदी की नई कविता' पर एक आलोचनात्मक पुस्तक तैयार कर उन्हें पांडुलिपि सौंप आया था। यह पांडुलिपि भी बच्चा बाबू के नाम से शीघ्र ही प्रकाशित हो गई थी, लेकिन शांतनु को यह सौदा घाटे का न लगा था, क्योंकि उसके कुछ दिनों बाद ही वह 'भाग्यवती कॉलेज' में बच्चा बाबू की कृपा से स्थायी नियुक्ति पा गया था।

डॉ. बाजपेयी ने अपने 'रिसोर्सेज' का उपयोग कर शैलजा को आकाशवाणी में 'लीव वैकेंसी' पर छह महीने के लिए नियुक्त करवा दिया था। शांतनु अपनी ओर से उसके लिए पृथक प्रयत्न कर ही रहा था। वह प्राय: शैलजा को आकाशवाणी से शाम दफ्तर से छूटने के बाद 'पिक अप' करता और दोनों कनॉट प्लेस के चक्कर लगाते हुए 'मॉडल टाउन' पहुँचते। राखी की मित्रता शुधांशु के साथ प्रगाढ़तर होती जा रही थी और शिक्षण-क्षेत्र में यह चर्चा होने लगी थी कि सुधांशु पत्नी को तलाक देकर राखी के साथ शादी करने का विचार कर रहा है। और शांतनु शैलजा को अपना बनाने का विचार करने लगा था।

एक दिन कनॉट प्लेस में वोल्गा में बैठे हुए उसने शैलजा के समक्ष अपना

प्रस्ताव रख ही दिया। शैलजा पहले से ही ऐसा सोच रही थी। उसने स्वीकृति दे दी। शांतनु ने बाजपेयी से बात की, क्योंकि वही शैलजा के स्थानीय अभिभावक थे और बाजपेयी तथा उनकी पत्नी सावित्री ने इस पर प्रसन्नता ही नहीं व्यक्त की प्रत्युत 'कोर्ट मैरिज' की व्यवस्था भी उन्हीं ने ही की।

शादी के बाद शांतनु ने मॉडल टाउन छोड़ दिया। उसने ग्रीन पार्क में दो कमरे का फ्लैट किराए पर लिया। शादी के कुछ दिन बाद ही बच्चा बाबू की कृपा से शैलजा को होम मिनिस्ट्री में नियुक्ति मिल गई थी। इसमें नारायण ने भी उसकी कुछ मदद की थी, लेकिन ग्रीन पार्क शिफ्ट कर लेने के बाद शांतनु नारायण से कम मिल पाता था। नारायण भी शादी कर गृहस्थी में खप गया था।

अब शांतनु का संपर्क-क्षेत्र और विस्तृत हो गया था। बच्चा बाबू के यहाँ भी उसने जाना कम कर दिया था—साल में कभी एक बार।

शांतनु का सारा समय संस्था, पत्रिका, यूनियन या अन्य कामों में खर्च होने लगा था। शादी के दो-तीन वर्षों तक तो उन दोनों ने सायास बच्चा न होने देने का प्रयत्न किया, फिर दो-तीन साल चाहने पर भी बच्चा नहीं हुआ और अब जब होने वाला था तब शैलजा और शांतनु उसके पालन-पोषण को लेकर चिंतित थे।

शैलजा ने जब पत्र समाप्त किया, तब तक शांतनु खर्राटे लेने लगा था।

□

और एक दिन जब शैलजा दफ्तर से शाम को लौटी, सुजाता को कमरे से बाहर छत को जानेवाले जीने की सीढ़ियों पर बैठी पाया। सुखद आश्चर्य से उसने सुजाता को गले लगा लिया। उसे आशा तो थी कि सुजाता आ जाएगी, लेकिन यह नहीं कि पत्र लिखने के एक सप्ताह के अंदर ही उसके पत्र का उत्तर दिए बिना सुजाता साक्षात् आ उपस्थित होगी।

वर्षों बाद वह मिली थी सुजाता से। सुजाता के चेहरे पर वही सलोनापन दिखा शैलजा को। घंटों वह सुजाता के सुख-दुख और अपने व्यवस्थित होने से लेकर शांतनु के स्वभाव की विशिष्टताओं का वर्णन करती रही। सुजाता ड्राइंगरूम की सजावट निरखती सब सुनती रही थी। कीमती सोफा, फर्श पर महँगी कॉरपेट, रंगीन टी.वी., डाइनिंग टेबल और दीवार पर लटकी मूल्यवान कलाकृतियाँ। एक ओर मार्क्स, लेनिन के साथ मैक्सिम गोर्की और लूशुन के चित्र टँगे थे। उनके बगल में शैलजा और शांतनु का सहचित्र भी लगा हुआ था सुनहरे फ्रेम में। शांतनु का दाहिना हाथ शैलजा के कंधे पर था और शैलजा मुसकरा रही थी। शांतनु मुग्धभाव

से शैलजा की ओर देख रहा था। दूसरी ओर प्रेमचंद और टैगोर लटक रहे थे। दीवार पर बने शेल्फ पर मोटी-मोटी पुस्तकें शीशे से बाहर झाँक रही थीं। एक कोने में कवर से ढका सितार रखा हुआ था।

"सितार का शौक बरकरार है अभी ?" सुजाता ने बात का रुख मोड़ना चाहा।

"कभी-कभी दो-चार महीने में एक बार, व्यस्तता इतनी है कि कुछ हो नहीं पाता, दिल्ली की जिंदगी बस कुछ मत पूछो, तुम आ गई हो, स्वयं देखोगी।"

सुजाता चुप रही।

"बाबा हैं कि एक क्षण के लिए घर के लिए समय नहीं देते और···।"

सुजाता ने शैलजा की बात बीच में ही काट दी, "यह बाबाजी कौन हैं ?"

ठठा पड़ी शैलजा, "अरे शांतनु को 'अग्रिम दास्ता' वाले बाबाजी कहते हैं, तुम तो पहली बार मिलोगी न, वह लगता ही है पूरा बाबा, दिन भर काम में व्यस्त, कभी संस्था के लिए, कभी पत्रिका के लिए, कभी यूनियन के लिए तो कभी किसी व्यक्ति के लिए। न खाने की चिंता, न पहनने की। जो मिल गया, खा-पहन लिया, बड़ा प्यारा इनसान है।"

"आप बहुत चाहती हैं उन्हें।"

"ऑफ कोर्स, है ही वह इस लायक। खाली हाथ दिल्ली आया था वह और तुम देख रही हो, क्या नहीं है आज हमारे पास, अच्छा-खासा नाम है, उसका शिक्षण क्षेत्र के साथ-साथ साहित्य में। तुम खुद ही देख लेना।"

सुजाता कुछ सोचने लगी थी। बोली नहीं।

शैलजा ही बोलती रही—संस्था, पत्रिका और शांतनु के बारे में। उसे यह भी याद नहीं रहा कि सुजाता इतना लंबा सफर तय करके आई है, उसे चाय-नाश्ता देना है। आखिर सुजाता को ही बोलना पड़ा, "शैल, बाथरूम किधर है, फ्रेश होना चाहती हूँ।"

"अरे, मैं भी कितनी बोर हूँ, तुझे बातों में लगा दिया, सामने ही बाथरूम है—तू फ्रेश हो, मैं चाय बनाती हूँ।"

सुजाता उठने लगी तो उसने पूछा, "चाय बनाऊँ या कॉफी ?"

"चाय ही लूँगी।"

सुजाता फ्रेश होकर लौटी तब तक शैलजा चाय बना चुकी थी। चाय पीते समय वह लखनऊ, घर और परिचितों के बारे में पूछती रही। कुछ रिश्तेदारों के बारे में भी। उसे सुनकर दु:ख हुआ कि उसके बड़े भाई के एक और बेटी पैदा हो गई

थी इतने दिनों में और यह कि उसके शांतनु के साथ विवाह करने के बाद से माँ प्राय: बीमार रहने लगी थीं। पिताजी तो जैसे तब थे, वैसे अब भी रहते हैं, अलमस्त।

चाय पीकर उसने सुजाता को अंदर वाला कमरा दिखा दिया, जहाँ वह स्वयं सोती थी। सुजाता अटैची उठाकर कमरे में चली गई और कपड़े बदलने लगी। शैलजा किचन में चली गई।

कपड़े बदलकर सुजाता भी किचिन में चली गई और शैलजा के न-न करने के बावजूद हाथ बँटाने लगी, जब शैलजा ने कहा, "आज तुम आराम कर लो, फिर तुम्हीं को सँभालना होगा कुछ दिन यह सब।" तब सुजाता बोली, "वह तो तुम्हें देखते ही मैं समझ गई थी, फिर आज से ही क्यों नहीं!"

शैलजा समझने का प्रयत्न करती रही कि सुजाता ने व्यंग्य तो नहीं किया।

रात दस बजे के लगभग शांतनु आया। साथ में विश्वास भी था। सुजाता को देखकर शांतनु की आँखें चमत्कृत रह गईं। वह उसे एकटक देखता रहा बहुत देर तक। सुजाता शरमा गई।

विश्वास चाय पीकर चला गया तो शांतनु अंदर कमरे में आया। शैलजा और सुजाता एक ही बेड पर लेटी थीं। हड़बड़ाकर सुजाता उठ बैठी। शांतनु मुसकराने लगा, फिर बोला, "शैल, उठो, खाना खाएँगे···आओ, सुजाता···" और वह ड्राइंगरूम की ओर मुड़ गया।

शांतनु के इस प्रकार के संबोधन से सुजाता के गाल सुर्ख हो गए। उसे लगा, जैसे शांतनु उसे यह एहसास कराना चाहते थे कि वह उसे आज से नहीं पहले से जानते हैं। उसे यह देखकर अटपटा लगा कि शांतनु ने पैंट के ऊपर खादी का कुरता पहन रखा है और वह भी स्लीव के पास दो जगह फट रहा था।

शैलजा के साथ खाने का सामान लेकर जब सुजाता डाइनिंग रूम में पहुँची, शांतनु डाइनिंग टेबल पर डटा हुआ था। खाना खाते समय वह दिन भर के अपने कार्यक्रमों की जानकारी देता रहा और अनेक बार सुजाता को लक्ष्य कर उसने अपनी बात कही। सुजाता लगभग पूरे समय चुप रही थी।

□

सुजाता के आ जाने से शैलजा को राहत मिली थी। शांतनु भी निश्चिंत था, लेकिन उसे सुजाता के लिए जॉब की चिंता सताने लगी थी। शैलजा लगभग प्रतिदिन रात खाने के समय उसे इस बात की याद दिला देती थी। हर दिन उसका एक ही जवाब होता, "आज नहीं जा पाया, कल जरूर जाऊँगा बच्चा बाबू के पास। हेड

से भी बात करूँगा।" एक दिन सुजाता की आँखों में झाँकते हुए उसने पूछा, "क्यों सुजाता, फिलहाल किसी कॉलेज में एडहॉक मिल जाए तो कोई आपत्ति तो नहीं?"

"आपत्ति कैसी, प्राइमरी की टीचरी मिलना वहाँ मुश्किल था और यहाँ···?" सुजाता बोली।

"दरअसल दिल्ली विश्वविद्यालय की यह विशेषता है कि यहाँ पहले एडहॉक ही रहना पड़ता है, कभी-कभी वर्षों और कभी-कभी जिंदगी ही एडहॉक में कट जाती है कुछ लोगों की, यह निर्भर करता है कैंडीडेट की एप्रोच पर और बिना एप्रोच यहाँ कुछ होता नहीं—यू.पी. वगैरह में रिश्वत चलती है तो यहाँ एप्रोच और हिंदी में तो स्थिति यह है कि यहाँ गुट बने हुए हैं, मार्क्सवादी गुट और संघी गुट, वर्षों से कोई संघी गुट का आदमी ही विभागाध्यक्ष होता आ रहा है, अब भी एक ऐसा ही प्रचंड मूर्ख अध्यक्ष है, जो रीतिकाल के अतिरिक्त कुछ नहीं जानता, वैसे वह मेरा विरोधी तो है, लेकिन डरता भी है कहीं अंदर-ही-अंदर, जब भी मिल जाता है, खुद ही नमस्कार करता है।"

सुजाता शांतनु की बातें ध्यान से सुन रही थी। शांतनु को लगा, वह उससे प्रभावित हो रही है। बोला, "तुम चिंता न करो, मैं कुछ भी उठा न रखूँगा। दयाल सिंह में सांध्य के लिए एक एडहॉक और एक रेगुलर वैकेंसी आनेवाली है, तुम भी विज्ञापन पर नजर रखना, मैं भी और तुम भी शैलजा।"

लगभग पंद्रह दिन बाद शांतनु सुजाता को लेकर एक दिन बच्चा बाबू के पास गया। मिलकर बच्चा बाबू ने भी ऐसा प्रदर्शित किया, जैसे वे भी उसे वर्षों से जानते हों। उन्होंने भी उसे आश्वस्त किया कि वे दयालसिंह के लिए पूरा प्रयत्न करेंगे, भले ही पी.एम. से फोन करवाना पड़े और यदि वहाँ काम नहीं बना तो वे अन्यत्र कहीं देखेंगे, लेकिन देखेंगे जरूर और सुजाता को अधिक दिन बेकार नहीं रहना पड़ेगा। बच्चा बाबू को जब शांतनु ने बताया कि सुजाता उन्हीं की जाति की है, तब बच्चा बाबू की आँखें चमक उठी थीं और सुजाता की पीठ पर हाथ फेरते हुए वे बोले थे, "बिल्कुल चिंता मत करो, तुम्हारा काम जरूर होगा, सैकड़ों ऐरे-गैरों को लगवा चुका हूँ, फिर तुम्हारे लिए क्यों न करूँगा।" उसके बाद शांतनु की ओर मुड़कर उन्होंने पूछा था, "आजकल क्या लिखा जा रहा है, शांतनु?"

"कुछ नहीं, सर! पत्रिका के काम में लगा हुआ हूँ।" शांतनु घबरा रहा था कि कहीं कोई विषय इस बार भी न थमा दें बच्चा बाबू। पकड़ा देंगे तो सुजाता के लिए कुछ करना ही होगा, बच्चा बाबू से बड़ा सोर्स उसके पास कोई था नहीं। सुजाता

की समस्या हल हो जाने से उसे अपनी समस्या हल होती नजर आ रही थी। उसके लगते ही सुजाता की माँ के आ जाने की पूरी आशा थी और यही नहीं, अब वह अंदर-ही-अंदर सुजाता के प्रति एक लगाव सा अनुभव करने लगा था, जब वह बेडौल शैलजा को सामने रख सुजाता को देखता, सुजाता के प्रति अजीब आकर्षण अनुभव करने लगता।

बच्चा बाबू केवल मुसकराए थे उस दिन और इतना ही कहा था, "जिस दिन दयाल सिंह की वैकेंसी निकले, उस दिन आकर बता जाना और जब साक्षात्कार के लिए बुलाया जाए उसके एक दिन पहले बता जाना बस।"

वह और सुजाता आश्वस्त होकर लौट पड़े थे।

सुजाता समझ रही थी कि शांतनु उसके लिए जी-तोड़ प्रयत्न कर रहा है। शांतनु उसके लिए अपने कॉलेज के पुस्तकालय से ढेर सारी पुस्तकें ले आया था पढ़ने के लिए। अपनी निजी लाइब्रेरी से तो छूट थी ही, सुजाता जो चाहे पुस्तक निकालकर पढ़े। शैलजा को पूरी तरह कार्यमुक्त कर दिया था सुजाता ने। सुबह जब तक शैलजा उठती, सुजाता सारा काम निबटा चुकी होती। शांतनु और शैलजा के जाने के बाद घर के शेष काम निबटाकर सुजाता कुछ-न कुछ पढ़ने बैठ जाती।

दयालसिंह के लिए वैकेंसी निकल गई थी और शांतनु वहाँ से फार्म लाकर सुजाता से भरवाकर जमा कर आया था। दूसरे दिन वह सुजाता को लेकर फिर बच्चा बाबू से मिलने गया था। लौटते समय शांतनु ने सुजाता से पूछा था कि क्यों न कनॉट प्लेस होकर घर लौटा जाए! सुजाता को कोई आपत्ति न थी। वह उसे वोल्गा ले गया था और वहाँ साढ़े नौ बजे रात तक बैठा रहा था। वह सुजाता को समझाता रहा था कि भाषा पर उसकी पकड़ मजबूत है और उसे कविता-कहानी, जो भी वह लिख सकती है, अवश्य लिखना प्रारंभ कर देना चाहिए।"

"मैं और कविता-कहानी, आप क्यों मेरा उपहास कर रहे हैं?" सुजाता खिलखिला उठी थी।

अपनी स्वाभाविक गंभीर मुद्रा में शांतनु बोला, "ऐसा मत कहो, मैं कभी किसी का उपहास नहीं उड़ाता, तुम मेरी बात को सीरियसली लो सुजाता।"

सुजाता सोचने लगी कि शांतनु ने अवश्य उसमें कुछ ऐसा देखा होगा, तभी तो कहा! वैसे भी शांतनु उतनी ही बात कहते हैं, जितनी आवश्यक होती है, यह वह जब से आई थी, देख रही थी।

कनॉट प्लेस से लौटते समय शांतनु ने थ्री ह्वीलर लिया और सुजाता से सटकर

बैठा था। रास्ते भर सुजाता की काया का रह-रहकर स्पर्श उसे मिलता रहा था और उसके अंदर बेचैनी उभरती रही थी।

दूसरे दिन सुजाता ने एक छोटी सी कविता लिखी थी। रात खाने के समय उसने शांतनु को दिखाई। पढ़कर वह उछल पड़ा। शैलजा ने उसे शांतनु के हाथ से झटक लिया और उसने भी शिथिल स्वर में कविता की प्रशंसा की। उसकी प्रशंसा की ओर ध्यान न देकर शांतनु बोला, "क्या खूब विचार हैं, गजब के क्रांतिकारी! मैं इस कविता को 'अग्रिम दस्ता' के लेटेस्ट अंक में छापूँगा।"

"ऐसा तो नहीं है।" सुजाता ने कहना चाहा था, लेकिन उसे बीच में ही टोककर शैलजा बोली थी, "बाबा झूठ थोड़े ही बोलेंगे।"

"अच्छा बाबा···" सुजाता खिलखिला उठी थी।

"बहुत नटखट हो तुम।" सुजाता की आँखों में झाँकते हुए शांतनु बोला था और उठकर अपना कविता-संग्रह 'क्रांति होकर रहेगी' शेल्फ से निकालकर सुजाता के सामने रख दिया था।

"वाह साहब तो यह भी एक उपलब्धि है आपकी, पहले क्यों नहीं बताया था?" सुजाता की आँखें चमत्कृत थीं।

"हर समय, हर बात नहीं बताई जाती, सुजाता, इसे गंभीरतापूर्वक पढ़ना, फिर बताना कैसी लगीं।"

डाइनिंग टेबल पर वही दोनों बचे थे। शैलजा उठकर आराम करने चली गई थी। देर रात तक शांतनु सुजाता को कविता और उसकी क्षमता, शब्द-शक्ति और बिंब विधान आदि के बारे में बताता रहा था और यह भी कि आज ऐसी रचनाओं की आवश्यकता है, जो सर्वहारा को आंदोलित कर सकें, उन्हें क्रांति के लिए सन्नद्ध कर सकें। बिना क्रांति के शोषण-मुक्त समाज की कल्पना रेत-महल की भाँति है।"

शांतनु ने देखा था कि सुजाता उसकी बातों से प्रभावित हुई थी।

दूसरे दिन शाम चार बजे ही शांतनु घर आ गया। सुजता उसका कविता-संग्रह पढ़ रही थी उस समय। शांतनु को अच्छा लगा, लेकिन उसने कोई प्रतिक्रिया व्यक्त नहीं की। सोफे पर धँसते ही बोला, "एक कप चाय पिला दो सुजाता, थक गया हूँ।"

सुजाता चाय बना लाई तो कप लेते हुए शांतनु ने उसकी आँखों में झाँकते हुए पूछा, "कैसा लगा कविता-संग्रह?"

सुजाता भी चाय लेकर सामने सोफे पर बैठ गई और बोली, "केवल दो

रह गई हैं पढ़ने को, बस ऐसा लगता रहा कि जल्दी ही क्रांति होकर रहेगी, क्या कविताएँ लिखी हैं आपने?"

"अवश्य होकर रहेगी क्रांति, अगर तुमने चाहा तो!" मन-ही-मन खुश होते हुए ऊपर से गंभीरता ओढ़े शांतनु बोला।

"क्या मतलब?" सुजाता चौंकी।

"मतलब यह," गरम-गरम चाय जल्दी से घुटककर कप तिपाई पर रख सुजाता की उँगलियाँ छूकर वह बोला, "इनके सहयोग की जरूरत है, यानी तुम्हारी लेखनी अब निरंतर चलती रहनी चाहिए, फिर देखना।"

"ओह!" सुजाता ने लंबी साँस ली और अंतिम घूँट लेकर कप रख दिया। शांतनु उठकर उसके बगल में आ बैठा, फिर सुजाता का दाहिना हाथ अपने हाथ में ले बोला, "तुम्हें अपने को पहचानना चाहिए, सुजाता! मैं तो शैल से भी कहता रहा, शुरू में तो उसने कुछ उत्साह दिखाया भी, लेकिन बाद में घर-दफ्तर में अपने को खपा दिया। अरे, अपनी प्रतिभा को मारने के बजाय उसे विकसित करना चाहिए और मैं देखता हूँ तुममें प्रतिभा है।"

सुजाता ने हाथ खींच लिया और वक्र दृष्टि से शांतनु को निहारती रही। उसके इस प्रकार देखने से शांतनु अपने अंदर भूचाल सा उठता महसूस करने लगा। उसे सुजाता की गोल-गुलाबी मुखाकृति, स्निग्ध त्वचायुक्त सुगठित शरीर और बड़ी-बड़ी मोहक आँखें आकर्षित करने लगीं। उसने लपककर उसे चूम लिया। सुजाता विद्युत् गति से उठकर दूसरे सोफे पर जा बैठी और बोली, "आने दो शैल को…।" उस क्षण उसके गाल सुर्ख हो रहे थे।

शांतनु ने उठना चाहा, तभी घंटी घनघना उठी। सुजाता ने दरवाजा खोला—शैलजा थी। सुजाता और शांतनु, दोनों ही उसकी सेवा में व्यस्त हो गए थे।

□

डॉक्टर ने शैलजा को कमजोरी बताई थी और दस दिन आराम करने की सलाह दी थी। शैलजा का केवल एक माह बचा था और वह केवल एक सप्ताह पूर्व मैटरनिटी लीव लेना चाहती थी। दस दिन के लिए उसने 'मेडिकल लीव' अप्लाई कर दी।

सुजाता पूरी तरह उसकी सेवा में व्यस्त रहने लगी। शांतनु उसके लिए दो बार और बच्चा बाबू से मिल आया था और हेड से मिलकर तय कर लिया था कि सुजाता को दयालसिंह में रख देने पर शांतनु और उसके साथी 'भाग्यवती कॉलेज'

में होने वाली आगामी नियुक्ति में हेड के कैंडीडेट का विरोध नहीं करेंगे।

लेकिन एक दिन शांतनु ने रात खाने के समय बताया, दयालसिंह में पहले से ही रेगुलर और 'लीव वैकेंसी' के 'अगेंस्ट' लोग काम कर रहे हैं और संघी धड़े वाले एड़ी-चोटी का जोर लगा रहे हैं उनको नियुक्ति दिलाने के लिए। सुजाता का विरोध तो अवश्य होगा, क्योंकि यह मेरे यहाँ रहती है। यह बात भी हो रही है कि मैं सुजाता के लिए हेड को पटा रहा हूँ।"

"फिर'''?" सुजाता का चेहरा उदास हो गया था।

"तुम इतने से ही घबरा गईं! अरे, इन अंधियों-संघियों से निबटना आता है मुझे, तुम चिंता क्यों करती हो?"

सुजाता कुछ नहीं बोली। शायद वह पूरी तरह आश्वस्त नहीं हो पा रही थी।

"और तुम्हारे क्या हाल हैं, मैडम?" शांतनु ने पत्नी से पूछा।

"सोचती हूँ, अभी से अप्लाई कर दूँ छुट्टी, हिम्मत नहीं पड़ती दफ्तर जाने की।"

शांतनु कुछ सोचने लगा, फिर बोला, "और तो कोई उपाय नहीं है, कर दो।" फिर उसने सुजाता की ओर देखा।

"सुजाता, ऐसा करते हैं, कल चलकर एक बार फिर बच्चा बाबू से मिल लेते हैं, शायद जल्दी ही इंटरव्यू होनेवाले हैं।"

"चलिए।" बुझे स्वर में बोली सुजाता।

दूसरे दिन शांतनु सुजाता को लेकर बच्चा बाबू के यहाँ गया, लेकिन ज्ञात हुआ कि वे पी.एम. के साथ हैदराबाद के दौरे पर गए हैं, दो दिन बाद लौटेंगे। वहाँ से दोनों कनॉट प्लेस चले गए और वोल्गा में कुछ देर बैठकर लौटे।

शैलजा ने छुट्टियों की एप्लीकेशन भेज दी और अब वह दिन गिनने लगी थी। उसे इस बात में कोई रुचि नहीं रही थी कि सुजाता की नौकरी का क्या हो रहा है। और शांतनु कब-कहाँ आता-जाता है। वह या तो दिन भर लेटी रहती या आनेवाले शिशु के लिए कपड़े-कच्छी या स्वेटर तैयार करती रहती। नवंबर शुरू हो गया था और डॉक्टर द्वारा दी गई तारीख के अनुसार दस दिन शेष थे। प्रथम प्रसव के कारण वह जितना आतंकित थी, उससे कहीं अधिक प्रसन्न थी। वह जिस चीज की इच्छा व्यक्त करती, सुजाता तुरंत उसके लिए तैयार करके देती। अस्पताल के लिए किन-किन चीजों की जरूरत होगी, शैलजा के निर्देश पर सुजाता उन्हें व्यवस्थित करके एक ओर सँभालकर रखती जा रही थी।

और उसी में शेष दिन भी बीत गए।

□

जिस दिन दोपहर की डाक से सुजाता को दयाल सिंह कॉलेज से इंटरव्यू लेटर मिला, उसके कुछ देर बाद ही शैलजा को प्रसव-पीड़ा प्रारंभ हो गई। सुबह ही शैलजा ने शांतनु को तबीयत अजीब होने की आशंका व्यक्त कर सीधे घर आ जाने के लिए कह दिया था। शैलजा कराहने लगी तो सुजाता घबड़ा उठी। वह बार-बार दरवाजे पर जाकर शांतनु को देखने लगी। साढ़े तीन बजे के लगभग शांतनु आया। सुनकर वह टैक्सी लेने दौड़ा। सुजाता भी शैलजा के साथ ऑल इंडिया इंस्टीट्यूट गई। शैलजा को एडमिट कराकर दोनों बाहर बेंच पर बैठ गए। शैलजा की प्रसव-पीड़ा बढ़ गई थी और शांतनु का चेहरा सूख सा रहा था।

"आप कुछ अधिक ही परेशान हैं।" सुजाता ने छेड़ा उसे।

"नहीं, ऐसा तो नहीं है।" शांतनु ने मुस्कराने की कोशिश की।

"आज बुलावा आ गया है।"

"कैसा बुलावा?"

"नहीं समझे! क्यों बुद्धू बन रहे हैं!" झिड़का था सुजाता ने, "आज दोपहर इंटरव्यू लेटर आ गया है।"

"मुबारक हो।"

"फिर कब चलेंगे बच्चा बाबू के यहाँ? उन्हें बताना होगा न!"

"कब है इंटरव्यू?"

"तीस की दोपहर दो बजे।"

"अभी कई दिन हैं। कल या परसों शाम चलेंगे, आज रात तक शायद शैल का रिजल्ट···।"

"रात नहीं तो सुबह तक तो निश्चित ही आ जाएगा।" सुजाता मुसकरा दी तो शांतनु ने उसके गाल पर चिकोटी काट ली।

'सी' कर सुजाता थोड़ा खिसक गई।

रात दस बजे के लगभग नर्स ने कहा, "आप लोग कल सुबह आएँ। अभी उसे वक्त लगेगा और डॉक्टर ने किसी को भी न रुकने के लिए कहा है।"

शांतनु और सुजाता उठ खड़े हुए। बाहर सड़क पर आकर शांतनु ने थ्री व्हीलर लिया। आज पुनः सुजाता के शरीर का स्पर्श उसे सुखकर लग रहा था और उसे बेचैन कर रहा था।

घर पहुँचकर कपड़े बदल, वह बेड पर लेट गया और बोला, "सुजता, मेरी तो इच्छा है नहीं कुछ खाने की। तुम चाहो तो अपने लिए कुछ बन लो।"

"बनाना क्या, सुबह का बना फ्रिज में रखा है, लेकिन इच्छा तो मेरी भी नहीं है...।"

"फिर कुछ देर बातें करते हैं। तुम चाहो तो कपड़े बदल लो। इजी हो जाओ। फिर..." सुजाता की आँखों में झाँकते हुए वह बोला।

सुजाता दूसरे कमरे में चली गई और गाउन पहनकर सोफे पर आ बैठी।

"वहाँ क्यों बैठ गईं! इधर आ जाओ। कंबल पैरों पर डाल लो।"

सुजाता बेड पर बैठ गई शांतनु के दूसरी ओर। शांतनु की नजरें उसके चेहरे पर गड़ी थीं। अचकचाकर सुजाता ने पूछ लिया, "ऐसे क्या देख रहे हैं?"

"बस ऐसे ही।" शांतनु का मन हुआ, उसे दबोच ले बाज की तरह; लेकिन वैसा न कर पूछा, "कोई और कविता लिखी?"

"कविता नहीं, इस समय इंटरव्यू की बात कीजिए।"

"अरे, उसकी चिंता तुम क्यों कर रही हो! तुम्हारा सेलेक्शन श्योर है! आज मैं प्रॉमिस लेकर आया था हेड से।"

"सच!"

"तो तुम क्या समझती हो, मुझे तुम्हारी बिल्कुल ही चिंता नहीं! अब इस विषय को मुल्तवी करो कल तक के लिए। कल या परसों हम चलेंगे ही बच्चा बाबू के यहाँ।"

"जैसा आप चाहें; मुल्तवी कर देती हूँ।"

"अब हम कविता की बात क्यों न करें! तुम्हारी कविता, तुम्हारे क्रांतिकारी विचार..." सुजाता का हाथ अपने हाथ में थाम बोला शांतनु।

"और आप अपने कविता-संग्रह की बात क्यों नहीं करते! बहुत कुछ तो मैंने आपसे सीखा है!" हाथ ढीला छोड़ वक्र दृष्टि उसपर डाल सुजाता बोली।

"और भी बहुत कुछ सिखा दूँगा तुम्हें, सुजाता।" शांतनु सुजाता को अपनी ओर खींचकर बोला, "सच सुजाता, कविता की तरह तुम भी मुझपर छा गई हो! क्यों न हम आज एक नई कविता गढ़ें और क्रांति होकर ही रहे।"

सुजाता न-न तो कर रही थी, लेकिन उसके विरोध में शक्ति न थी। शांतनु उसके विरोध को उसकी स्वीकृति समझ रहा था। उसके हाथ क्रांति की जमीन तैयार करने में व्यस्त हो गए थे। सुजाता लगातार अपने पर उसका दबाव महसूस करती

जा रही थी और क्षण भर बाद सुजाता की चीख के साथ शांतनु की क्रांति शुरू हो गई थी।

उस समय 'अखिल भारतीय आयुर्विज्ञान संस्थान' में शैलजा प्रसव की मर्मांतक पीड़ा से छटपटा रही थी।

□

खाकी वर्दी

आपके यहाँ आने का कारण मैं समझ रहा हूँ। आप यकीन करें, मैं वह सब बताऊँगा, जो उस रात घटित हुआ था।

आप यह क्यों सोच रहे हैं कि मैं धमकियों से डर जाऊँगा। धमकियाँ तो लगातार मिल ही रही हैं मुँह न खोलने के लिए। उनके आदमी कई बार आ चुके हैं। क्षेत्र के कई रसूखदार लोगों को भी भेजा गया, लेकिन मैं चुप नहीं रहूँगा। रहूँ भी क्यों—किसके लिए? अब बचा ही क्या है?

मैं जानता हूँ—आप लोगों के खिलाफ भी उनकी खतरनाक मुहिम प्रारंभ हो गई है। इसका कारण है। वे आपके लिखे शब्दों से घबड़ाते हैं। वे सदैव सच से घबड़ाते हैं और सदैव उनकी यही कोशिश रहती है कि जनता तक सच न पहुँचे। आप लोगों ने अब तक जो लिखा, वह सच था। आंदोलनकारियों के साथ उस दिन की उनकी नृशंसता को जिस तथ्यात्मकता के साथ आप लोगों ने प्रस्तुत किया, उससे उनका बौखलाना स्वाभाविक है।

मैं आपकी बात मानता हूँ। कुछ बातें छूट ही जाती हैं। लोग भी तो सहयोग नहीं करते। सबकुछ बताने से कतराते हैं। वे व्यर्थ में उलझना नहीं चाहते और जब बात गाँव के लोगों की हो तो स्थिति का अंदाजा लगाया जा सकता है, लेकिन गाँववालों ने फिर भी बहुत कुछ बताया—जितना वे जान सके थे, लेकिन स्थितियाँ तो धीरे-धीरे ही साफ होती हैं। गाँववाले जितना देख-समझ सके थे, आप लोगों को बता दिया। क्रूरता के शिकार लोगों को भी तो उस आपाधापी में स्थिति की सही तसवीर समझ न आई थी, इसीलिए प्रारंभ में आप लोगों ने केवल तीन मौतें दर्ज की थीं।

हाँ, अब वह संख्या दस-बारह गुना अधिक है। हो सकता है तीस-चालीस गुना हो या साठ-सत्तर गुना, लेकिन प्रशासन आज भी चीख-चीखकर पाँच से

अधिक मौतें स्वीकार करने के लिए तैयार नहीं है। उन पाँचों के लिए भी भीड़ को ही जिम्मेदार ठहरा रहा है।

अच्छा, वे आपके सहयोगी हैं, जिन्होंने एक सप्ताह की खोज के बाद यह तय पाया कि पाँच नहीं, गोली का शिकार अड़तालीस लोग हुए थे? लेकिन लाशों का क्या हुआ?

जला दी गईं, वे कुछ भी कर सकतें। इतिहास गवाह है। बर्बर सदैव अपने विरोधियों की लाशों पर चलकर ही गद्दी तक पहुँचते रहे। पेंतालीस लोगों की लाशों को ट्रकों पर लादकर, जंगल में पेट्रोल डाल जला देना उनके लिए कोई बड़ी बात नहीं थी। उन्होंने यही किया होगा।

मेरी आँखों में आँसू! यह तो अंदर की पीड़ा है—तड़पती आत्मा की व्यथा। आप स्वयं सोच सकते हैं, जिसके जवान बेटे को उसके पिता के सामने मार दिया जाए, उस पिता पर क्या बीती होगी, लेकिन क्या करूँ? इस बूढ़े शरीर में इतनी ताकत भी नहीं कि उस भीड़ का अंग बन सकूँ, जो अपने जायज हक के लिए आंदोलन कर रही है। दिमाग भी अस्थिर है। युवकों को सलाह भी नहीं दे सकता और देना भी चाहूँ तो किसे दूँ! सैकड़ों किलोमीटर दूर बैठे इस बूढ़े की सलाह उन तक पहुँच भी तो नहीं सकती।

हाँ, वही एकमात्र पुत्र था। एक पुत्री भी थी, जिसका विवाह तीन वर्ष पहले मैंने इसी शहर के अशोक नगर में किया था।

नहीं, अब वह भी जीवित नहीं है। घर में अब मैं अकेला बचा हूँ।

आप यह सब भी लिखना चाहते हैं? लिखें। मैं सब बताने को तैयार हूँ, लेकिन मुझे नहीं लगता उससे कुछ बात बनेगी।

आप ऐसा न सोचें। मुझे आप लोगों की कलम की ताकत पर भरोसा है, लेकिन मेरी दास्तान की पुनरावृत्ति नहीं होगी, ऐसा मैं नहीं मानता। मेरी दास्तान पढ़कर किसी अन्य पिता का निर्दोष बेटा उनके खूनी शिकंजों से बच जाएगा—मुझे संदेह है। आप सब तो प्रखर बुद्धि के धनी हैं, जानते होंगे कि जब भेड़िए के मुँह खून लग जाता है, तब वह किसी की परवाह नहीं करता।

मैं आपके उसी प्रश्न का उत्तर देने जा रहा हूँ। दरअसल बूढ़ा हूँ न, बहक जाता हूँ। आप अन्यथा न लें और चाहें तो इस बूढ़े की उन बातों को, जिन्हें अनावश्यक समझें काट दें। आप स्वयं मेरे अंदर उमड़ रहे तूफान का अंदाजा लगा सकते हैं। जिस पिता की दो संतानें उससे छीन ली जाएँ, उसके अंदर धधकती आग भला कैसे

शांत हो सकती है ? तीन वर्षों में खाकी वर्दियों से लेकर जजों-वकीलों तक सैकड़ों चक्कर लगाकर कई जोड़ी जूते घिस चुका, लेकिन कोई भी यह स्वीकार करने को तैयार नहीं है कि मेरी बेटी ने आत्महत्या नहीं की थी, बल्कि दहेज के लिए उसकी ससुराल वालों ने हत्या करके उसकी लाश सीलिंग फैन से लटका दी थी।

जी हाँ, आप ठीक याद कर रहे हैं। संध्या मेरी बेटी थी।

नहीं, आप लोगों से मुझे कोई शिकायत नहीं। जितना अधिक आप मेरी पुत्री की हत्या के विषय में लिख सकते थे, लिखा था, लेकिन जब पुलिस इंस्पेक्टर से लेकर ऊपर के अधिकारियों तक मोटी रकमें पहुँचा दी गई थीं बेटी के ससुरालवालों की ओर से तब केस कैसे बनता ?

आपकी बात से असहमति का प्रश्न नहीं है। मैंने भी चाहा था कि बेटी को वापस बुला लूँ, क्योंकि अपनी हैसियत के अनुसार मैं जितना दे सकता था, दे चुका था। साधारण नौकरी-पेशा व्यक्ति दे ही कितन सकता है! लेकिन उनकी माँगें बढ़ती गईं थीं। पहले सामान के रूप में, फिर नकद। कहाँ से देता! पत्नी बीमार थी और बेटा उन दिनों बी.एस-सी. कर रहा था।

यहाँ के किसी कॉलेज से नहीं—वह तब भी उसी शहर में था, जिसे आप आंदोलन, जो आज चल रहा है, का जनक कहेंगे और मैंने उसी शहर से अवकाश ग्रहण किया था। नौकरी के अंतिम पाँच वर्ष मैं उसी शहर में रहा था। मैं वहाँ रक्षा मंत्रालय के अनुसंधान एवं विकास विभाग में वैज्ञानिक था।

जी हाँ, बेटी ने भी उसी शहर से एम.एस-सी. की थी। चार वर्ष पहले अवकाश ग्रहण कर मैं कानपुर आ गया।

प्रदूषित शहर तो है यह, बेहद प्रदूषित, लेकिन अपने शहर का मोह कुछ अलग ही होता है।

बताया न आपको कि तीन वर्ष पहले संध्या की शादी की थी। उसमें अपनी जमा-पूँजी का अधिकांश खर्च किया था। बाद में भी उसके ससुराल वालों की माँगें पूरी करता ही रहा। पत्नी उस शहर से ही बीमार आई थी। बीमारी बढ़ती गई उसकी और संध्या की मृत्यु के सदमे ने उसकी आयु पर विराम-चिह्न लगा दिया। छह महीने भी न जी सकी। हम बाप-बेटा बचे और अब—

आप इतनी देर से मुझे बरदाश्त कर रहे हैं। आप समझदार ही नहीं, धैर्यवान पत्रकार हैं। मैं तो चाहता हूँ कि पीड़ाओं का जहर पी जाऊँ, लेकिन शंकर नहीं हूँ न! आँसुओं से आप व्यवधान अनुभव कर रहे होंगे। मैं रोकने की भरसक कोशिश

करता हूँ, लेकिन बूढ़ा हूँ, रोक नहीं पाता।

आपने बेटे का नाम पूछा था। क्षणांश के लिए अस्थिर-मस्तिष्क हो गया था। उसका नाम संजय था—संजय सिंह, जब उस शहर में आंदोलन तेज होना शुरू हुआ और कॉलेज बंद हो गए तो संजय ने वहाँ रुकना व्यर्थ समझा और कानपुर आ गया।

ट्रेन से नहीं—बस से आया था। रात चलकर सुबह। रास्ते में किसी प्रकार की परेशानी न हुई थी। आया तो घटनाओं को लेकर उत्तेजित भी था और उदास भी, लेकिन अपने विषय में उसने कुछ नहीं बताया था।

देखिए, कॉलेज में था वह—एम.एस-सी. फाइनल था इस वर्ष। पढ़ने में होशियार था और सांस्कृतिक गतिविधियों में सदैव उसकी अग्रणी भूमिका रहती थी। मैं इस बात से इनकार नहीं कर सकता कि शहर-कॉलेज के छात्र-नेताओं से उसका परिचय न रहा होगा। अपने कॉलेज के प्रतिभाशाली छात्रों में था वह और अभिनय-अभिमुख होने के कारण उसकी अलग पहचान भी थी। अपने पत्रों में प्राय: वह अभिनय और वाद-विवाद प्रतियोगिताओं के विषय में लिखता था। आप देखना चाहें तो वे पत्र मैं दिखा सकता हूँ। अधिकांश सुरक्षित हैं।

पत्र व्यक्ति के जीवित-प्रमाण होते हैं और आपका यह अनुमान कि पत्रों को देख मैं अतीत में डूब सकता हूँ और अटूट अभी तक जो कुछ भी बताता आ रहा हूँ, आगे न बता पाऊँगा—ठीक हो सकता है और यहाँ आने का आपका उद्देश्य व्यर्थ नहीं जाना चाहिए। मैं आपकी सलाह मान लेता हूँ, पत्र नहीं लाऊँगा। आपको मेरी बातों पर विश्वास है तो आप विश्वास करें, मैं कोई भी सूचना गढ़कर नहीं दूँगा। जैसा कि आपने पूछा, उसके किसी भी पत्र में वहाँ की राजनीतिक स्थिति की सूचना नहीं थी। प्राय: वह पढ़ाई और अपनी सांस्कृतिक गतिविधियों की ही चर्चा करता था।

आपका प्रश्न विचारणीय है कि कॉलेज और बाहर सांस्कृतिक गतिविधियों में सक्रिय रहने वाला युवक उस सबसे निरपेक्ष कैसे रह सका? लेकिन साहब, वह था ही कुछ अलग किस्म का लड़का। स्वभाव से सरल और सहज। प्राय: उसे गुस्सा नहीं आता था। पढ़ने में डूबा रहनेवाला जीव था। साहित्य में भी उसकी रुचि थी और आप यकीन करें, साहित्य में मेरी रुचि होने के बावजूद इस आयु तक साहित्य की, जो महत्त्वपूर्ण पुस्तकें पढ़ने से मैं वंचित रहा, उसने वे खोज-खोजकर पढ़ डाली थीं। एक मायने में वह जहीन था—अप्रतिम प्रतिभावान।

आपकी बात सही हो सकती है कि बेटा होने के कारण मैं ऐसा कह रहा हूँ, लेकिन आपने ही तो उसकी मृत्यु के दूसरे दिन लिखा था उसकी प्रतिभा के विषय में। पता नहीं यह सूचना आप तक कैसे पहुँची कि अपने निजी साधनों से वह कुछ अनुसंधान भी कर रहा था, जिसे उसने गुप्त रखा हुआ था और एम.एस-सी. की पढ़ाई खत्म करते-करते उसके संपन्न होने की उसे आशा थी। एक पत्र में उसने मुझे लिखा था कि वह मुझे ही नहीं, देश को एक 'सरप्राइज' देना चाहता है। मैं तब तक संध्या के हादसे और पत्नी की मृत्यु से उबर न पाया था, लेकिन संजय के उस पत्र ने मुझे उबरने में मदद की थी। मन में छाए कोहरे को हटाने की कोशिश में जुट गया था मैं। एक बड़े वैज्ञानिक का पिता होने का स्वप्न पालता मैं जीने की कोशिश करने लगा था, लेकिन उस स्वप्न को बड़ी निर्ममता से कुचल दिया उन दरिंदों ने।

भाई साहब, आप मुझे खुलकर रो लेने दीजिए, वरना आगे कुछ भी बता पाना मेरे लिए कठिन हो जाएगा।

अब तो जीवन का प्रतिपल यातनादायक लगने लगा है। यहाँ मेरे बाद वह यातना सहनेवाला कोई न होगा, लेकिन आप उनकी सोचिए—उस दिन के उन अड़तालीस लोगों की! जाहिर है, उनमें अधिकांश युवक थे या उससे अधिक शहरों-कस्बों में हलाक किए गए लोगों के विषय में—जिन्हें अति सुनियोजित ढंग से राजधानी की कुरसी के निर्देश पर गोलियों का निशान बनाया गया। उनके घर के लोग तो शायद पीढ़ियों तक इस दर्द से छटपटाते रहेंगे। नाम याद नहीं आ रहा, लेकिन कहा किसी बुद्धिजीवी ने ही था। शब्दश: तो याद नहीं, लेकिन उसका अभिप्राय यही है कि 'खाकी वर्दी' गुंडों का एक संगठित समूह है, जिसे राज्याश्रय प्राप्त है। अब बीते दिनों की घटनाएँ ही देख लीजिए या मेरे बेटे की हत्या! मैं चीख-चीखकर उसके निर्दोष होने की दुहाई देता रहा—संजय भी उन्हें बताता रहा कि उस शहर के छात्र-नेताओं से उसका कुछ भी लेना-देना नहीं था, लेकिन वे नहीं माने। वास्तव में वे पहले से ही तैयार होकर आए थे कि उन्हें वही करना है, जो उन्होंने किया था।

यदि संजय कॉलेज होस्टल में रहता होता तो मैं एक बार मान भी लेता कि भले ही उसका संबंध नेताओं से न रह हो, लेकिन यह संभव है कि वे लोग उसके कमरे में कभी-कभी आते रहे हों, लेकिन ऐसा भी न था। वह कॉलेज से तीन किलोमीटर दूर एक बस्ती में रहता था, किराए के कमरे में। भोजन एक होटल में

करता था, लेकिन खाकी वर्दी के लिए यही पर्याप्त था कि उस होटल में कॉलेज के दो छात्र-नेता भी भोजन करने आते थे।

अब इस विषय में आप उन लोगों से ही पूछ सकते हैं कि क्या किसी बाप के सामने उसके बेटे की हत्या के लिए इतना पर्याप्त था? इतना ही क्यों, क्या कोई भी कारण पर्याप्त था? यदि मेरा बेटा किसी प्रकार भी आंदोलनात्मक गतिविधि से जुड़ा भी था तो भी क्या ऐसा किया जाना चाहिए था? लेकिन जब सत्ता नादिरशाही हो जाती है, तब उनको यह कैसे समझाया जा सकता है कि जिसके या जिनके खून के छींटों से वे अपनी वर्दी रंग रहे हैं, वे किसी बाप के ही बेटे नहीं, इस देश की थाती भी हैं और कितने ही वैज्ञानिकों, डॉक्टरों और इंजीनियरों से वे देश को वंचित कर रहे हैं। माफ करेंगे। मैं बहुत उत्तेजित और कटु हो उठा, लेकिन यह कहने के लिए विवश हूँ कि बर्बरता बधिर होती है और अंधी भी।

आप घड़ी न देखें। मुझे मालूम है कि आप जैसे लोगों के पास समय कम होता है। मैं उस दिन की घटना की ओर ही आ रहा हूँ। मैं चाहता तो यही था कि आपका कम-से-कम समय खर्च करूँ, लेकिन सप्ताह भर से जो कुछ अंदर जमा होता रहा था—आप आए तो निकलने के लिए घुमड़ने लगा। एक बाप की चीत्कार करती आत्मा का अंदाजा आप लगा सकते हैं।

जी हाँ, घटना रात बारह बजे के लगभग की थी। नहीं, ठीक समय बता पाना कठिन है। उन्होंने हमें इतना समय ही कहाँ दिया था कि घड़ी देख सकता। कमरे की बत्ती जलाकर दरवाजा खोलने तक लगता रहा कि दरवाजा अब टूटा, तब टूटा।

आप भी क्या पूछ रहे हैं? अरे जनाब! यह शहर है—यहाँ ऐसी स्थितियों में दिन में भी लोग अपनी खुली खिड़कियाँ बंद कर लेते हैं, फिर तो वह आधी रात का समय था। घर के सामने की सड़क सूनी और अँधेरी थी और उन लोगों के दरवाजा झकझोरने के बावजूद पड़ोस में सन्नाटा छाया रहा था।

इस शहर का चरित्र—गत पच्चीस वर्षों में तेजी से बदला है और यह अस्वाभाविक भी नहीं है। आप देख रहे हैं—देश की स्थिति कितनी तेजी से बदली है, फिर यह शहर है तो इसी देश के नक्शे में न! और रही बात राजनीति के अपराधीकरण की—आज जो हो रहा है, यह उसी का परिणाम है। तुच्छ राजनीतिक स्वार्थ के लिए सांप्रदायिकता का जहर घोला जा रहा है। लोगों में आपसी अविश्वास की सड़ाँध फैल रही है। ऐसी स्थिति में पड़ोसी से यह आशा कैसे की जा सकती है कि वह मरहम लगाएगा!

आप फिर घड़ी देख रहे हैं। मुझे अफसोस है कि मैं एक बार फिर बहक गया। आप मेरी मन:स्थिति का अंदाजा लगाते हुए अन्यथा नहीं लेंगे। क्या करूँ, बूढ़ा हूँ न! जल्दी ही उत्तेजित हो जाता हूँ। यह जानते हुए भी कि उससे कुछ भी न होगा। मूल विषय पर आने से पहले मैं एक बात और कहना चाहता हूँ। आप यकीन करें या नहीं और भले ही इसे मेरी बूढ़ी मानसिकता का प्रमाद कहें, लेकिन मैं ऐसा समझता हूँ कि उनके हाथ इतने लंबे हो गए हैं और नाखून इतने तीक्ष्ण कि किसी को भी लहूलुहान कर सकते हैं और उसकी जिम्मेदारी किसी दूसरे पर थोपकर अपने को पाक साफ सिद्ध कर सकते हैं। आप अपनी धारदार कलम का कितना ही उपयोग करें, कितने ही तथ्य जुटाकर उन्हें बेनकाब करती रपटें लिखें, लेकिन लगता नहीं कि उनका कुछ बिगड़नेवाला है। संजय के मामले को ही ले लें—वर्दीवालों और जिलाधिकारी ने जो बयान दिए हैं, वे गुमराह करनेवाले हैं।

मैं समझ रहा हूँ, इसीलिए आपको वास्तविकता जानने के लिए मुझ तक आना पड़ा तो उस काली रात का अँधेरा मेरे भावी जीवन का ही अँधेरा बन गया। मैंने जैसे ही दरवाजा खोला, चार खाकी वर्दियाँ राइफल की बट से मुझे एक ओर धकेलती अंदर घुस आईं। "बोल बुड्ढे, कहाँ छुपा रखा है अपने बेटे को?" चारों एक स्वर में चीखे थे। मैं कोई उत्तर देता, इससे पहले ही संजय ड्राइंगरूम से आँखें मलता आ गया। हम दोनों ग्यारह बजे के लगभग सोने के लिए लेटे थे। मुझे झपकी आई ही थी कि उनके दरवाजा झकझोरने की आवाज से तुरंत उठ बैठा था। संजय शायद लेटते ही गहरी नींद सो गया था।

"यही होगा, पकड़ लो साले को!"

उनमें से एक बोला तो मैंने आगे बढ़कर क्रुद्ध स्वर में प्रतिरोध किया, "क्यों पकड़ना चाहते हैं उसे?"

लेकिन तब तक दो ने संजय को पकड़ लिया था। एक ने मेरी छाती पर बट पटककर एक ओर धकियाते हुए कहा, "बूढ़े, साँप को पालकर पूछता है—क्यों पकड़ रहे हैं?"

आहत मैं छाती पकड़ दीवार के सहारे ढह गया। संजय चीखा, "क्या गुनाह किया है मैंने और बाबूजी ने?"

मैंने देखा क्रोध और विवशता संजय के चेहरे पर झलक रही थी, फिर भी वह उनसे अपने को छुड़ाने के लिए संघर्ष कर रहा था। वे संजय को घसीटते बाहर की ओर ले चले।

अपने को सँभाल मैं तेजी से उनकी ओर लपका, "गिरफ्तारी वारंट दिखाए बिना आप लोग उसे नहीं ले जा सकते।" मैं चीखा।

लेकिन उत्तर देने के बजाय वे और तेजी से संजय को घसीटने लगे थे। संजय भी अड़ गया न जाने के लिए, तब तक मैं भी वहाँ पहुँच चुका था। मैं संजय को उनके चंगुल से छुड़ाने के लिए उनसे उलझ गया।

"क्यों और कहाँ लिए जा रहे हैं आप इसे?" मैं फिर चीखा तो एक क्षण के लिए वे उस बूढ़े नीम के पेड़ के पास रुके। आप देख रहे हैं न वह पेड़। चार सौ गज की दूरी पर है वह इस घर से। वही एकमात्र गवाह है मेरे अतिरिक्त उस रात की उनकी बर्बरता का, लेकिन अफसोस! वह चुप रहने के लिए अभिशप्त है।

आप भ्रम न पालें, मैं अब नहीं रोऊँगा।

वे संजय के अड़ जाने और मेरे उलझने से खीज उठे थे। दो ने संजय पर लात-घूँसे बरसाने शुरू कर दिए और दो मेरी ओर बढ़े।

"साले, बेटे और अपनी जिंदगी की खैर चाहता है तो वापस लौट जा।" दोनों गुर्राए थे।

"मैं संजय को नहीं ले जाने दूँगा। आप लोग जो कर रहे हैं, गैरकानूनी है, आखिर क्या बिगाड़ा है मेरे बेटे ने?" मैं चीख रहा था।

"मादर···तेरा बेटा आंदोलनकारियों के साथ मिलकर कानूनी काम कर रहा है?" उनमें से एक ने बूट की ठोकर मारी तो मैं तड़पता मुँह के बल गिरा। उठने की कोशिश करने लगा तो दूसरे ने कमर के पास पुनः वैसी ही ठोकर मारी। मैं दोहरा हो गया।

वे चीख रहे थे, "स्साला! आतंकवादी को घर में छुपाता है और बोलता है, हम गैरकानूनी काम कर रहे हैं।"

मुझे छोड़कर वे संजय की ओर बढ़े। उन्होंने उसे इतना मारा था कि वह शिथिल जमीन पर लेटा था। वे उसे बूटों से ठेलकर उठाने की कोशिश कर रहे थे, लेकिन संजय निष्क्रिय था। मुझे लग रहा था कि यदि मैं संजय को उस समय न रोक पाया तो अवश्य अनर्थ हो जाएगा। किसी प्रकार उठा और लड़खड़ाता उनकी ओर बढ़ा, लेकिन वे मेरी उपस्थिति दर्ज किए बिना संजय पर झुके रहे और जब उसने उठकर उनके साथ चलने से इनकार कर दिया, चारों उसे घसीटते हुए ले चले।

सड़क पर पहुँचकर संजय ने उनसे कहा कि वह चलने के लिए तैयार है, लेकिन कुछ देर बैठना चाहता है। मुझे लगता है कि उन्होंने उसे इतनी आंतरिक चोट

पहुँचाई थी कि वह घिसटकर भी उनके साथ जाने की स्थिति में न था। उस क्षण बेटे को लेकर मेरी आत्मा पर क्या बीत रही होगी, आप अनुमान लगा सकते हैं। मैं साये की भाँति बेटे से कुछ दूरी पर धीरे-धीरे चल रहा था। मैं हर कीमत पर उसे उन दरिंदों से बचा लेना चाहता था।

संजय के अनुरोध की उन पर प्रतिक्रिया हुई। उन्होंने उसे बीच सड़क पर पटक दिया। मैं उनसे संजय को छोड़ देने के लिए गिड़गिड़ाने लगा था, लेकिन वे प्रतिक्रियाहीन संजय के इर्द-गिर्द मँडराते रहे, जैसे वह कोई खतरनाक अपराधी था और उन्हें उसके भाग जाने का भय था।

दस मिनट कठिनाई से बीते होंगे। वे संजय को बूटों से ठेलकर और राइफल की नलियों से कोंचकर उठाने लगे, लेकिन वह नहीं उठा। शायद उठकर चलने की ताकत उसमें बची ही न थी। वे जितना ही कोंचते, संजय उतना ही कराहता और एक ओर को झुक जाता। मैंने उन्हें रोकना चाहा तो उनमें से एक ने मेरी ओर राइफल तानकर चुप रहने के लिए धमकाया।

मैं संजय के बजाय अपने को उनके हवाले करना चाहता था, लेकिन उन्हें यह कहाँ स्वीकार था? वे सब मुझे बहुत अधिक झुँझलाए लग रहे थे। काफी कोंचाकाँची के बाद भी जब संजय नहीं उठा तो वे उसके इर्द-गिर्द से एक ओर को खिसक गए। उनके सिर एक-दूसरे के निकट हुए और क्षणांश में ही सब हो गया। संजय की दिल दहला देनेवाली चीखों ने उस बूढ़े पेड़ को गहराई तक हिला दिया होगा। रात का अँधेरा और गहरा गया था और वे चारों सड़क के पास कुछ दूरी पर खड़ी चीप की ओर ऐसे बढ़ गए थे, जैसे कहीं कुछ घटित ही न हुआ था। संजय का शरीर बीच सड़क पर लुढ़क गया था। एक-एक कर चार गोलियाँ उन्होंने उसकी छाती में मारी थीं।

नहीं, आप विश्वास करें—मैं रो नहीं रहा—मैं तो अब एक जिंदा लाश हूँ और लाशें रोती नहीं!

□

वह चेहरा

मध्य दिसंबर का एक दिन। सुबह की खिली-खिली धूप और लॉन में पड़ी बेंचें। बेंचों पर बैठे कई चेहरे। धूप में नहाए चेहरे। धूप सेंकते चेहरे। खिड़की का परदा उन्होंने थोड़ा सा खिसका दिया था, जिससे लॉन का दृश्य स्पष्ट दिख रहा था। उनकी नजर एक चेहरे पर टिक गई और वह गौर से उसे देखते रहे। चेहरे पर उम्र की लकीरें स्पष्ट थीं। उन्होंने कुरसी एक ओर खिसकाई और खिड़की पर जा खड़े हुए। निर्निमेष उस चेहरे को देखते हुए।

"वही हैं, लेकिन यहाँ क्यों?" मस्तिष्क में तरंगें दौड़ने लगीं। कुछ क्षण खिड़की पर खड़े रहकर वह कमरे में टहलने लगे सोचते हुए, 'मैं कैसे भूल सकता हूँ उस चेहरे को। ढल गया है। ढलना ही था। पचास से अधिक सालों की लंबी यात्रा। पचीस साल जैसा कौन रहता है! शरीर में स्थूलता भी है, अपने को देखो तपिश···। तुम क्या उतने ही स्लिम-ट्रिम हो। बढ़ती उम्र में सभी के आकार-प्रकार, चेहरे बदलते ही हैं।'

वह एक बार पुनः खिड़की के पास जा खड़े हुए और देखने लगे। इस समय वह चेहरा किसी युवती से बातें कर रहा था। युवती, जो पचीस-छब्बीस के आसपास थी, उस चेहरे से मिलता—साँवला चेहरा, नाक नुकीली, होंठ पतले और आँखें छोटीं। लंबाई भी उतनी ही, वह भी तो उस युवती जितनी लंबी थीं, लेकिन तब उनके नितंब छूते बाल थे, जैसे कि उस युवती के हैं, लेकिन अब वह बॉब्ड थीं।

'निश्चित ही यह वही हैं···' वह अपनी टेबल के चारों ओर कमरे में कुछ क्षण तक टहलते रहे, 'क्या उन्हें मेरे बारे में जानकारी नहीं? या उनकी स्मृति-पटल से मेरा नाम सदा के लिए मिट चुका है, लेकिन ऐसा संभव नहीं। हम दो बार मिले थे। कितने ही पत्र लिखे थे एक-दूसरे को।' वह पुनः खिड़की के पास जा खड़े हुए, 'यह मेरा भ्रम नहीं, यह वही हैं।'

दरवाजे पर दस्तक हुई।

"कम इन।" वह तेजी से पलटे और कुरसी की ओर ऐसे बढ़े मानो चोरी करते हुए पकड़े जाने का भय था।

कॉलेज के हिंदी विभागाध्यक्ष डॉ. प्रवीण राय ने आहिस्ता से प्रवेश किया।

"यस प्रवीण⋯इज एवरीथिंग फाइन!"

"जी सर। एक्सपर्ट्‌स डॉ. श्रेयांष तिवारी और डॉ. निकिता सिंह आ गए हैं।"

"और हेड साहब⋯डॉ. सच्चिदानंद पांडे?"

डॉ. सच्चिदानंद पांडे विश्वविद्यालय में हिंदी विभागाध्यक्ष थे और विश्वविद्यालय या विश्वविद्यालय के किसी भी कॉलेज में शिक्षक के किसी भी पद के साक्षात्कार में उनका होना अनिवार्य था। यह विश्वविद्यालय का नियम था।

"उनके पी.ए. का फोन आया था सर कि वह कुछ देर पहले ही कार्यालय से निकले हैं, उन्हें पहुँचने में कम-से-कम आधा घंटा का समय लगेगा।"

"हुँह⋯" कुछ सोचने के बाद वह बोले, "हेड साहब के आने तक प्रतीक्षा करनी होगी। डॉ. तिवारी और डॉ. निकिता सिंह को मेरे यहाँ ले आओ।"

"सर, मैंने पहले ही उन्हें आपके यहाँ के लिए कहा था, लेकिन दोनों सीधे गेस्ट रूम में जाते हुए बोले कि वहाँ उन्हें कोई कष्ट नहीं।"

"ओ के⋯।" प्रवीण राय को सामने कुरसी पर बैठने का इशारा करते हुए वह बैठ गए और बोले, "इन दोनों की जोड़ी जहाँ भी जाती है, अपने कैंडीडेट के लिए दबाव बनाते है।" क्षणभर चुप रहे, "दरअसल हेड साहब सीधे व्यक्ति हैं। वह सबकुछ जानते हैं, लेकिन नहीं मालूम किन कारणों से प्रायः इन दोनों को एक साथ विशेषज्ञ के रूप में रिकमेंड कर देते हैं।"

"सर, मुझे जहाँ तक जानकारी है, जब भी डॉ. तिवारी से पूछा जाता है, विशेषज्ञ के रूप में किसी कॉलेज में जाने के लिए उनकी शर्त होती है कि उनके साथ दूसरा विशेषज्ञ डॉ. निकिता सिंह होंगी, तभी⋯। विश्वविद्यालय में उनके खिलाफ जाने की शक्ति किसी में नहीं है। हिंदी के प्रतिष्ठित आलोचक हैं। सत्ता में पैठ है और वी.सी. भी उन्हें मानते हैं।"

वह मुसकराते रहे।

"सर, निकिता सिंह का कोई छात्र है⋯सुना है। उनके निर्देशन में पी-एच.डी. कर रहा है और 'नेट' भी उत्तीर्ण है⋯हो सकता है।"

उन्होंने प्रवीण की बात आधी-अधूरी सुनी। उस क्षण उनकी नजरें खिड़की से

बाहर बेंच पर अखबार में झुके उस चेहरे पर टिकी हुई थीं। युवती अब वहाँ नहीं थी।

"युवती भी शायद अभ्यर्थी है।" उन्होंने सोचा।

"सर, फिर···" प्रवीण के टोकने से वह अचकचा गए।

"हुँह···यह हो सकता है, लेकिन डॉ. तिवारी दो अपने रखते हैं, तब कहीं एक वेकेंसी निकिता सिंह को देते हैं।"

"सर।"

"प्रायः महिला अभ्यर्थी ही उनकी कैंडीडेट होती हैं। उनके निर्देशन में पी-एच.डी. करनेवाली सभी लड़कियाँ ही हैं। एकदम समाजवादी हैं डॉ. तिवारी। निकिता ने भी उनके निर्देशन में पी-एच.डी. की थी। उनके आलोचक इसे उनकी कमजोरी मानते हैं तो मानते रहें।" चुप होकर प्रवीण की ओर देखने के बाद वह खिड़की से बाहर लॉन की ओर देखने लगे। वह चेहरा उन्हें वहाँ नजर नहीं आया। 'कहाँ गई?' क्षणांश के लिए वह विचलित हुए, लेकिन तभी सामने बैठे अपनी ओर ताकते प्रवीण पर दृष्टि डाली और बोले, "लेकिन हम क्या करें, प्रवीण?"

"क्या सर?"

"आपको बताया था। मिनिस्टरी से आए फोन के बारे में। मंत्रीजी किसी निरंजना प्रसाद में इंटरेस्टेड हैं। मंत्रीजी के मुँह लगे ज्वॉइंट सेक्रेटरी का फोन था। दोनों ही बिहार के हैं। जे.एस. ने संकेत में यह भी कहा था कि निरंजना मंत्रीजी का दूर का रिश्तेदार है।"

"सर, हमें डॉ. तिवारी से पहले ही बात कर लेनी चाहिए और अपनी समस्या डॉ. पांडे को भी बता देना चाहिए।"

"प्रवीण, आप जानते हैं कि डॉ. तिवारी का कैंडीडेट नहीं तो किसी का नहीं, उन पर मंत्री-संत्री का प्रभाव नहीं पड़नेवाला।"

"सर, वेकेंसी भी एक ही है···एडहॉक भी नहीं, वरना डॉ. तिवारी के लिए एडहॉक का ऑफर दे सकते थे।"

"प्रवीण," वह कुछ गंभीर हो उठे, "आपको नहीं लगता कि यह सब कितना अनफेयर है। मंत्री के कैंडीडेट की बात हो या डॉ. तिवारी या डॉ. निकिता की या किसी अन्य के कैंडीडेट की। जो अभ्यर्थी दूर से आते हैं और कितनी ही बार उन्हें दूर शहरों में असफल साक्षात्कार के लिए जाना होता है। उनके विषय में सोचो। अधिकांश बेकार और साधारण हैसियत के युवक। ये तिवारी या मंत्री जैसे घड़ियाल

उनकी नौकरियाँ निगल जाते हैं।" उनका चेहरा लाल हो उठा।

"सर," प्रवीण ने चुप रहना ही उचित समझा, क्योंकि वह स्वयं भी सिफारिश से नियुक्त हुआ था, लेकिन वह जानता था कि उसके सामने बैठे डॉ. तपिश उसके प्राचार्य एक मेरीटोरियस व्यक्ति थे और उन्होंने सिफारिश से नहीं अपनी योग्यता से प्राध्यापिकी पाई थी और विश्वविद्यालय—कॉलेज की राजनीति के बावजूद वह इस पद पर पहुँचे थे। अपनी योग्यता के बल पर।

"डॉ. तिवारी और डॉ. निकिता सिंह के लिए जलपान की व्यवस्था···।" अपनी बात अधूरी छोड़ दी उन्होंने।

"सर, डॉ. अनिरुद्ध शुक्ल उनकी सेवा में हैं।"

"ओ.के···" उन्होंने पुनः लॉन की ओर देखा। बेंचों पर बैठे अन्य लोग भी इधर-उधर जा चुके थे केवल एक वृद्ध पुरुष को छोड़कर।

"डॉ. पांडे के आते ही मुझे सूचित करना। उनके आते ही इंटरव्यू प्रारंभ कर देना है, तब तक आप डॉ. तिवारी और डॉ. निकिता सिंह का खयाल रखें।" वह पुनः कुरसी से उठ खड़े हुए और कमरे में टहलने लगे।

□

'लोग रिसेप्शन में बैठे होंगे···धूप में गरमी बढ़ गई होगी। मुझे रिसेप्शन की ओर जाना चाहिए।'

'लेकिन क्यों?'

'शायद वह वहाँ मिल जाएँ।'

'मिल भी जाती हैं तो क्या तुम उनसे बात कर सकते हो इस समय। वह लड़की उनकी बेटी होगी। यह तो अनुमान लग ही गया है। एक अभ्यर्थी की माँ से बात करना, तपिश तुम प्राचार्य हो इस कॉलेज के···'

'प्राचार्य क्या इनसान नहीं! उसके परिचितों के बच्चे साक्षात्कार में नहीं बैठ सकते? बात कर लेने से ही मैं उनकी लड़की का फेवर करने लगूँगा? मुझे उस लड़की का नाम भी मालूम नहीं, जबकि मंत्रीजी की तोप इन्हीं बच्चों के बीच कहीं समाई होगी। तिवारी और निकिता सिंह की गन भी होगी कहीं। इंटरव्यू करने उधर से जाते हुए मैं उन्हें भलीभाँति देख सकूँगा, जरूरी नहीं कि वह मानसी ही हो। हो भी तो वह मुझे पहचान लेंगी यह आवश्यक नहीं है।'

'फिर तुम उधर से जाना ही क्यों चाहते हो?' अंदर से आवाज आई। 'पहचान लिए जाने के लिए ही न! लेकिन क्या बात मात्र इतनी ही है! क्या यह सच नहीं कि

उनके पहचानने से तुम्हारा आहत स्वाभिमान संतुष्ट होगा। तुम उन्हें यह अहसास नहीं करवाना चाहते कि तुम इस कॉलेज के प्रिसिंपल हो?'

'नहीं, ऐसा नहीं है, इतनी पुरानी बात···तीस साल पुरानी, मैं तो भूल ही गया था।'

'नहीं तपिश, तुम उसे एक दिन···बल्कि एक पल के लिए भी नहीं भूले···भूल सकते भी नहीं थे। वह पुनः खिड़की पर खड़े हो गए और बाहर देखने लगे। लॉन की एक बेंच पर वही अकेला वृद्ध व्यक्ति बैठा था और बेंच से कुछ हटकर एक कुत्ता अपना पेट, टाँगें और मुँह ऊपर उठाए पीठ के बल निश्चल लेटा हुआ था, तभी दरवाजे पर नॉक हुआ।

"यस!" वह पलटे।

"सर, हेड साहब आ गए हैं, सीधे कॉन्फ्रेंस रूम में···आप भी।"

"ओ.के.," अभ्यर्थियों के नामों का फोल्डर टेबल से उठा, वह डॉ. प्रवीण के पीछे हो लिए थे।

□

उन दिनों वह दिल्ली में विदेश मंत्रालय में अनुवादक थे। अपने को पी-एच. डी. के लिए पंजीकृत करवाने में दो बार असफल हो चुके थे। यह उन दिनों की बात है, जब दूसरी बार विश्वविद्यालय ने उनके शोध विषय को खारिज किया था। वह परेशान थे और यह बात मानसी को बताना चाहते थे। बताना इसलिए चाहते थे, क्योंकि पिछली मुलाकात में मानसी ने पहले विषय के खारिज होने के कारणों पर गहरी रुचि प्रदर्शित की थी और उसके हर प्रश्न के उत्तर में उन्होंने एक ही बात कही थी कि विश्वविद्यालय ने विषय के खारिज होने का कोई कारण उन्हें नहीं बताया। केवल सूचना भेजी थी। मानसी उद्विग्न थी और तब उन्होंने अनुभव किया था उनके शोध से शायद उसकी भविष्य की आकांक्षाएँ जुड़ी हुई थीं, लेकिन संभव है यह मेरी अपनी सोच हो। वह ऐसा न सोचती हो। उन्होंने सोचा था, 'यदि शोध नहीं कर सके और प्राध्यापक नहीं बन पाए तो क्या। जो नौकरी वह कर रहे हैं उसका भविष्य प्राध्यापक जितना आकर्षक न सही, लेकिन बुरा भी नहीं। डिप्टी डायरेक्टर तो वह बन ही जाएँगे।'

"लेकिन मानसी को बताना आवयक है। पिछले एक वर्ष से कभी एक बहाने तो कभी दूसरे वह शादी टालती जा रही थी। वह दूरदर्शन में प्रोग्राम एक्जीक्यूटिव थी और प्रारंभ में उसका बहाना था कि वह दिल्ली में थे और दिल्ली में उसका

स्थानांतरण कठिन था, क्योंकि वहाँ पहले से ही अतिरिक्त प्रोग्राम एक्जीक्यूटिव्स बैठे हुए थे, जबकि उनका लखनऊ स्थानांतरण संभव नहीं था। मानसी के स्थानांतरण के विषय में वह कमलेश्वरजी से मिले थे। कमलेश्वरजी उन्हीं दिनों दूरदर्शन में अतिरिक्त महानिदेशक के पद पर नियुक्त हुए थे। मुसकराते हुए कमलेश्वरजी ने कहा था, "तपिशजी, यह बड़ा काम नहीं है। शादी करो, स्थानांतरण की जिम्मेदारी मेरी।" कमलेश्वरजी ने उनकी आँखों में देखा, फिर मुसकराए...एक मीठी मुसकान और बोले थे, "भाई, पता कर लो, आपकी मंगेतर की कोई दूसरी समस्या तो नहीं।"

"ऐसा नहीं लगता सर, उसे दोनों के अलग-अलग शहरों में रहने का भय ही सता रहा लगता है।"

"उन्हें बता दो कि मैंने आश्वस्त किया है।"

कमलेश्वरजी की बात बताने के बाद मानसी ने खत में लिखा, "तपिश, आपने पहले यह क्यों नहीं बताया था। अब एक साल के लिए मैं बँध गई हूँ। मैंने यहाँ विश्वविद्यालय में मार्निंग शिफ्ट में उर्दू सर्टीफिकेट कोर्स में प्रवेश ले लिया है। एक जमाने से मैं उर्दू सीखना चाहती रही हूँ। एक वर्ष की ही बात है, कमलेश्वरजी तो अभी आए ही हैं। अभी रहेंगे ही। भले ही आई.ए.एस. लॉबी उनके खिलाफ है तो क्या आप एक वर्ष रुक नहीं सकते?"

"मैं तो रुका हुआ हूँ ही, लेकिन मेरे घरवाले, उनका धैर्य चुका जा रहा है।" उन्होंने मानसी को लिखा था।

"मैंने अपने डैडी से बात की है। वह आपके डैडी को मेरी समस्या से अवगत करवा देंगे।" मानसी ने इस पत्र में आगे लिखा, "समय निकालकर आकर मिल लें, पत्रों में बातें हो नहीं पातीं।"

"कोशिश करूँगा।" उन्होंने उसे लिख तो दिया था, लेकिन लखनऊ जाने का प्रयास नहीं किया और न ही मानसी का उसके बाद कोई पत्र आया। शोध के अपने नए विषय की तैयारी और रूपरेखा प्रस्तुत करने की चिंता में वह इतना डूबे कि वह उसे पुनः पत्र लिख नहीं पाए। इस बार विषय प्रस्तुत करते ही निर्णायक समिति की बैठक हुई और उनका विषय पुनः खारिज कर दिया गया। विश्वविद्यालय का पत्र थामे वह कितनी ही देर तक यह सोचते रहे थे कि उन्हें मानसी को यह सूचना देनी ही चाहिए और उन्होंने उसे अंतरदेशीय पत्र लिख दिया था।

पंद्रह दिन के अंदर ही उत्तर आया, "आपका मिलना आवश्यक है। जितनी जल्दी संभव हो।"

उन्होंने उसके ऑफिस के पते पर पत्र लिख दिया कि वह अमुक तिथि को अमुक ट्रेन से लखनऊ पहुँचेंगे। सुबह दस बजे उसके कार्यालय में मिलेंगे।

"कार्यालय नहीं, इंडियन कॉफी हाउस ग्यारह बजे । मेरे कार्यालय के निकट ही है, सुबह ग्यारह बजे मिस नहीं करेंगे।" मानसी ने तुरंत लिख भेजा था।

□

निश्चित तिथि को ठीक ग्यारह बजे सुबह वह कॉफी हाउस में थे। पाँच मिनट ही हुए थे उन्हें वहाँ पहुँचे कि उन्होंने एक युवक के साथ सड़क पार करते हुए मानसी को देखा। टेबल पर बैठने के लिए उन्होंने कुरसी को हाथ लगाया ही था कि रुक गए और बाहर निकल आए। उनकी दृष्टि युवक पर टिकी हुई थी, मानसी जिससे हँसकर कुछ कह रही थी। युवक लंबा पाँच फीट आठ इंच के लगभग स्लिम गोरा एक वाक्य में सुंदर था।

'ऑफिस का कोई कलीग होगा।' उन्होंने सोचा, 'कहीं जा रहा होगा।'

लेकिन युवक कहीं नहीं गया। मानसी के साथ रहा। मानसी ने दूर से ही उन्हें देख लिया था और उनकी ओर हाथ का इशारा कर कुछ कहा। उन्होंने मानसी के संकेत के बाद युवक को हँसते देखा था।

"सॉरी! मैं दस मिनट लेट हूँ।" उनके निकट पहुँच मानसी बोली।

वह चुप रहे। उनकी नजरें युवक पर गड़ी थीं।

"ओह!" मानसी ने उनके भाव पढ़ लिए, "यह हैं मनीष तिवारी आकाशवाणी में हैं प्रोग्रैम ।"

"एक्जीक्यूटिव ।" मानसी से शेष शब्द मनीष तिवारी ने झटक लिया और उनकी ओर हाथ बढ़ा बोला, "आपसे मिलकर प्रसन्नता हुई।"

"थैंक्स।" मंद स्वर में वह बोले थे।

"मैं चलता हूँ मानसी आफ्टरनून आकर केस डिस्कस कर लूँगा, नो हरी "

"अरे यार, ऐसी भी क्या जल्दी है! तपिशजी क्या सोचेंगे? एक कप कॉफी पीकर चले जाना।" मनीष की ओर देख मुसकराती हुई मानसी बोली, "अरे, हम लोग यहीं खड़े रहेंगे या बैठेंगे भी।"

"हाँ हाँ क्यों नहीं " और वह अंदर की ओर मुड़ गए तो मानसी और मनीष भी उनके पीछे हो लिए थे। जिस मेज पर वह बैठने जा रहे थे। वह अभी भी खाली थी।

बैठने के बाद उनके बीच देर तक चुप्पी पसरी रही। चुप्पी को ताड़ती हुई मानसी ने पूछा, "कॉफी लेंगे?"

"कॉफी हाउस में बैठे हैं तो वह तो लेना ही है, इस मुलाकात को यादगार भी तो बनाना है।" उन्हें अपनी बात अटपटी लगी, लेकिन बात जुबान से रपट चुकी थी। सँभालने का प्रयत्न करते हुए उन्होंने तत्काल जोड़ा, "मनीषजी का साथ होने से इसे यादगार मुलाकात ही कहूँगा।"

मनीष के चेहरे पर मुसकान तिर गई।

"हाँ, यह है। मनीष बहुत व्यस्त रहते हैं, कभी पकड़ में नहीं आते। आकाशवाणी की नौकरी··नाटक लिखते हैं, इनकी कई स्क्रिप्ट पर दूरदर्शन और आकाशवाणी ने नाटक तैयार किए हैं।"

"हुँह।" उन्होंने मनीष की ओर पुनः हाथ बढ़ाया।" मेरा सौभाग्य। आप जैसे कलाकार से मुलाकात का श्रेय मानसीजी को··। इनका भी आभार।"

"मानसी कुछ अधिक ही प्रशंसा कर रही हैं सर! बस यों ही कुछ उलटा-सीधा लिख लेता हूँ।"

"तपिशजी, ये संकोच करते हैं।"

"हर बड़ा कलाकार अपने बारे में बताने या बताए जाने पर संकोच प्रकट करता है। बड़प्पन की यही निशानी है।" वह अब पूरी तरह खुल चुके थे।

"यू आर राइट तपिशजी। मनीष जीनियस हैं, लेकिन मैं जब कहती हूँ तो यह चिड़चिड़ा जाते हैं।"

उन्होंने देखा अपने को 'जीनियस' कहे जाने पर मनीष का चेहरा खिल उठा था। वह चुप रहे। कुछ देर बाद मनीष बोला, "मानसी की जर्रानबाजी सर, लेकिन आप मुझे लेकर कोई गलतफहमी नहीं पालेंगे। मुझ जैसे कलाकार-लेखक गली-कूचों में एक खोजेंगे, अनेक मिल जाएँगे।"

"आपने देखा इनकी विनम्रता।" तपिश की ओर देखते हुई मानसी बोली।

वह तब भी चुप रहे।

"यार मनीष, कुछ और तारीफ तभी करूँगी, जब कुछ पी लूँगी।" मानसी बोली।

"बेयरे को आवाज दो, दो चक्कर काट गया और हम लोग बातों में लगे रहे।"

"जाकर ऑर्डर कर आता हूँ।" मनीष जाने के लिए उठा, दो कदम बेयरे की ओर बढ़ा, फिर रुककर उनसे पूछा, "तपिशजी कुछ और लेंगे।"

"नो थैंक्स।"

□

कॉफी पीकर मनीष तिवारी चला गया।

"तपिशजी, आपको कहीं कोई दूसरा काम है?" मानसी ने पूछा।

वह अचकचा गए। सोचने लगे, 'इसने मुझे बुलाया और अब पूछ रही है कि…'

कोई उत्तर दिए बिना वह मानसी की ओर देखने लगे थे।

"सॉरी, मैंने यों ही पूछा। कभी-कभी ऐसा होता है, लेकिन…।" आगे कुछ न बोल वह कभी बेयरे की ओर देखती और कभी गेट की ओर।

तपिश को लगा कि शायद उसने किसी और को भी बुलाया हुआ है। कुछ देर की चुप्पी के बाद उन्होंने पूछ लिया, "किसी को आना है?"

"नहीं…कौन आएगा?" मानसी फिर चुप थी और लगातार गेट की ओर देखती जा रही थी। तपिश भी उधर ही देखने लगे, तभी बेयरा आ गया।

मानसी का ध्यान गेट की ओर होने का लाभ उठा तपिश ने कॉफी के पैसे बेयरे को दे दिए।

"आपने क्यों दिए?"

"मुझे नहीं देना चाहिए था?"

"मेरा यह मतलब नहीं।"

"अगर आपको किसी की प्रतीक्षा नहीं तो हम उठें, डेढ़ घंटा हो चुका है।"

"हाँ, लेकिन यहाँ तो लोग सुबह आकर शाम तक बैठे रहते हैं।"

"हाँ…आं…लेकिन हमें अभी बूढ़ा होने में बहुत वक्त है।"

मानसी मुसकरा दी। उन्होंने ध्यान दिया, उसकी मुसकराहट में उत्साह-प्रफुल्लता नहीं थी।

उठ खड़े होते हुए उन्होंने पूछा, "आपके पास अभी और कितना वक्त है?"

"लंच तक आपके साथ रह सकती हूँ।"

बाहर फुटपाथ पर पहुँच वह बोले, "फिर हम क्यों न हजरतगंज में चहल-कदमी करते हुए बातें करें।"

"जी, श्योर।"

□

दो बजे तक मानसी उनके साथ हजरतगंज में एक छोर से दूसरे छोर तक उलट-फेरकर टहलती रही। उन्हें आश्चर्य था कि जिस उद्देश्य से उसने उन्हें तुरंत

आ जाने का आग्रह किया था उसपर चर्चा करने से वह बचती रही। उन्होंने जब अपने शोध विषय के निरस्त होने की चर्चा छेड़ी उसने केवल, "ऐसा होता है। वह कोई मुद्दा नहीं।"

"फिर मुद्दा क्या है?"

"मुद्दा कुछ है ही नहीं।"

"फिर··· ?"

"आपको लिखा था कि मैंने उर्दू कोर्स ज्वॉइन किया है। उसे पूरा कर लेना चाहती हूँ।"

"यह कोई आई.ए.एस., पी.सी.एस. जैसी तैयारी तो नहीं।" वह बोले। उनका स्वर कुछ ऊँचा था।

"आप इतनी उतावली क्यों दिखा रहे हैं?" मानसी के स्वर में चिड़चिड़ाहट थी।

वह हतप्रभ थे। कारण वह पहले ही बता चुके थे। चुप रहे।

"मैं समझती हूँ। रुकना हमारे हित में है। आपको शोध के लिए पंजीकृत होने में सुविधा रहेगी, तब तक कुछ काम भी कर डालेंगे। मैं भी उर्दू में कुछ कर लेना चाहती हूँ।"

"हुँह···।" सामने से आ रहे व्यक्ति से उन्होंने अपने को बचाया।

"क्या आप नहीं चाहते कि आप जैसे प्रतिभाशाली युवक का स्थान किसी डिग्री कॉलेज या विश्वविद्यालय में है। बुरा नहीं मानेंगे। आपने बताया था कि अच्छे अंकों से आपने प्रथम श्रेणी पाई थी एम.ए. में।"

"जी।"

"फिर अनुवाद में प्रतिभा का क्षरण क्यों?"

वह निरुत्तर रहे।

"अरे दो बज रहे हैं? ढाई बजे से मेरे एक कार्यक्रम का लाइव टेलीकॉस्ट है, मैं चलूँ?"

"श्योर।" उदासीन स्वर में वह बोले थे।

मानसी ने बॉय किया और तेजी से दूरदर्शन केंद्र की ओर लपक गई। वह देर तक खड़े उसे जाता देखते रहे थे। मानसी तो चली गई थी, लेकिन उनके अंदर एक उद्वेलन छोड़ गई थी।

उन्होंने रिक्शा पकड़ा और होटल लौट गए थे।

□

उनके पिता पारंपरिक सोच के थे और अपनी बढ़ती उम्र से चिंतित। एक दिन वह दिल्ली आ पहुँचे और उन्हें धमकाने के अंदाज में बोले, "तपिश, मैं उस रिश्ते को तोड़ने जा रहा हूँ। हद ही हो गई। तय हुए डेढ़ साल से ऊपर हो चुका है। उनके बहानों का अंत ही नहीं। मुझे तो दाल में कुछ काला नजर आ रहा है।"

"क्या ?" धीमे स्वर में उन्होंने पूछा था।

"यही कि वे लोग किसी आई.ए.एस.-पी.सी.एस. के चक्कर में हैं। वहाँ से उन्हें स्पष्ट उत्तर नहीं मिल रहा होगा और तुम्हें उन्होंने स्थानापन्न के रूप में रखा हुआ है।"

"मैं भी जल्दी में नहीं हूँ।" उन्होंने उत्तर दिया था।

"तुम्हें जल्दी क्यों होगी ? तुम्हारी छोटी बहन छब्बीस की हो रही है। तुम्हें यह पता नहीं होगा ? लेकिन मुझे उसकी चिंता भी करनी है।"

"डैडी, आप विपाशा की शादी की चिंता करें। मैं फिलहाल शोध की चिंता करूँगा।"

"शोध-वोध शादी के बाद भी होता रहेगा।"

"रजिस्ट्रेशन होने तक मेरे मामले को स्थगित कर देंगे तो मेरे हित में होगा।" उनके स्वर की निरीहता ने शायद पिता को सोचने के लिए विवश किया था। हथियार डालते हुए वह मरे से स्वर में बोले थे, "तपिश, शादी की भी एक उम्र होती है। उसके बाद फिर समझौते ही होते हैं।"

वह चुप रहे थे।

पिता गए तो वह शोध के लिए नए विषय के पंजीकरण की तैयारी में लग गए थे।

□

तीसरी बार शोध निर्णायक मंडल की बैठक छह माह बाद हुई। उस बार उनका विषय पंजीकरण के लिए स्वीकृत हो गया था। जिस दिन यह बताने के लिए दफ्तर में उनके गाइड का फोन आया, उसी दिन शाम घर पहुँचने पर डाक से आया, उन्हें एक निमंत्रण पत्र मिला, जिसपर नजर पड़ते ही वह चौंके थे। उसपर 'मानसी और मनीष' के नाम लिखे थे। कार्ड खोलने का मन न होते हुए भी उन्होंने उसे खोला, पढ़ा और एक ओर खिसका दिया। उसके दसवें दिन उन दोनों का विवाह होना था। देर तक वह किंकर्तव्यविमूढ़ सा सोफे पर अधलेटे से बैठे रहे थे।

पिछली मुलाकात के दृश्य तेजी से उनकी आँखों के सामने घूमते रहे थे।

"मानसी ने उन्हें केवल मनीष से मिलवाने के लिए बुलाया था, वह शायद इस विषय में बताना चाहती थी, फिर कहा, 'क्यों नहीं…' वह सोच रहे थे, 'कहना आवश्यक था? यदि तुममें समझने की क्षमता ही नहीं तब कहकर भी क्या समझ लेते? उसके परिवार वालों को भी इस बारे में जानकारी रही होगी। वे मनीष और उसके प्रेम-संबधों के कारण उलझन में रहे होंगे, लेकिन मानसी ने उचित ही किया। यदि अपने परिवार के दबाव में वह उनसे विवाह कर भी लेती तो भी क्या वह मनीष को भूल जाती! तब क्या स्थिति बनती, नहीं उसने उचित कदम उठाया…। मुझे उसे बधाई देनी चाहिए।

और अगले दिन उन्होंने मानसी को बधाई का टेलीग्राम भेज दिया था।

□

उसके बाद जीवन कुछ यों बदला कि उन्हें पता ही नहीं चला। वह निरंतर सफलताओं के सोपान चढ़ते रहे। पी-एच.डी. संपन्न होने से पहले ही उस कॉलेज में प्राध्यापक नियुक्त हुए और आज वह उस कॉलेज में ही प्राचार्य थे। उन्होंने पीछे मुड़कर नहीं देखा, वक्त भी नहीं था देखने का, वक्त शादी करने के लिए भी नहीं निकाल सके। काम-शोध और उसी दौरान दो वर्षों के लिए वह हिमाचल विश्वविद्यालय के वी.सी. भी रहे। केवल दो वर्षों के लिए। दो वर्षों बाद पुनः अपने पद पर वापस लौटे। उन्हें कभी किसी की कमी खटकी भी नहीं। अपने अधीनस्थों और विद्यार्थियों को अपना परिवार समझा और सभी के लिए दरवाजे खुले रखे। आज वह दिल्ली के सर्वाधिक प्रतिष्ठित प्राचार्य के रूप में जाने जाते हैं।

लेकिन मानसी उन्हें कभी याद नहीं आई, ऐसा नहीं था। काम के बीच कभी अचानक खाली होते तो सोच लेते, मानसी उनके जीवन में आई पहली और अंतिम लड़की थी। भले ही उसके पिता ने उसे खोजा था और बाकायदा उनकी 'रिंग' सेरेमनी हुई थी। उसके बाद वह उससे दो बार ही मिले थे। कुछ पत्राचार हुआ था, तब वह उसके विषय में ही सोचते रहते थे। सपने बुनते रहते थे। अकेले रहते थे। दफ्तर के बाद मानसी उनके साथ होती थी, लेकिन जब सब समाप्त हुआ। उन्होंने अपने को इतना समेटा कि मानसी भूले-भटके कभी उनके मानस-पटल पर विचरण कर जाती और तब वह—'आपने उचित निर्णय लिया था मानसी,' अपने को उसकी स्मृति से मुक्त कर लेते, लेकिन उसके जाते-जाते यह भी कहते, "यदि आपने वह निर्णय न किया होता मानसी तो मैं आज जो कुछ हूँ, वह नहीं होता।"

□

साक्षात्कार प्रारंभ होने से पूर्व उन्होंने अभ्यर्थियों के नामों पर दृष्टि डाली और अभीप्सा तिवारी, लखनऊ पर अटक गए। सबकुछ उलटता-पलटता नजर आया। 'हर अभ्यर्थी को जानकारी होती है कि जिस कॉलेज में वह साक्षात्कार के लिए जा रहा है, वहाँ का प्राचार्य, विभागाध्यक्ष और विश्वविद्यालय का विभागाध्यक्ष कौन है। अभीप्सा यदि मानसी की बेटी है, तब मानसी को भी ज्ञात होगा, फिर उसने मुझे एप्रोच क्यों नहीं किया? करती तो क्या तुम उसके लिए कुछ कर देते! डॉ. तिवारी और डॉ. निकिता और मंत्रालय''क्या वह इतना आसान होता।' उन्होंने सोचा, 'आवश्यक नहीं मानसी को पता ही हो। मेरे नाम के कितने ही लोग हो सकते हैं, फिर उसने तो यही सोचा होगा कि मैं सरकारी बाबू था। आज भी कुछ पदोन्नतियों के बाद वहीं होऊँगा।' क्षणांश के लिए रुककर पुनः सोचा, 'यह भी संभव है, वह गानसी हो ही न''''

वह कुछ और सोचते कि अभ्यर्थियों को बुलाए जाने के लिए प्रवीण ने पूछा और उनसे पहले डॉ. पांडे ने सिर हिलाकर अनुमति दे दी।

अभीप्सा तिवारी को जब बुलाया गया, तब वह कुछ विचलित हुए। एक बार उनके मन में आया कि वह उससे कुछ न पूछकर केवल उसके पेरेंट्स के विषय में पूछें, लेकिन तत्काल अंदर से आवाज आई, 'डॉ. तपिश' क्या मूर्खतापूर्ण बात सोचने लगे। इतना भावुक होकर अपने पद की गरिमा क्यों घटाने पर तुले हुए हो?

अभीप्सा ने चयन बोर्ड के सभी सदस्यों के प्रश्नों के उत्तर दिए और सही-बेहिचक। लखनऊ विश्वविद्यालय से उसने प्रथम श्रेणी में एम.ए. किया था, नेट उत्तीर्ण थी और पी-एच.डी. कर रही थी। अभीप्सा एक हलचल थी उनके अंदर। उसके अतिरिक्त दो अभ्यर्थी और भी थे, जिन्होंने सभी के प्रश्नों के सही उत्तर दिए थे, लेकिन उन दोनों के बजाय घूम-फिरकर उनके दिमाग में अभीप्सा की नियुक्ति घूम रही थी। 'अभीप्सा ही क्यों?' मन के एक कोने से प्रश्न उठा, 'दूसरे अभ्यर्थी इसी विश्वविद्यालय के छात्र हैं, उनमें कोई कमी भी नहीं है, फिर तपिश तुम अभीप्सा के बारे में ही क्यों सोच रहे हो! मानसी से जुड़ा अतीत तुम्हें परेशान कर रहा है?'

उन्होंने विश्वविद्यालय के विभागाध्यक्ष और डॉ. तिवारी की ओर दृष्टि डाली। डॉ. तिवारी साक्षात्कार समाप्त हो जाने के बाद डॉ. निकिता सिंह से फुसफुसाकर कुछ कह रहे थे और वह स्वीकृति में सिर हिला रही थी। कॉन्फ्रेंस रूम में सन्नाटा

देर तक चहल-कदमी करता रहा। बीच-बीच में कुछ कागजों की सरसराहट की आवाज हो जाती, तभी उन्होंने घंटी बजाई। वह सन्नाटे को तोड़ना चाहते थे। गेट पर तैनात चपरासी दौड़ता हुआ आया।

"चाय…"

"जी सर।" चपरासी के मुड़ते ही वह बोले, "किसके नाम पर विचार किया डॉ. तिवारी?" उन्होंने विभागाध्यक्ष और डॉ. निकिता सिंह की ओर देखा।

"रंजना श्रीवास्तव…"

"डॉ. साहब रंजना आधे प्रश्नों के उत्तर ही नहीं दे पाई थी।" डॉ. प्रवीण राय विनम्रतापूर्वक बोले।

उन्होंने पुनः विश्वविद्यालय विभागाध्यक्ष की ओर देखा। वह चुप थे।

"सर…डॉ. प्रवीण ठीक कह रहे हैं।" डॉ. शुक्ल की आवाज थी। डॉ. शुक्ल ने कुछ अधिक ही प्रश्न किए थे रंजना श्रीवास्तव से। उन्होंने उससे यह भी पूछा था कि पी-एच.डी. के उसके निर्देशक कौन थे! प्रश्न सुनकर पहले तो रंजना अचकचाई थी, फिर डॉ. तिवारी की ओर देखती रही थी। वे यह देखकर उलझन में थे कि वह उनकी ओर क्यों देख रही थी, जब डॉ. शुक्ल ने अपना प्रश्न दोहराते हुए कहा, "रंजना श्रीवास्तव, आप डॉक्टर साहब की ओर क्यों देख रही हैं? मेरे प्रश्न का उत्तर दें।"

"जी, डॉक्टर साहब मेरे निर्देशक थे।" डॉ. तिवारी की ओर इशारा करती हुई रंजना बोली थी।

अब वह समझ पा रहे थे कि डॉ. शुक्ल ने सोच-समझकर उस लड़की से वह प्रश्न किया था। शुक्ल को पहले से ही जानकारी रही होगी और बोर्ड के सभी सदस्यों को इस प्रकार वह इस बात से अवगत करवाना चाहते होंगे। शायद उन्हें यह भी जानकारी रही होगी कि डॉ. तिवारी रंजना श्रीवास्तव का ही चयन करना चाहेंगे।

अभीप्सा के नाम का प्रस्ताव करने का विचार उन्हें त्यागना पड़ा था, क्योंकि डॉ. तिवारी डॉ. शुक्ल पर बरस पड़े थे। प्रवीण शुक्ल के पक्ष में बोल रहे थे और उनके तर्क थे कि जब रंजना श्रीवास्तव से अच्छे और उससे अधिक योग्य अभ्यर्थी हैं, तब उसका चयन क्यों किया जाए!

डॉ. तिवारी और निकिता सिंह रंजना के पक्ष में अड़ गए। लगभग दो घंटे तक बहस चलती रही। चाय के दो दौर समाप्त हो चुके थे। निष्कर्ष के लिए शुक्ल और प्रवीण उनकी और हेड की ओर देखने लगे थे। हेड ने पूरी तरह मौन धारण

किया हुआ था। शायद उन्हें पहले से ही यह ज्ञात था कि तिवारी अपने कैंडीडेट के लिए सदैव की भाँति अड़ेंगे। तिवारी के आड़े आना उन्हें उचित नहीं लगा। उन्होंने चुप का विकल्प चुन लिया था। तपिश बहुत देर तक अपने प्राध्यापकों और डॉ. तिवारी के बीच छिड़ी बहस को सुनते रहे थे। उन्होंने विभागाध्यक्ष की ओर पुनः देखा। वह स्थितप्रज्ञ थे। अंततः उन्होंने कहा, "डॉ. तिवारी, रंजना इस कॉलेज के लिए उपयुक्त नहीं रहेगी, उसके बजाय आप किसी अन्य के नाम पर विचार करें तो अच्छा होगा।"

"मैं किसी और के नाम की संस्तुति नहीं करूँगा। यदि आप लोग करना भी चाहेंगे तो मैं हस्ताक्षर नहीं करूँगा।" डॉ. तिवारी ने उबलते हुए कहा।

"मैं भी नहीं करूँगा।" डॉ. निकिता सिंह के स्वर में भी उत्तेजना थी।

और बोर्ड निरस्त कर दिया गया था।

□

जब कॉन्फ्रेंस रूम से वह बाहर निकले अँधेरा हो चुका था। चपरासी, सेक्शन अफसर, दो क्लर्कों के अतिरिक्त चौकीदार ही वहाँ थे। ट्यूबलाइट्स और पीले बल्बों की रोशनी कॉलेज परिसर में फैली हुई थी। किसी से बिना कुछ कहे वह रिशेप्शन की ओर बढ़ गए। प्रवीण उनके पीछे लपके, लेकिन दूर से ही सूना पड़े रिशेप्शन को देख वह उल्टे पाँव लौट पड़े थे अपने चैंबर की ओर।

"सर, मैंने आपसे पहले ही कहा था। हमें दोबारा उसी प्रक्रिया से गुजरना होगा सर। छह महीने लग जाएँगे, लेकिन..."

"हुँह...।" विचारमग्न स्वर में वह बोले, "तो सभी चले गए?"

"कौन सर?" प्रवीण ने उनके पीछे चलते हुए पूछा।

"कोई नहीं।"

और वह तेजी से अपने चैंबर की ओर बढ़ गए थे।

□

बच्चे

ऊपर आसमान में भूरे-साँवले बादल रेंग रहे थे और नीचे समुद्र की उन्मत्त लहरें पत्थरों से टकराती फुंकारती-हाँफती 'बीच' पर बने चबूतरे की दीवार तक आकर शिथिल हो रही थीं। दूर क्षितिज में समुद्र की छाती पर चार नावें कागज पर अंकित बिंदुओं की भाँति दिखाई दे रही थीं—स्थिर। सामने पूरब की ओर 'विवेकानंद रॉक' अटल समाधिस्थ विवेकानंद की भाँति दिख रहा था—शांत-मौन। भीड़ बढ़ती जा रही थी और कोलाहल भी। एक कम-उम्र लड़का शंख से बनी वस्तुएँ और मालाएँ बेचता उधर आ गया था।

"साब!" बच्चे ने मालाएँ उसकी ओर बढ़ा दीं।

उसने एक दृष्टि उस बच्चे पर डाली और आपस में टकराती लहरों को देखने लगा, जिनका धवल फेन उसे मुग्ध कर रहा था।

"साब, टेन रुपीज···!" लड़के का चेहरा दयनीय हो रहा था। फटे और कीचट कपड़े···नंगे पाँव। कल सुबह पाँच बजे वह 'बीच' पर पहुँचा, तब भी उसने उसकी ही उम्र के दो लड़कों को वही सामान बेचते देखा था। हो सकता है उनमें से एक यही रहा हो। उसने सोचा, 'सुबह पाँच से रात देर तक दस-ग्यारह बजे तक लड़के सड़क से 'बीच' तक भटकते रहते हैं। कितना श्रम करते हैं!'

उसने गौर से लड़के के चेहरे की ओर देखा। वह अभी भी उसकी ओर हाथ बढ़ाए एकटक देखे जा रहा था।

'होगा यही दस-ग्यारह साल का। इतनी कम उम्र में इतना कठोर जीवन! कितना कमा लेता होगा दिन भर में! पता नहीं कौन सी विवशता इसे अलस्सुबह तट पर खींच लाती है पर्यटकों के बीच। चीजें भी कुछ खास नहीं, फिर भी एक आशा··· कुछ तो बिकेगा ही, लेकिन कितना बिकता होगा?' वह गंभीर हो गया था।

'हो सकता है अनाथ हो। घर से भाग आया हो या यह भी संभव है कि बाप

शराबी हो। कमाता न हो और माँ की मदद के लिए खेलने-पढ़ने की उम्र भूलकर यह 'बीच' पर पर्यटकों के पीछे दौड़ने के लिए विवश हो।' अब वह कुछ-कुछ भावुक हो रहा था।

"साब! एट रुपीज...एट...।" लड़का अभी भी खड़ा था।

'बीच' का चबूतरा और उससे ऊपर का चबूतरा, जिस पर गुंबद था, पर्यटकों से भर गया था। सूर्यास्त का समय हो रहा था, लेकिन सूर्य बादलों के परदे में था किसी शरमीली दुलहन की भाँति, जिसकी सुंदरता परदे के पार भी आभासित होती रहती है। पश्चिम की ओर सरकते सूर्य की लालिमा बादलों के परदे पर उभर रही थी और सैकड़ों आँखें उधर ही टँगी थीं। एक जहाज चीखता, बादलों को चीरता दूर क्षितिज की ओर दौड़ गया था और विवेकानंद रॉक पर सफेद-पीले लट्टू जल उठे थे।

"साब! फाइव रूपीज...!" लड़का अभी भी उसके सामने था और दस रुपए में दो मालाएँ दे रहा था। उसे लगा, जैसे लड़के के स्वर में गिड़गिडाहट है। उसे अपने ऊपर कोफ्त हुई—आखिर उसने क्यों उसे उतनी देर से वहाँ रोक रखा है। नहीं लेना था तो पहले ही मना कर देना चाहिए था। अब तक वह दो-चार ग्राहक देख चुका होता। क्या हो गया है उसकी चेतना को!

उसी की चेतना को क्यों सारे देश की स्थिति ही शोचनीय है। सैकड़ों घोटालों के लिए विख्यात इस देश में नन्हीं जानें दो जून की कौन कहे एक जून की रोटी के लिए सुबह पाँच बजे से आधी रात तक खटती हैं और घोटालेबाज सर्वहारा के लिए घड़ियाली आँसू बहाते, उन्हें संघर्ष, शांति और संतोष का पाठ पढ़ाते, फाइव स्टार जीवन जी रहे हैं। कहाँ है कानून और कैसा समाजवाद! गत पाँच वर्षों में कितने ही घोटाले उजागर हुए और जाँच एजेंसियों तक ही सीमित रहे। अरबों की लूट को यदि रोका जा सका होता और उसका सही इस्तेमाल किया गया होता तो इस जैसे हजारों बच्चों को किसी योग्य बनाया जा सकता था, तब इन नन्हे हाथों में शंख जैसी छोटी वस्तुएँ और मालाएँ न होतीं, होती कलम-पेंसिल और कॉपी-पुस्तकें। न मालूम इनमें कौन, क्या बनता? लेकिन कैसे बनता? अगर ये कुछ बन गए तो लुटेरों का क्या होगा? लूट का बाजार बना रहे, इसलिए आबादी के बड़े भाग का भूखा-नंगा, निरक्षर रहना जरूरी है। अंग्रेजों की नीति पर चलकर ही यह संभव है। गरीबी उनके लिए सुरक्षा-कवच है। गरीब नहीं होंगे तो वे भी नहीं होंगे। बाढ़ नहीं आएगी तो राहतकोष नहीं होंगे और राहतकोष नहीं होंगे तो उनके बैंक खाली रहेंगे, इसीलिए

बाढ़ रोकने की योजनाएँ आजादी के बाद से आज तक कागजों में ही बनती रहीं। बाढ़ आती रही, तबाही मचाती रही! और उसी तबाही पर नेताओं-अफसरों की बिसातें बिछती रहीं। राहत का आधा-चौथाई पीड़ितों तक पहुँचता रहा और देश चेतनाशून्य बन रहा।

वह दु:खी हो उठा, तभी उसने देखा एक और लड़का जो उससे एक-दो वर्ष छोटा ही था और जिसके हाथ में भी वही सब सामान था, उसके पास आ खड़ा हुआ था और दोनों तमिल भाषा में आपस में कुछ बातें करने लगे थे।

उसने दस का नोट निकाला और लड़के के सूखे चेहरे पर खुशी उभर आई। लड़के ने एक या दो माला के लिए उँगलियाँ दिखाकर इशारा किया। स्पष्ट था कि लड़का अंग्रेजी और हिंदी नहीं जानता था और वह तमिल। उसने दो उँगलियाँ दिखाईं और क्रीम और हलके रंग की मालाएँ पसंद कीं।

लड़का छोटे लड़के के कंधे पर हाथ रख कुछ दूर जाकर खड़ा हो गया और किसी बात पर दोनों बहस करने लगे। वह निर्निमेष उन्हें देख रहा था। वह छोटे को कुछ समझा रहा था और छोटा सिर हिलाकर इनकार कर रहा था, तभी दो विदेशी युवक-युवती उनके पास से गुजरे। बड़े लड़के ने छोटे को धक्का दिया, जिससे छोटा बाईं ओर को झुक गया, लेकिन गिरा नहीं। बड़ा लड़का विदेशी युवती के पीछे दौड़ा, "मैम...मै...।" वह उसके बगल में जा पहुँचा और अपने सामान की ओर उन्हें आकर्षित करने लगा।

छोटा क्षण भर तक खड़ा रहा, फिर वह भी भीड़ में घुस गया।

जहाज क्षितिज का चक्कर लगाकर विवेकानंद रॉक की ओर से चीखता हुआ प्रकट हुआ तो उसकी नजरें उठ गईं। सूर्य कुछ देर पहले पर्यटकों को निराश छोड़कर बस-अड्डा की ओर समुद्र में धँस गया था।

रॉक के पीछे मछुआरों की नावें उभरने लगी थीं और तेजी से तट की ओर बढ़ रही थीं। दूर पूर्वी क्षितिज की ओर कुछ नावों में रोशनी चमकने लगी थी।

'शायद वे स्टीमर होंगे।' उसने सोचा, लेकिन उसे आश्चर्य हो रहा था कि आने के समय जो चार काले बिंदु उसे दिखे थे, वे धुँधलका उतरने और दूसरी नावों के लौटने पर भी नहीं लौटे थे।

'तो क्या वे नौसेना-पोत थे?'

'लेकिन वे किसके लिए वहाँ तैनात होंगे? श्रीलंका की सीमा तो कन्याकुमारी के नहीं रामेश्वरम् के निकट है और अब तो आतंकवादियों की घुसपैठ भी नहीं

है, लेकिन तस्करी—तस्करी···, आतंकवाद, माफिया, दंगे, हत्या, बलात्कार, देह-व्यापार—सब राजनीति की छाया में ही तो पल्लवित-फलित हो रहे हैं। हर क्षेत्र का अपराधी राजनीतिक शरण में जीता है और गलती से यदि वह राजनीति के लिए खतरा बनने का अहंकार पालने लगता है तो राजनीति के पास उसका उपाय भी मौजूद है। जिस देश में आपराधिक छविवालों को चुनाव के लिए टिकट देने में राजनीतिक पार्टियों को गर्व होता है, मंत्री बनाने में उससे भी अधिक गर्व, क्योंकि उनकी जीत की गारंटी होती है। पार्टियों को सत्ता में रहने के लिए बहुमत चाहिए, बहुमत जीते 'कैंडीडेटों' से बनता है और जीतने के लिए अपराधी होना आवश्यक है! उससे देश में घोटाले-दंगे और आतंकवाद के ग्राफ तो ऊँचे होंगे, शिक्षा और सुख-शांति के नहीं, तब इन जैसे बच्चे ये छोटी-मोटी वस्तुएँ ही बेचेंगे, मजदूरी करेंगे, चोरी-गिरहकटी करेंगे, खाड़ी देशों के लिए बिकने और विदेशी पर्यटकों की अय्याशी का आधार बनेंगे और इस सबसे निरपेक्ष सत्ता लोलुप सत्ता में रहेंगे और अफसरशाह राजनीति की धार देखते, भ्रष्टाचार के नित नवीन तरीके ईजाद करते रहेंगे।

'गांधी मेमोरियल' के पीछे लाइट हाउस टॉवर पर सर्चलाइट जल उठी थी और उसका तेज दूधिया प्रकाश चारों ओर टोही ढंग से घूमने लगा था। जहाज एक बार फिर चिंघाड़ता हुआ टॉवर के पीछे से उभरा और सीधे क्षितिज की ओर लपक गया था। लहरों में तीखा गुस्सा बरकरार था और वे निरंतर दीवार से अपना सिर टकरा रही थीं। दीवार से कुछ दूर पड़े शिलाखंड काले भूतों की भाँति दिखने लगे थे, जिन्हें लहरें किसी खिलाड़ी की भाँति फलाँग रही थीं। सामने ऊपरी चबूतरे पर खड़े लोग परछाइयों की भाँति लग रहे थे। हवा में ठंडक थी और पर्यटकों ने स्वेटर और शॉल डाल लिये थे।

कुछ देर बाद भीड़ छँटने लगी। उसने सर्चलाइट की रोशनी में चाँदी से चमकते समुद्र पर नजर डाली। समुद्र जल मोहक लगा उसे।

"सर एलबम!" एक अधेड़ कन्याकुमारी का एलबम लिये खड़ा था।

"ट्वेंटी फाइव रूपीज सर।"

उसने इशारे से मना कर दिया तो वह दूसरे पर्यटक के पास जा पहुँचा। उसे उन दोनों लड़कों की याद हो आई। वह सीढ़ियाँ चढ़कर गुंबदवाले चबूतरे पर आ गया। वहाँ से सामने बलुआ जमीन पर शंख और दूसरी वस्तुएँ बेचनेवालों की दुकानें दो कतारों में सजी दिखीं, जब वह आया था, तब भी थीं वे। रोशनी की

व्यवस्था न होने के कारण उन सबने गैसबत्ती जला रखी थी। लौटते पर्यटकों को आकर्षित करने के लिए वे चीख रहे थे। अब वह दो ओर का शोर सुन रहा था—एक ओर था समुद्र गर्जन और दूसरी ओर दुकानदारों का शोर। वह अभी भी लहरें देख रहा था, जिनका फेन लाइटहाउस की रोशनी में मोतियों की भाँति चमक रहा था। अँधेरे में हरहराता समुद्र भयावह लग रहा था।

"मछुआरे कितने साहसी होते हैं! तीन बजे सुबह ही समुद्र में उतर जाते हैं। रात में चिंघाड़ते समुद्र को मछुआरे आमंत्रण मानते हैं।"

उसे शिवशंकर पिल्लै के उपन्यास की याद हो आई। मछुआरों के जीवन का मार्मिक चित्रण है उसमें।

'तो क्या वे दोनों मछुआरों के बच्चे थे?' वह फिर सोच में डूब गया था।'

'किसी के भी क्यों न हों, मनुष्य की संतान हैं वे और उन्हें भी सम्मानपूर्वक जीने का हक है, लेकिन क्या इसे सम्मानपूर्वक जीना कहा जा सकता है। केवल पेट के लिए वे पंद्रह-घंटे तट पर भटकते रहते हैं और क्या पता कितने दिन वे भरपेट भोजन पाते हैं! इसके दोषी कौन हैं? व्यवस्था, लेकिन उसका सरोकार तो मात्र बीस प्रतिशत की सुख-सुविधा जुटाना ही है और ये बीस प्रतिशत ही तो शेष अस्सी प्रतिशत का हक निगल रहे हैं!'

उसकी नजर कुछ दूरी पर मूँगफली के दाने बेचते एक और बच्चे पर पड़ी। वह नीचे उतर आया।

मंदिर की ऊँची दीवार के उस पार घंटियाँ बज रही थीं।

जमीन पर बिछे कपड़े पर मूँगफली के दानों का छोटा सा ढेर था और अखबारी कागज के ठोंगे उसके चारों ओर रखे थे। उसने एक ठोंगा माँगा। लड़के ने, जिसके पास मिट्टी के तेल का छोटा लैंप जल रहा था, दो उँगली दिखा दो रुपयों का इशारा किया। उसने अनुमान लगाया—लड़का नौ-दस वर्ष का था और उसका रंग गहरा साँवला था।

मूँगफली नमकीन पानी में उबली थी—स्वादिष्ट।

वह व्यवस्था को मन-ही-मन कोसता बालू पर पैर घसीटता खिसकने लगा।

'बीच' की दीवार पर अभी भी कुछ छायाएँ उसे बैठी दिखीं। उसने घड़ी देखी—आठ बज रहे थे। विवेकानंद आश्रम वालों ने बताया था कि 'बीच' से आश्रम की आखिरी बस, जो उनकी ही होती है, सवा आठ बजे की है। उसने गति बढ़ा दी। दुकानदारों की आवाजें अब भी तेज थीं और कई दुकानों में शंख फूँके जा

रहे थे। यह लौटते पर्यटकों को आकर्षित करने और खरीद रहे लोगों को प्रभावित करने के लिए था। वह मंदिर की पश्चिमी दीवार के कोने में सर्वाधिक सजी, बड़ी दुकान के पास से गुजरता हुआ, जिसमें खरीदारों की अधिक भीड़ थी, सड़क पर आ गया। सड़क के पश्चिम में थी गांधी मेमोरियल की पीली बिल्डिंग, जहाँ गांधीजी की अस्थियाँ रखी हैं और दूसरी ओर था म्यूजियम, जो तब तक बंद हो चुका था। सड़क और पीली बिल्डिंग के बीच गंदगी मौजूद थी और दूसरी ओर बड़ी ढिबरियों की रोशनी में डाभ बेचने वाले बैठे थे।

सड़क पर निपट अँधेरा था। सड़क डामर की थी, लेकिन जगह-जगह मुँह बाए गड्ढे थे। गड्ढों से बचता वह चौराहे की ओर बढ़ता गया। चौराहा पाँच मिनट के रास्ते पर था, जहाँ अच्छी रौनक थी—मीना बाजार की सी। दाईं ओर ढाबे थे, जिनमें शोर हो रहा था। ढाबों के बाहर रखी बेंचों पर भीड़ थी। इडली-बड़ा और साँभर, कॉफी···लोग टूटे पड़ रहे थे। वह अब बस स्टैंड पर था, जहाँ से आश्रम की बसें चलती थीं। चार पर्यटक और थे, लेकिन बस नहीं थी। वह पंद्रह मिनट खड़ा रहा।

"अब शायद बस नहीं आएगी।" उसे लक्ष्य कर एक पर्यटक ने कहा।

उसने अनुमान लगाया कि वह उत्तर भारतीय है। उसने उसकी ओर देखा, घड़ी देखी और बोला, "शायद।"

वह पहले से ही पैदल जाने के विषय में सोच रहा था, 'अब इंतजार बेकार है, चल ही देना चाहिए। है ही कितनी दूर, डेढ़ किलोमीटर···बीस मिनट, वहाँ कैंटीन भी नौ बजे सर्विस बंद कर देती है।'

वह सड़क की ओर खिसकने लगा, तभी उसकी नजर सामने एक ढाबे में उन्हीं लड़कों पर पड़ी। दोनों एक ही प्लेट पर झुके हुए थे। उसके अंदर एक टीस उठी, 'इन्हें घर का भोजन भी नसीब नहीं! रात देर तक पर्यटकों के बीच घूमना जो है।'

□

मुन्नी बाई

बीमारी कुछ थी ही नहीं। केवल बुखार, वह भी एक सौ तीन डिग्री। डॉक्टर जयनंदन ने कहा था, "चिंता की बात नहीं, एक-दो दिन में बुखार काबू में आ जाएगा।"

लेकिन बुखार काबू में नहीं आया। पं. गंगाधर तिवारी का शरीर आग की भाँति तप रहा था, जिसकी सेंक उन तक पहुँच रही थी और वे विकल उनके सिरहाने बैठी सिर पर ठंडे पानी की पट्टी रख रही थीं। गंगाधर उनके झुर्रियों भरे चेहरे पर दृष्टि गड़ाए टुकुर-टुकुर ताक रहे थे।

"मुरारपुर खबर भेजकर पद्मधर को बुलवा दूँ?" गंगाधर के कान के पास मुँह ले जाकर उन्होंने पूछा।

हाथ हिलाकर मना कर दिया गंगाधर ने, लेकिन वे नहीं मानीं। पद्मधर गंगाधर तिवारी का छोटा भाई—एक माँ जाये—उसे खबर देनी ही चाहिए। बड़ा भाई बीमार हो, उनके यहाँ पड़ा हो और छोटे को खबर न हो, यह उचित नहीं होगा; हालाँकि गंगाधर कभी-कभार ही अपने भाई-भतीजों के साथ रहते रहे हैं। उनके साथ नेह-नाता जोड़ते ही पिता ने उनसे संबंध तोड़ लिया था और जीते-जी उन्हें घर में घुसने नहीं दिया। 'ऐसे कुलबोरन औलाद की शक्ल देखन भी गुनाह!' घोषणा की थी गंगाधर के पिता पं. मुरलीधर तिवारी ने। उन्होंने संपत्ति से भी उन्हें बेदखल कर दिया था और पिता के रहते गंगाधर घर की ड्योढ़ी लाँघने का साहस नहीं पर पाए थे, लेकिन बाद में माँ का मोह उन्हें खींच ले गया और वे हफ्ते-दस दिन में मुरारपुर जाकर एक-आध दिन घर में रह आते थे।

माँ कहतीं, "गंगा, छोड़ उस बेड़िन का साथ, काहे को जिनगानी नरक कर रहा है, तेरे लिए खूबसूरत लड़कियों की कमी पड़ गई है क्या, जो तू उसके दरवाजे पड़ा रहता है दिन-रात। तू हाँ कर, एक हफ्ते में बहू घर ले आऊँगी।" फिर बेटे के

चेहरे पर बूढ़ी आँखें टाँग माँ कहतीं, "बेटा, पैसों के पीछे भागनेवाली वे कभी किसी की नहीं हुईं। एक दिन मुन्नीबाई दूध में पड़ी मक्खी की तरह तुम्हें निकाल देगी, तब मेरी बात याद आएगी।"

माँ उत्तर के लिए गंगा र के चेहरे पर नजरें टिका देतीं, लेकिन वे चुप रहते। वे माँ को समझाना चाहते थे कि वे दोनों एक-दूसरे के शरीर से नहीं, कला से प्रेम करते हैं, लेकिन कुछ कह न पाते।

अंततः माँ ने गंगा र की नियति स्वीकार कर ली और छोटे का विवाह कर गंगाधर की ओर से मो मुक्त होने का प्रयत्न करने लगीं।

मुन्नीबाई ने मुरारपुर खबर भेजी और उत्तर भी पा लिया, "जिंदगी भर जिसे पालतू बंदर बनाकर रखा, उसका इलाज वश में न हो तो छोड़ जाए हमारे दरवाजे, इलाज करवा देंगे, लेकिन एक रंडी के दरवाजे मैं तो क्या मेरी जूती भी न जाएगी!" पद्मधर तिवारी ने कहलवा भेजा था।

आहत हो उठी थीं मुन्नीबाई।

गंगाधर गहरी नींद में थे। अच्छा ही हुआ, जो भाई का उत्तर नहीं सुना।

मुन्नीबाई चबूतरे पर आ बैठीं। शाम चबूतरे के कोने पर खड़े नीम के पेड़ की शाखाओं पर कदम रखती धीरे-धीरे नीचे उतर रही थी और पिछवाड़े, चैतू चमार के छप्पर पर कोई पखेरू गला फाड़कर चीख रहा था।

गाँव में बेड़ियों के चार घर थे। एक हीराबाई का भी था। दो बेटियाँ थीं हीराबाई के—गुलब्बो और मुन्नी। गुलब्बो बड़ी थी, कद मध्यम और रंग साँवला, जबकि मुन्नी के नाक-नक्श ठीक उसके विपरीत—छरहरी, लंबी और सुंदर—ऐसी कि नजर खो जाए। दोनों को हीराबाई ने न केवल नृत्य और संगीत की अच्छी तालीम दी, बल्कि पड़ोसी गाँव मिर्जापुर के मुनव्वर अली का शागिर्द बन उन्हें कला-पारंगत भी बनाया। हीरा तो ठाकुर जोरावर सिंह के नाम-नेह से यों बँधी कि गाँव से ही हिलगकर रह गईं। अपनी कला को दस गाँव की चौहद्दी के बाहर नहीं ले जा पाईं, लेकिन वे नहीं चाहती थीं कि उनकी बेटियाँ गाँव में सड़ें और जैसा उन्होंने चाहा था, गुलब्बो कानपुर के एक कपड़ा व्यापारी की नजर चढ़ी तो हीरा ने अवसर चूकना उचित न समझा।

लेकिन मुन्नी शहर नहीं गईं। मुरारपुर के पं. गंगाधर तिवारी प्रायः मुनव्वर अली के साथ उसके यहाँ आने लगे थे। वह भी मुनव्वर अली के शागिर्द थे और शास्त्रीय संगीत की शिक्षा ले रहे थे। दोनों का एक-दूसरे के प्रति आकर्षण हीराबाई

से छुपा न रहा और उन्हें एक-दूसरे से अलग रखने के उनके प्रयास भी व्यर्थ रहने लगे थे। उन्हीं दिनों एक बार गाँव में गिरधारी सिंह ने अपने बड़े बेटे के जन्म की खुशी में अपने दरवाजे नाच-गाने का आयोजन किया था। शीशूपुर की चंदाबाई के साथ हीराबाई को भी बुलाया था। हीरा ने नृत्य-गायन के लिए मुन्नी को तैयार कर लिया था।

गिरधारी सिंह के दरवाजे खुली जगह पर शामियान लगा था। कई दिन पहले से पास-पड़ोस के गाँवों में इस नृत्य-संगीत के कार्यक्रम को प्रचारित किया गया था। भीड़ इतनी थी कि लोग जानवरों की नाँदों के ऊपर, चबूतरों, मकानों की मुँड़ेरों, गली में खड़ी बैलगाड़ियों पर बैठे थे और उनके पीछे भी कितने ही लोग खड़े थे—मुन्नी और चंदा का नृत्य देखने और गायन सुनने के लिए।

चंदा के बाद मुन्नी के पैरों के घुँघरू जब झनके, भीड़ दम साधे देखने-सुनने को आतुर हो उठी थी।

"मोरो तो गिरधर गोपाल—दूसरो न कोई।"

मुनव्वर अली हारमोनियम बजा रहे थे और पंडित गंगाधर तिवारी तबला।

"मो—मो—मोरे तो गिरधर गोपाल…।"

नृत्य जब समाप्त हुआ तो गिरधारी सिंह दौड़ते हुए पहुँचे थे मुन्नी के पास और नोटों की थैली देकर बोले थे, "तुमने मुझे लूट लिया, मुन्नी।"

मुन्नी से पहले थैली हीराबाई ने थाम ली थी और बोली थीं, "शुक्रिया लंबरदार! आप जैसे कला-पारखियों के कारण ही हम जिंदा हैं।"

हीराबाई के कथन से प्रोत्साहन मिला था गिरधारी सिंह को। दूसरे दिन ही दौड़े आए थे उसके घर। उस समय मुनव्वर अली मुन्नी को गायन का रियाज करवा रहे थे और गंगाधर तबले पर संगत कर रहे थे।

मुनव्वर अली के जाते ही गिरधारी सिंह ने प्रस्ताव रखा था, "मुझे तुम्हारा हाथ चाहिए, मुन्नी।"

"कैसा हाथ?" अनजान बन पूछा था मुन्नी ने।

"हाथ-हाथ, यानी तुम्हारा साथ—मैं तुम्हें अपनी बनाना चाहता हूँ। तुम इसी घर में रहोगी, लेकिन इस घर की कीमत हीराबाई को चुकाकर मैं इसे हवेली में बदल दूँगा। यही नहीं, तुम्हारे दूसरे घर को भी, जहाँ तुम नाचने-गाने का अभ्यास कर सकोगी।"

"बड़े ऊँचे सपने लेकर आए हैं, ठाकुर साहब; फिर बुला लाइए पंडित और

इकट्ठा कीजिए गाँववालों को, रिश्तेदारों को—हो जाएँ भाँवरें।" ठठाकर हँसी थी मुन्नी।

"वह सब भी हो जाएगा, मुन्नी, तुम हाँ तो करो।"

"मेरे हाँ करने से क्या होगा, ठाकुर साहब, पहले अपनी ठकुरानी और बिरादरी से तो हाँ करवा आइए, फिर बात कीजिए।"

"मतलब यह कि तुम इनकार कर रही हो!"

"आप समझते हैं तो ऐसा ही मान लें।"

फुफकार उठे थे गिरधारी सिंह, "गाँव में मेरे प्रस्ताव को ठुकराने की हिम्मत किसी में नहीं है, मुन्नीबाई। जमींदारी चली गई तो क्या⋯!"

गिरधारी सिंह की बात बीच में ही काटकर बोली थीं मुन्नीबाई, "शुक्र है कि जमींदारी चली जाने का एहसास है, ठाकुर साहब, आपको⋯और जहाँ तक आपके प्रस्ताव को अस्वीकार करने का सवाल है, मैंने तो किया नहीं, बस इतना ही कहा है कि ठकुरानी से पूछ आएँ।"

गिरधारी सिंह वहाँ एक क्षण भी न रुके थे। पैर पटकते चले गए थे।

हीरा शहर के किसी धनी व्यक्ति के हवाले करती मुन्नी को इससे पहले ही एक दिन गुलब्बो गाँव वापस लौट आई थीं। उसका वह तथाकथित पति मर गया था और पति के परिवारवालों ने अगले ही दिन उसका सामान सड़क पर फेंक दिया था।

गुलब्बो गाँव लौटी तो खोई सी रहने लगीं। नृत्य से संबंध तोड़ लिया। हीराबाई की कोशिशें गुलब्बो में नृत्य के प्रति उत्साह का संचार न कर सकीं। यहाँ तक कि वह मुन्नी की महफिल में भी नहीं जाती थीं। बैठी या लेटी दिन भर कुछ सोचती रहती। बहन की जीवन-गाथा ने मुन्नी को और अधिक सतर्क कर दिया। शहर ही नहीं, पास-पड़ोस के गाँवों के रईसों के नथ उतारने के बड़े-से-बड़े प्रस्ताव को वह ठुकराने लगी थी। बड़ी बेटी की आकस्मिक वापसी और छोटी की हठ ने हीराबाई को चिंतित कर दिया था। अनुभवी माँ ने यही जाना था कि किसी की होकर रहने में न केवल आर्थिक सुरक्षा मिलती है, बल्कि कला की रक्षा भी होती रहती है। वह कैसे समझाए मुन्नी को कि बिन मजबूत कंधे के लंबा जीवन कैसे काट सकेगी।

लेकिन हीराबाई की एक न चली मुन्नी के तर्कों के समक्ष। बहन का उदाहरण उसके समक्ष था। माँ से पूछती वह, "आप ही बताइए, अम्माँ, दीदी की जिंदगी कैसे कटेगी? नृत्य-संगीत की इस देवी को आपने शहर के उस सेठ की थैली से

केवल इसलिए तौल दिया था, जिससे वह उस सेठ की हवेली की शोभा बन सके, यह जानते हुए भी कि ऐसा कभी नहीं होगा, कभी नहीं होता, क्योंकि कभी नहीं हुआ। आप अपने बारे में सोचकर देखें। क्या मिला आपको! क्या एक दिन के लिए भी आप अपनी डेहरी (ड्योढ़ी) लाँघकर ठाकुर जोरावर सिंह के घर जाकर रह सकीं। माँ, रखैल को रखैल ही रहना होता है और किसी भी हवेली में उसका स्थान सबसे अलग होता है—उपेक्षित-तिरस्कृत!" कुछ रुककर उत्तेजना को झिटकते हुए सहजता ला वह कहती, "माँ, मुझे रखैल नहीं बनना, मुझे मेरी कला के लिए जीने दो।"

और मुन्नीबाई का जीवन नृत्य-संगीतमय हो गया। दूर-दूर से उसे बुलावे आने लगे। मुनव्वर अली जब तक जीवित रहे, उसके साथ जाते रहे और गंगाधर तिवारी, उनके बिन मुन्नी घर से बाहर कदम नहीं रखती थीं। दोनों एक-दूसरे के पूरक हो चुके थे। हीराबाई ने बेटी की नियति को स्वीकार कर लिया था। उसके बाद गंगाधर अधिकतर मुन्नी के घर रहने लगे थे। दोनों ने गाँव के दुर्गा मंदिर में जाकर एक दिन मूर्ति के सामने साथ जीने-मरने की शपथ ली थी और यह साथ शरीर की जरूरतों से कहीं अधिक कला के लिए था, जब तक गंगाधर की थाप तबले पर नहीं पड़ती थी, मुन्नीबाई के पैर नहीं थिरकते थे, जब कहीं कोई कार्यक्रम नहीं होता, मुन्नी घर में घंटों रियाज करती।

कानपुर ही नहीं, फतेहपुर, इलाहाबाद, इटावा, उन्नाव जैसे शहरों और गाँवों में मुन्नीबाई का नाम लोगों की जुबान पर चढ़ गया था।

"मुन्नीबाई का नाच...।" लोग सुनते और उमड़ पड़ते।

बेटी की शोहरत देखने के लिए हीराबाई अधिक दिन जीवित नहीं रहीं और मुनव्वर अली भी वृद्धावस्था के कारण अपनी इस शागिर्द का लंबे समय तक साथ नहीं दे सके, लेकिन उन्होंने अपने बेटे इरफान अली को मुन्नी के साथ कर दिया था।

वर्षों अपने नृत्य-गायन का डंका बजाती मुन्नीबाई ने न केवल शोहरत हासिल की, बल्कि पैसा भी कमाया। एक बार कलकत्ता गईं तो एक मारवाड़ी उनके नाच और रूप पर ऐसा मुग्ध हुआ कि कीमती मोतियों का हार पहना प्रस्ताव कर बैठा, जैसा हीराबाई से मुन्नी के लिए औरों ने किया था। हार लौटाते हुए उत्तेजित स्वर में बोली थीं मुन्नीबाई, "लालाजी, गलत जगह यह कीमती हार न लुटाएँ, कहीं और काम आ जाएगा।"

खिसियाकर मुँह छुपा, खिसक गया था मारवाड़ी और ठठाकर हँस दी थी मुन्नीबाई।

समय तेजी से खिसकता रहा। बढ़ती उम्र के साथ कार्यक्रम कम होते गए। साठ तक पहुँचते-पहुँचते वह घर-गाँव तक ही सिमटकर रह गईं। चाहा था कि बिरादरी की लड़कियों को अपनी कला दे सकें, लेकिन किसी में रुचि न दिखी थी उन्हें। समय बदल गया था। बिरादरी की लड़कियों की शादियाँ होने लगी थीं और पैर में घुँघरू बाँधने के बजाय भाँवरें डाल सम्माननीय जीवन जीना वे बेहतर समझने लगी थीं। अच्छा लगा था मुन्नीबाई को यह सब, लेकिन मिटती नृत्य संगीत की परंपरा से वे दु:खी थीं और उन्हीं दिनों पं. गंगाधर तिवारी बीमार रहने लगे थे। बीमारी गंभीर नहीं, लेकिन यह एहसास करानेवाली थी कि वे बुड्ढे हो चुके हैं।

लेकिन इस बार के बुखार ने उठने नहीं दिया पं. गंगाधार को। पाँचवें दिन अकस्मात् सब समाप्त हो गया। पैंतीस वर्षों का साथ छूट गया। उनकी मृत्यु ने मुन्नीबाई को झकझोर दिया।

मुन्नीबाई ने गंगाधर की मृत्यु का समाचार भी मुरारपुर भेजा, लेकिन भाई की अरथी को कंधा देने नहीं आए पद्मधर तिवारी। जले में नमक छिड़कते हुए कहलवा भेजा, 'मुन्नीबाई से अधिक सगा कोई नहीं था गंगाधर तिवारी का, वही करे उनका क्रिया-कर्म'। मुन्नीबाई के लिए यह चुनौती थी, लेकिन हताश नहीं हुई वह। हताशा कभी उसके शब्दकोश में रही ही नहीं। गाँव में ही नहीं, आसपास के दस गाँवों में उनकी प्रतिष्ठा थी। गंगाधर की अंत्येष्टि के लिए सारा गाँव आ जुटा था। शंकर बेड़िया ने मुखाग्नि का निश्चय किया। गाँववालों ने भी कहा, 'जिंदगीभर गंगाधर मुन्नी के घर रहे, फिर कहाँ बची उनकी जाति? शंकर ठीक ही दे रहा है मुखाग्नि, भाई-भतीजे नहीं तो कोई तो देगा ही।"

गंगाधर तिवारी की अरथी जब उठी, मुन्नी ने चूड़ियाँ तोड़ डालीं। बेहोश हो गईं, लेकिन जल्दी ही सँभली, क्योंकि एक बड़ी चुनौती सामने थी। तेरहवें दिन का अंतिम कर्म-तेरहवीं। शंकर ने मुखाग्नि दी तो लोटा भी उसी ने थामा। मुन्नी तेरहवीं की तैयारी में जुटीं। पैंतीस वर्ष के साथ को ढंग से श्रद्धांजलि देना चाहती थीं। बिछोह की पीड़ा दबाए वह दौड़ती रहीं फिरकी की तरह। चाहती थीं कि लोग देखें, देखें पद्मधर तिवारी कि एक रंडी अपने प्रणयी के लिए क्या कर सकती है। मिर्जापुर जाकर हलवाई तय कर आईं। गाँव के सभी घरों को न्योता दिया।

लेकिन गिरधारी सिंह गाँव में कहते घूमने लगे, "एक ब्राह्मण की तेरहवीं रंडी

करे, छिह-छिह। उसके यहाँ खाने जाना नर्क में जाने से बदतर। जो जाएगा, मेरा उससे हुक्का पानी बंद।" गिरधारी सिंह के साथ खड़े हो गए गाँव के दूसरे रईस ईश्वरी अवस्थी और गाँव में ठाकुर-ब्राह्मणों में चर्चा कि जो मुन्नी के यहाँ तेरहवीं खाने जाएगा, वह जाति-बहिष्कृत।

खबरें मुन्नीबाई तक पहुँची। वे चिंतत हुईं, तेरह ब्राह्मण खिलाने आवश्यक हैं—गंगाधर की आत्मा की शांति के लिए। यही परंपरा है। कैसे होगा, यदि कोई न आया तो? दूसरे गाँव से बुलाऊँ, लेकिन वे भी न आए तब?'

वे किसी निष्कर्ष पर नहीं पहुँचीं और तेरहवीं का दिन आ पहुँचा।

दरवाजे लंबी-चौड़ी चौरस पर शामियान लगवा दिया गया था। एक साथ सौ लोगों के भोजन की व्यवस्था थी। बारी एक हजार पत्तलें ले आया था। हलवाई एक दिन पहले मिठाई बनाने आ गया। गाँव के लोग निकलते और मिठाई की गंध नाक के रास्ते फेफड़ों में समेटते आगे बढ़ जाते। दूसरे भी पूछ जाते, लेकिन कोई ठाकुर-ब्राह्मण पूछने नहीं आया। मुन्नीबाई की आशंका बढ़ती जा रही थी—तेरह ब्राह्मणों ने भोजन नहीं किया तो? दिमाग में हथौड़े बजने लगे थे।

और वही हुआ। गिरधारी सिंह अपने अभियान में सफल रहे थे।

दिन के दो बज गए। तीन बार बुलाने के बावजूद कोई ब्राह्मण गंगाधर तिवारी की तेरहवीं के लिए नहीं आया। लोटे, गमछे और चाँदी के सिक्कों की दक्षिणा उनकी प्रतीक्षा में चबूतरे पर सजे रखे रहे। शंकर थककर रुआँसा हो चबूतरे पर आ बैठा। गाँव के निमंत्रित दूसरे कुम्हार, चमार, पासी, कोइरी लोगों की भीड़ जुटने लगी थी, लेकिन समस्या वहीं अटकी थी—'तेरह ब्राह्मण!'

और तभी शांत, गंभीर स्वर में मुन्नी बोलीं, "शंकर, हम शुरू से ही गलती कर रहे हैं। ब्राह्मण तो हमारे सामने मौजूद हैं और हम उन्हें गाँव में ढूँढ़ते फिर रहे थे।" और आगे बढ़कर मुन्नीबाई ने चैतू चमार और उसकी बिरादरी के तेरह लोगों का हाथ पकड़ पंगत में बैठाया, फिर शंकर की ओर मुड़कर बोलीं, "शंकर, इनके पैर धोकर इन्हें भोजन करवाओ, हमारे पंडित गंगाधर तिवारी की आत्मा को इससे बड़ी शांति और किसी बात से नहीं हो सकती।"

चैतू सहित सभी भौंचक थे, लेकिन किसी ने कुछ कहा नहीं। उसके बाद पंगत-दर-पंगत बैठती-उठती रहीं। यह सिलसिला देर रात तक चलता रहा और चबूतरे पर बैठी मुन्नीबाई शांत भाव से सबको आता-जाता देखती रहीं।

□□□